草叶解言

——当代文艺批评探索与实践

阎小鹏 著

蘭州大學出版社
LANZHOU UNIVERSITY PRESS

图书在版编目（C I P）数据

草叶锋芒 : 当代文艺批评探索与实践 / 阎小鹏著
. -- 兰州 : 兰州大学出版社, 2021.4
ISBN 978-7-311-05871-5

Ⅰ. ①草… Ⅱ. ①阎… Ⅲ. ①文艺批评—文集 Ⅳ.
①I06-53

中国版本图书馆CIP数据核字(2021)第002365号

责任编辑　锁晓梅
封面设计　汪如祥
封面题字　李　靖

书　　名　草叶锋芒——当代文艺批评探索与实践
作　　者　阎小鹏　著
出版发行　兰州大学出版社　(地址:兰州市天水南路222号　730000)
电　　话　0931-8912613(总编办公室)　0931-8617156(营销中心)
　　　　　0931-8914298(读者服务部)
网　　址　http://press.lzu.edu.cn
电子信箱　press@lzu.edu.cn
印　　刷　兰州人民印刷厂
开　　本　710 mm×1020 mm　1/16
印　　张　17.75
字　　数　182千
版　　次　2021年4月第1版
印　　次　2021年4月第1次印刷
书　　号　ISBN 978-7-311-05871-5
定　　价　48.00元

前言

《草叶锋芒——当代文艺批评探索与实践》汇集了作者近年来关于现当代作家作品的批评文章，以及关于文学、文化、与当下人们精神生活相关的随笔性文字。作为一本文艺评论作品集，本书最鲜明的特点便是鲜有学院式的引经据典。作者不追求宏大的理论背景、冗繁的推理论证，而是力求从阅读与写作的实践出发，从当代文学的现场出发，从人的存在、价值和终极关怀出发，追求美感、诗性、人文立场，坚持敏锐、独立、机趣，力求使每一篇文章成为有血有肉的、有感觉和智慧的创造者的活动，而不是知识、学理和晦涩术语的夸耀堆砌。

全书共分为三辑：

第一辑：争鸣与求索。围绕当代文学创作的热点话题、重要文学现象或重点作家作品，进行富有个性的批评分析，视角敏锐，语言犀利，文风自由活泼，观点深刻独到。这些作品均在近年来发表于国内文学批评和文艺理论刊物，有的被收入作家专论集子，有的发表后引起批评界的广泛关注和争鸣。

第二辑：遐想与质疑。该辑为文艺随笔的汇集。题材涉及读书、写作、影视、阅读、时尚生活等方方面面，采撷社会生活的微小片段，关注文艺作品的局部细节，探究社会思潮发展和演变的跌宕起伏，皆是有感而发。虽然诙谐辛辣，但言之有物、有的放矢，处处表明作者的文学主张和艺术观念。

第三辑：品味与商榷。该辑为作品专论，评论对象为中青年作家的作品和普通作者的作品。该部分文章的特点是，重视文本自身的分析评论，不夸饰，不做单纯“友情批评”，但力求结合作者写作实力和艺术个性，充分挖掘和发现每部作品在当下语境中所彰显或隐含的积极因素与可贵品质，特别是在培植和激励本土作家的过程中，能够结合每个作者的独特经历与写作资源，做出恰如其分的价值判断，提出切合实际的创作方向。

目录

第一辑　争鸣与求索

第二辑　遐想与质疑

第三辑　品味与商榷

第一辑

争鸣与求索

“先锋”的没落

先锋文学是中国当代文学史上的一道独异风景。20世纪80年代中后期，以马原、余华、苏童、格非、残雪等人为代表的一批年轻作家，借鉴西方20世纪的现代主义和后现代主义，在小说创作题材范围、思想主题、形式技巧和创作理念上进行了全新的探索，特别是他们短期内开创的叙事革命和语言实验，打破了传统宏大叙事模式，给文坛带来了崭新的写作经验，大大地扩展了小说的表现力，先锋文学由此成为当时最具现代主义精神面貌的文学流派。短短几年，先锋之风席卷文坛，形成了强大的创作阵容和声势，堪称奇观。

然而，1989年之后的先锋派内部迅速显示出衰变的痕迹，除了北村此时还执着于语言迷津的创作外，先锋作家们开始了隐约地向外游移，张扬一时的先锋文学独领风骚两三年之后渐渐隐落。到20世纪90年代初期，先锋作家无一例外地降低了探索的力度，纷纷另寻出路，有的陷入新写实的潮流，有的与商业文化结合，有的走向对传统和本土的回归或堕入古旧家族演变的叙述……但这期间，仍有一些优秀的小说作品诞生，如余华的《在细雨中呼喊》《活着》《许三观卖血记》，格非的《欲望的旗帜》，苏童的《米》，北村的《玛卓的爱情》……这些作品堪称新时期以来难得的小说佳作，上述作家的地位和声誉也由此而得以奠定。

尔后，先锋派基本集体失语，马原在及早宣布“小说死亡”之后另操他业，终止小说创作长达20年，余华在经历了10年沉默后，零敲碎打地维系他大师的声誉；苏童则沉迷于他阴柔而诡异的历史叙事，延续着他与主流写作和商业文化若即若离的暧昧关系；格非在历经数度难产后，认为先锋的概念已经解体，先锋作家与时代的紧张关系已经解除，传统才是真正可以依赖的写作资源……

回头看来，先锋作家的昙花一现和“自取灭亡”，本身就证明其作为一个文学流派凌空蹈虚缺乏根基，专注于形式创新而忽视生存探索、自由精神磨砺，从而丧失其先锋的真义。

想当年，先锋派是何等的意气风发。他们大多数人都是二十岁出头，他们赶上了一个开放的时代，可以充满激情地拥抱生活，如饥似渴地阅读外国名著，新奇而大胆地解构生活。在集体纯情而阳光的年代，在文学占据全民文化生活和精神空间重要位置的氛围中，他们的写作实验很快得到读者的关注，先锋作家一时间成为时代的宠儿。

青春年少的先锋派作家基本出生于20世纪60年代，相对于经过“反右”与“文革”的“右派作家”及经过“红卫兵”运动和上山下乡的知青作家，他们的生活经历相对简单，“文革”对他们来说，只是一些混乱、荒诞甚至好玩的记忆片段，所以他们既没有“右派作家”痛切的苦难记忆和心灵伤痕，也没有知青一代的理想主义精神和身份失落。由于“文革”的干扰，他们的学生时代文化基础教育都不太扎实，对中国传统文学的继承自觉性不高，没有坚定的个人价值观和历史重负，反过来更容易接受外来的现代主义和后现代主义的精神内蕴。现实经验的欠缺，使得他们不再试图继续现实主义神话，而更倾向于以外来的文学经验为底色。他们的个人生活遭遇，加之面对改革开放后的社会转型，面对城市生活、都市文化圈的召唤，使他们陷入了类似崔健们的“一无所有”的精神迷茫和困惑。因此，他们有意规避社会意识的“边缘人”“局外人”心态，他们的叛逆情绪，驱使他们有意将现代派小说作为个人游离于社会群体的一隅。好在他们的勤奋探索很快得到了文学理论界的积极干预与有力助推。蓬勃发展的文学期刊，更是在思变中求贤若渴，使得先锋作家与北京、上海的著名文学期刊保持着“密切互动”。从程永新的《一个人的文学史》中可以看出，先锋作家对编辑的敬仰和攀附与众多无名青年一样热烈。总之，20世纪80年代，一个思想解禁与社会变革的特殊年代，使得先锋作家脱颖而出。

20世纪末的二十年间，正是市场化改革迅速深化、全民思想意识向多样化急剧转变、社会生存世相千姿百态、工业化时代特征初步显现的时期，为先锋文学提供了难得的创作环境和解构对象。然而，先锋文学却寂然抽身，没有和时代同步。究其原因，仍然是其创作主体自身缺乏根基，终使先锋派作家的写作浅尝辄止。实在令人惋惜。

先锋文学创作所依赖的西方文化，是工业化充分发展的历史产物，是现代性充分发展并呈现自身弊端之后，由其内部自然产生的。而更具颠覆性和反叛性的后现代主义是在20世纪后半期迅速发展起来的。在这样的文化背景之下，西方20世纪文学的发展对19世纪现实主义思潮采取了背离和颠覆的姿态。但中国的先锋作家并未在当时的社会文化中亲身体验到如西方20世纪那样的文化情景。中国的现代化进程由晚清开始，经历了近一个世纪的风雨飘摇，由于民族危机的加深和“左”倾政治带来的干扰，步履维艰。直到20世纪80年代，中国的现代性问题还是一个未完成的命题，中国并没有一个现代化充分发展并逐步暴露出现代性危机的过程。所以，与其说先锋小说作家，是立足于本土现实文化情景和真切生命体验在进行创作，不如说他们是在互文的意义上，对外来文学形态在进行模仿与复制。这是急于突破现有文学模式，疏离社会政治意识形态和确立自身文学地位而进行的努力。

先锋作家并没有什么西学背景，也缺乏足够的国学基础，他们从踏上创作道路的第一天起，就仿佛受到西方作家神示般的感召与牵引，叙事模式、语言和意象世界、主观感受、精神困境与西方大师如出一辙。马原从来不屑于阅读现当代作家的作品，对中国古典文学也没有表示过喜爱与敬畏；余华粗识文字初尝写作，就出于对川端康成的迷恋而进行模仿，但他们始终自信与卡夫卡、博尔赫斯、普鲁斯特等西方文学大家之间建立起了秘密的精神通道。正是基于这种错觉，先锋作家一方面执着于精神真相的探查，一方面热衷于表现形式的探索，他们对形式的迷恋造成了对生活本原的遗忘，同时又在不懈张扬生命个体的盲目意志、非理性和虚无荒诞，将本然生命的不断扩张看作存在意义实现的途径。结果，不论是语言狂欢，还是欲望的缜密书写，都未能真正企及生存的中心和腹地，一些更重要的有关民族精神匮乏的时代性话题，在他们轻率的戏谑中悄然滑走，他们仰仗大师传递的间接经验，由抽象到具体，再由具体到抽象，“不顾一切地标新立异”，最终只能如礼花一般瞬间绽放而旋即沉没。

须知，西方现代主义弥漫的种种人性“异变”的气息，绝不是大师们玄想后的顿悟，一种经典的精神概括和存在本质的发现，都是他们感同身受、深入骨髓的灵肉体验的必然结果。卡夫卡一生都在压抑和恐惧中绝望挣扎，他不幸的婚姻、悲壮的爱情，他的病痛和梦魇，他的焦虑和他对琐屑生活的无奈，这些关于人性的个体体验，才是他“最强烈、最深刻和天翻地覆的经验”，这些经验最终能够抵达形而上的层面，离不开他对古希腊、古罗马文化的精深领悟，以及对近代欧洲哲学的强烈兴趣。相比之下，余华笔下的孤独与冷酷，虽然有独具汉语魅力的精确刻画，但仍然是社会学层面生活形态的抽象演绎。平凡的童年记忆、平庸的青春生活，此时的余华满脑子都是出人头地的春秋大梦，他对人生的体验，对千百年因袭的民众灵魂底层的“异化”，尚且缺少足够深刻的体验与书写，仅靠通过大师“采气”，绝不是一劳永逸的捷径。疾病缠身的普鲁斯特，在闭塞、沉闷、压抑的书房中书写那些白日梦般的绵长细节，处处浸透着一个哲人的脉搏与呼吸，这是“活着的颓废和厌世”，而孙甘露们充满奇思妙想的哑谜，实在是“僵尸的乐观”。

还有博尔赫斯，这位先锋派共尊的导师，身为阿根廷国立图书馆馆长，一生醉心于智慧和书籍的迷宫，当他双目失明时，80万册图书，已经构成他生命中无以穷尽的深渊，他说：“上帝同时给了我书籍和黑夜，这真是个绝妙的讽刺。”博尔赫斯的迷宫，是他和黑暗斗争的过程中无以抵达的彼岸世界，正如纳博科夫所说：“生活中存在我们所看到的一般现实，但那不是真正的现实。我们所应重视的，不应该是这样陈腐的现实，而应是那些非同一般的‘刻骨的现实’。”劳伦斯也说：“精神生活若不是根植于怨恨和不可名状的深渊里，好像便不会欣欣向荣。”真正的思想就是无休无止的挣扎，既是形而上的，也是形而下的，博尔赫斯的“迷宫”正是由此而来的，这是一个伟大心灵穷尽一生的博弈轨迹。此“迷宫”和“圈套”岂是马原、格非可以轻易效仿的？没有强大的内心，没有深刻的悲悯精神，没有对生存真相探究的高远追求，一种纯形式或私人化的写作宏愿终成无源之水。马原对于藏地风物的书写，虽然形成别具一格、引人入胜的话语奇观和叙事典范，但他的解构常常是率性而为的，他常用的一句话是“如此而已”，一种不求甚解的轻松姿态，让“写什么”成为一个不屑的话题。另外，他还喜欢用一句话：“谁知道呢”，略带玩世不恭的自负模样，贯穿于马原作品的始终。马原早期作品的神性氛围和宿命意念，在他清晰而洗练的裁剪与捕捉中得到完美的呈现，但他并不专注于此。随着他因个人原因争取内调起，其写作便戛然而止，这让他本人也感到莫名其妙，常常感叹在西藏的写作有如神助，离开西藏，写作的冲动便荡然无存，一去不返。虽然他做了一系列无辜的辩解，也没人会追究一个公民对生活状态的自由选择，但看看马原早期处于自由状态的先锋写作，谁能不为他的沉默感到惋惜？

真正不朽的文字，必然是一个时代精神的映象投射与摹写；一个真正伟大的作家，必然执着于时代精神本相的陈述。早期先锋派在极端追求形式革命的同时，至少还有对生存意义的价值和自身价值的确认，在大胆的艺术实验中寄寓了作家的写作理想。20世纪90年代，先锋作家在分化回归的同时仍然在坚持传递丰富的生存信息，坚持表达精神的孤寂性和追问终极价值，从而确立了其文学史的价值意义。

进入21世纪以来，市场经济进一步深刻主宰了人们的生存方式与社会关系，物欲膨胀与秩序消失共同构成新时代的危机，诸如信仰缺失、道德滑坡、诚信毁坏、理想幻灭、价值紊乱、媚俗横行，引起了人文知识分子深刻的忧虑。过去十年，当代人的精神被庸常虚假的商业文化全面侵蚀，中国迎来了真正的准“后现代主义”的文化境遇，一个可借先锋文学深度解析的活标本轰然来临，先锋作家却逃离了现场。更可怕的是，这一批曾经意气风发的文坛才俊，要么失语，要么转向或明或暗的商业化写作，不仅如此，他们并没有放弃自己固有的精英意识，除了他们曾经拥有的品牌效应带来了不错的市场预期之外，先锋作家寥寥无几的创作已经堕落到了令人吃惊的程度。余华的《兄弟》基本已经跌破了一个严肃作家的写作底线，这部作品不仅谈不上价值追问的深度和基本的艺术品位，而且通篇看出的是作者的浮躁心态以及自负与懒惰，大量虚假细节、荒诞情节、油滑语言充斥其中，从中可以看出余华对时代本质的隔膜和对“畅销”的迷恋。面对批评，余华好几次怒目相向或嗤之以鼻，他表示自己对这部作品“很满意”，“还没发现什么缺憾”，“再伟大的作品也会有缺陷”，“现在，无数人在写我的评论，但我已经一遍也不看了”……他对批评已经相当不耐烦，甚至有些“老虎的屁股——摸不得”的意味。

余华已经是盛名之下难副其实，但他放不下著名作家的身段，他“被精英批评家的饶舌和读者的殷切期待折磨得筋疲力尽”，《第七天》就是他痛苦挣扎之后的结果，他要维护一名先锋作家的颜面，每有新作理应不同凡响，《第七天》的魔幻氛围与鬼蜮世界，让作品充满阴郁和沉闷，在七日轮回的神秘框架内，唯一让人感觉真切的只是那一点朴素的人性温情，其余都乏善可陈。至于新闻素材的大量繁殖借用，暴露了作者生活狭窄、思考肤浅、单纯依靠想象的书斋书写。

至于马原，骨子里就有自由率性、随遇而安的气质，一方面喜欢冒险、勇于挑战，另一方面又主观自我，自恋自负，自以为是。他最早关于“小说已死”的惊世之论，终归是慑于大众文化和商业媒介的强大威胁，感觉到“小说这个行当”不好混了，这种明哲保身的投机心理，与他心仪景仰的西方文学大师判若云泥。自觉放弃文学干预生活、启迪心智的追求，放弃探究存在危机的责任，他的内心革命终结了，陷入了形而下的价值迷茫，去做导演、开公司、当教授，二十年来各种事情都做过，但都有始无终。马原一直保持着身份错觉，他始终自信地认为他自己仍是小说这个行当中的高手。2012年，马原又重操久违了的小说创作。复出文坛的马原信誓旦旦，决心要开辟小说写作的第二春。对于他的重现文坛，有人用“王者归来”呼唤他再展雄风。他本人也是踌躇满志，高调推出了《牛鬼蛇神》，但除了一帮先锋派旧友帮忙吹捧之外，再就是个别编辑、评论家发出了“震撼”“震惊”“神奇”之类的虚妄夸赞之语，绝大多数的读者反应稀松平淡，甚至不乏诟病。马原则一脸深沉地说，回到小说创作是因为“害了一场病”，“让自己成了哲学家”，小说仿佛是他宣泄人生豪情的神器，为自己的一次委屈写五车书，似乎就可穷尽人生真谛，实在是轻薄而矫情的文人病。《牛鬼蛇神》处处洋溢着追求形式创新、突破文章法则的急切心情。该书的章序是由3到1倒排的，第0章煞有介事地谈玄论道，足见其对先锋文学表现形式的迷恋。冗长的叙事处处设置令人紧张的神迹鬼影，但不能读出马原急于表现的深刻和沧桑，情节虽极尽纵横跌宕，但人物依旧平板干涩。更令人崩溃的是，将七万字的旧作翻出来原封未动地插进小说，他自己还宣称：“其实我很为自己骄傲，一辈子离心很近，一辈子不关心更广大的人群，我只关心喜欢我的人，关心喜欢我的读者，我只为他们写作，我在二十年前写的东西现在拿出来还不过时，这就让我很满足。”他引用这七万字“就是因为我看到觉得特别好，有神通的地方，索性就直接拿过来了。所以你看，我哪怕重读二十年前、三十年前甚至四十年前的小说都仍然会给自己投赞成票，更何况是我十年前的文字”。自我感觉良好的马原今年再次推出了长篇小说《纠缠》，在此之前他做了先入为主的阐释，自称与大师卡夫卡不约而同地“取得了某种联系”，但《纠缠》在细密老辣的文字背后，只能看到一些平庸的日常经验，感觉不到马原当年简练、突兀而充满人性气息、存在品质与理想色彩的先锋取向。换言之，中国当代文坛产能过剩的长篇创作，达到这一层次的作品不胜枚举，而马原只有一个。如今的马原生活滋润，心气平和，满眼洋溢着和谐自足，除了秀恩爱、夸儿子，还会深沉地面对媒体兜售一些貌似深刻的心灵鸡汤，当然还有一些狂言：“《冈底斯的诱惑》也许能留一百年，但是《牛鬼蛇神》我相信能留几百年……我特别有信心，因为他探讨的是根本问题……”这种“我真的还想再红五百年”的雄心壮志，与疏离主流意识形态、注重个性经验与个体关怀的先锋写作背道而驰，与他们念念不忘的卡夫卡等现代主义流派作家相比，则更显其精神之渺小浅薄。

人的存在本质是什么？人与现实如何实现和解？终极存在到底是什么？这些永恒命题的追索是每一个有良知有抱负有责任感的作家的自觉担当。马原的自恋、余华的自负、苏童的自我满足、洪峰的自轻自贱、格非的怡然自得，让先锋派彻底走向终结和没落。文章千古事，得失寸心知，不论怎样掩饰，怎样寻找借口，怎样假扮庄严，先锋大腕们实际上已经斯文扫地，核心原因是他们早已放弃了独立思考，放弃了勇敢担当，放弃了内心修炼，没有使命感，没有目标，没有原创性的精神产品替他们高言大志增光添彩。

先锋精神是物欲泛滥、精神沉沦之后，艺术发展的自觉选择，民众的无奈叹息，知识阶层深切的忧虑，乃至主流意识形态领域对“核心价值体系”的峻切召唤，都是当代中国规避沉沦、寻找和重铸民族精神的热切意愿。怀念先锋、追问先锋，不是对上述作家个人创作成就吹毛求疵的苛责，我们不希望这个空前庞大的写作者队伍，一个个温水煮青蛙般自我放逐，我们要固执地呼唤当代写作力求葆有一种高贵的精神气质和诗性品质，只有这样才能避免继续在混乱中沉沦。

“围城”内外的“西部文学”

已经有太多的人谈论“西部文学”，谈得令人厌倦、令人沉重。先前两期的《文学自由谈》刊出了严英秀和狄青两位作家的文章，分别谈了关于“西部文学”的困惑与质疑，比照阅读，不妨看作内外两个视角下的“西部文学”，此喻虽不尽恰切，笔者全当借题发挥，想就“西部文学”再说道说道。

“西部文学”概念的诞生已经近三十年了，关于“西部文学”的研究与批评消长起伏，但是一直以来关于西部文学的缘起、内涵、外延、价值等主要问题却悬而未决。以至于发展到今天，竟有狄青们“不识庐山真面目”的质疑和严英秀们“梦里不知身是客”的困惑，说白了，很多人觉得，到底有没有真正意义上的“西部文学”，竟是一个问题，真是有点匪夷所思。

“西部文学”的概念最早提出于1985年前后，在《当代文艺思潮》上发表的一组文章中，随后由于《当代文艺思潮》的停刊及批评界的漠视，“西部文学”在新时期初的文学格局中，既没有形成大的气候，也没有在评论界和学界取得公认的地位，一个新的话语空间虽已打开，但旋即被缩水。因此，“西部文学”从一开始就不仅不是一个独立自觉的概念，而且还缺乏明确的主体。如果作为地域文学的代名词，西部作为地理概念上的不确指，使大量作家作品和文学现象无法归类，“西部文学”便成一个大而空泛的概念。如果作为文学思潮或创作流派，一方面，西部作家从来没有提出过较为明晰一致的文学主张和风格追求，另一方面，又有大量文学事实证明“西部文学”的提出并非画蛇添足徒具虚名。正是因为这种概念命名上的主观性、叙述指向上的包容性，导致了“西部文学”的理论迷局和实践困境，当代文学史书写也忽略或遮蔽了“西部文学”的事实存在。

不能否认，在20世纪80年代开始关于“西部文学”绵延不绝的争论中，“西部”不经意被抽象化为一个形而上的存在，其中有人性论的幻觉，也有道德理想的乌托邦成分。早在论争初期的1986年，理论家林默涵就认为，倡导者是从外国引进了“西部文学”这个名称，“规定几条特征”，“要作家艺术家根据他们设想的所谓‘本质特征’来进行创作，制造作品，这岂不是提倡从概念出发的创作方法吗？”时光推移，当“西部文学”未呈现某些评论家假设的“几条特征”时，他们就转而质疑或否定“西部文学”。真是成也萧何，败也萧何。

“西部文学”的存在与成就是不容置疑和否定的。改革开放以来，文坛经历着一场前所未有的考验和蜕变，伴随着大众流行文化出现的各种思想与文化也逐渐辐射和渗透到了整个社会文化中。文坛与市场的碰撞和联姻也深刻地改变了作家们的创作观念和创作方式，以娱乐、消遣和快感为基本构成要素的大众文学创作更能为作家们带来优厚的报酬。在这样一个世俗化、市场化、商品化的浪潮中，西部作家以他们的执着坚守精神关注着人的主题，他们将西部独特的自然景观和人文内涵融会于作品中，不仅使文学创作更富有文化底蕴，而且为中国文学提供了新的美学经验。西部文学正是以其独特的姿态和坚守的精神，在当代文坛占有了一席之地。

时代发展到今天，文学创作的浮华与轻浅，国民精神的颓丧与堕落，尤其是市场化主导的改革带来的人心浇漓、世风毁坏，使得我们的有识之士愈加怀念故土家园，呼唤农业文明繁盛时期的静谧和谐与隐忍自持。一句话，在这个大变革的时代，西部有意无意地被认作我们民族精神的“根据地”，由此期待西部的文化工作者据此得天独厚的精神资源，书写别样的人生，追寻逝去的美丽与温柔、艰辛与苦难，以别具一格的艺术呈现，给我们缺氧少钙的精神废墟注入清新的阳刚之气，给当下文学的孱弱之风带来冲击，对思想萎靡的颓势给予冲撞。因此，陈思和等文学评论家对西部作家的扶持与关注，至少可以被看作主流话语圈或核心文化区知识分子的品格、追求与担当，他的期许，虽然有理想的成分，但不能直接讥之为痴心妄想。

陈思和期望“西部文学”承当“把我们的城市从狭隘的追求物质生活目标中解放出来”的使命，让狄青先生觉得这是一种书生意气，“甚至难言没有某种浪漫现实主义文学的畅想成分在背后支撑”，狄青的言外之意似乎说“西部文学”向来是弱花枯草，难以承担教化风习和匡正人心的伟大使命。然而紧接着承认甘肃作家李学辉的小说“不仅属于西北独有的题材、西北独有的故事，从中看到的却不是对西部的再三渲染与借力，而是对现当代中国农民来说具有普适性的命运书写与智慧阐释”。至于路遥笔下的人物形象，狄青认为堪比巴尔扎克笔下的拉斯提涅和司汤达笔下的于连，这不恰恰证明陈思和对“西部文学”给予厚望是有根据的吗？何以让狄青先生惊讶得“只剩下肃然起敬”了？狄青先生的逻辑之一是：文学的社会功能与“道德约束、榜样力量、市民规范、组织原则、廉政条例”相比尚且望尘莫及，更遑论从物欲中解放人心。须知，真正有内涵的文学作品，所包含的精神力量要比一般意识形态工具的社会教化功能大得多，深厚得多。只是它应有的社会功能是在精神和艺术基本呈现的基础上显现的，所以更加持久，更加深厚。狄青把文学功用降格为思想政治工具或劝善歌，这一认识基础，本身不配来对“西部文学”进行豪迈质疑。狄青先生的另外一条逻辑便是：凡是具有“普适性”艺术魅力和思想内核的作品，既承认它们属于传统范畴的“西部文学”之列，又急转笔锋，认为他们超越西部表层世相和概念化描述，所以不是“西部文学”，这实在是一种奇怪的心理，狄青眼里的“西部文学”就应该是差生的作文，偶尔写得好的学生，那应该属于好学生作文，以这样一种矛盾而暧昧的心理对待“西部文学”，实在令人纠结。

我相信陈思和当然深知文学创作的规律，只可期待不可强求，他不能像崔永元一样，到西部走一圈就可以救助几名失学儿童，没错，救一个是一个。文学作为上层建筑，对社会人生的教化与引领，只能是知识分子的一厢情愿，从来没有借鸡下蛋那么来得利索，也不会有立竿见影的奇迹，但如果知识分子连这点一厢情愿的劲头都没有，提前缴械，放弃道德理想的追求，那不是太可悲了吗？陈思和对“西部文学”的推崇和期待，虽然是即兴式的表述，但并没有言过其实信口开河，事实证明他对“西部文学”的扶持与关注，极大地鼓舞了西部作家的创作热情，甘肃“小说八骏”的活跃文坛，宁夏新老“三棵树”的崛起西北，都和陈思和不遗余力的关心分不开。相比当下一些评论家言不由衷的胡乱批评和对个别作家的肉麻追捧，陈思和对“西部文学”的赞誉和期许，大可不必让狄青这个“过客”惊讶，让严英秀这个“当事人”困惑。

依我看来，严英秀和狄青对“西部写作”的质疑，实际上并没有提出什么引人深思的问题。文学的形式与内容，题材与主旨，这是文艺理论早就解决了的问题。把“西部文学”认定为非要写风沙扑面、虎狼成群，非要写异域风物、驼群马队，本身是对“西部文学”的肤浅认知和轻率误读，有追求的作家没有义务对浅薄的责难负责。真正呼吁西部写作的人，自然期待西部作家（或写西部的作家）立足西部的历史与现实，放眼底层苦难与民族重负，最终达到终极关怀与人性挖掘，这是对所有文学作品至高的也是必然的要求，“西部文学”当然也不例外。像狄青这样将浅层书写归入“西部文学”，将具有较高美学品格与思想内涵、精神追求的作家又慌忙从“西部文学”中抽出来，以此来证明“西部文学”穷途末路或者子虚乌有，本身就是非常荒诞的。至于严英秀老师的角色错位感、身份迷失感和对选择题材的困惑，在文中也能看出，实际上显示出她的摇摆不定、迷茫和不自信。有追求的作家不会永远遇到轻松自在妙趣横生的写作，相反，必然要追求有难度的写作，里尔克说过：“写作就是从内心出发，听从内心的召唤。”里尔克还说过一句话：“哪有什么胜利可言，挺住意味着一切！”不少的西部作家辜负了自己的才华，要么满怀世俗心态盲目而温顺地进行底层书写，急功近利却又苦苦挣扎，要么放弃本土文化特有的精神品质，放逐自我，走向价值平面的意义滑动，追逐肤浅的个人重复和世俗的成功模式，成为丧失个性的精神侏儒，缺少路遥、陈忠实、贾平凹所具有的毅力、专注和自信。在当代作家中，这些作家，从某种程度上来说，是文学道上的苦行僧，他们往往显得笨拙，固执，木讷，他们是有缺点的大家，但有别于表面完美但追求浮华的时尚写手，这就是西部作家的典范。他们曾经的困惑和焦灼难道比我们少吗？

西部永存，西部写作大有作为。西部独特的历史风云和文化组成，无疑是巨大的精神宝藏。如前所述，理论界对“西部文学”的指认，更多是从大量西部写作中提升出的一种美学形态的命名，确实存在如狄青所说的“是站在优越于西部的文化位置上的浪漫主义描述与假设”，这种假设对“西部文学”的关注，长期以来停留在边地与民族题材方面，停留在乡村叙事上。西部作家大可不必为了继续听到赞许和鼓励的掌声，放弃对当下生活真实言说的义务和责任，安于某些“文化中心主义者”给自己派定的边地角色，迷醉于发思古之幽情，得意于猎奇涉险，营造令人眩晕的假象与谎言；而是应该直面“西部文学”在中国文学中的真实处境，穿越被固化了的“西部文学”表层色调，超越风俗民情等题材层面，开掘“西部文学”丰富多彩的精神价值，重视普遍性的人道、人性以及“人类性”的诸种内涵，绘制新型的“西部文学”图景。

文学创作不是计件生产与量身定做，西部永远是中国的西部，不是月球上的西部，只要足踏西部大地，只要目光和笔触关注西部，这样的作品终归会有掩盖不了的西部徽记，这样的作家毕竟会呈现出有别于他人的精神特质与话语风格。对“西部文学”的盲目观照与轻率苛求，阻碍了作家作品的多样性与丰富性。很少有人真正关心西部，包括关心西部作家，很多有才华的西部作家，终身沉寂在西部一隅，在他们创作的旺盛期，缺少与外界交流、沟通、比照，缺少应有的发现、鼓励和精神扶持。他们会在自身生存的小环境中博得微名，最后的结果便是要么坚持清苦的写作，终老在地方文联大楼；要么就“转型”成为时尚文化的打工仔，或者御用的写作机器，进而从事与心灵无涉的文字工作。所谓的批评家或者研究者很少能系统全面地阅读他们的作品，关注他们的成长与命运。不是说要对西部作家施舍同情特别关照或高看一眼，而是现行的出版机构和评论权威，对西部作家百般挑剔，市场运作、文化包装、媒体宣传助阵等等都是他们的弱项。西部作家与处在文化中心地区或发达地区作家的创作境遇与写作效应，有着天壤之别，西部作家话语身份的卑微，与主流文化圈的脱节，影响了他们的成长，影响了这支队伍或群落焕发持续的生机与活力，难以产生更多更优秀的作品。

毋庸讳言，西部已经今非昔比，旧梦难寻。理想中的西部正在迅速变革，特别是几千年形成的文化传统与生存秩序遇到了前所未有的挑战，不甘落后的西部正在气喘吁吁地追求与时代同步，迫不及待地向工业文明的灿烂图景眉目传情；转型期的西部人正在经历痛苦的蜕变，他们以“受够了”的心情拼命追逐城市化的身份确认。面对这些，西部作家应该勇敢地承担观察与剖析时代征候的使命，不可因为外界对于“西部文学”的身份指认，刻意迎合这种理想化的期许，进行按图索骥的臆造。

“西部文学”曾经取得过有目共睹的辉煌成就，陈忠实、贾平凹、路遥、张贤亮、周涛等作家，以其卓越的叙述智慧和独特的艺术风格，给文学界和社会带来巨大的震撼，这些都是深深根植于西部历史语境和文化土壤的作家。在西部，还有一大批敏感而具有艺术潜力的青年作家，他们有书写巨著的潜力与成功的倾向。西部作家应该抛却内心的自卑，在关注当下境遇的同时，注重自身的素养、视野、胸襟和人文情怀，立足本土，面向全国与世界，放眼于未来，促进与外界的密切交流与健康成长，从而重铸自身的文学史形象与价值。

写作本身是一种不可为而为之的精神冒险，是由存在的困境泅渡到彼岸的艰辛历程，真正有追求的作家不可能只面对没有难度的写作，必须以一种大境界、大隐忍去观照纷纭莫辨的西部生存相、生态相和精神相，不囿于自我的小天地，不满足于制造一些小摆设，立志以源于地域又能够超越地域的文字，与世界对话。西部作家没有必要完成研究者期待的命题作文，没有必要为此感到失职。一个创作群体只有具备写作风格和题材的丰富性与多样性，才有诞生精品的可能。

写到此处，突然觉到了一种巨大的空虚，事实上这种期待仍然是站着说话腰不疼的空话而已。此时我想到西部的一位作家，名叫张存学，他的文名也许不值一提，他不属于才华横溢的那种作家，也不是一个高产的作家，却是一个始终坚持独立人格和深度思考、自我反省的作家，他代表西部作家中沉默的大多数。他在回答“西部文学”乃至中国文学的“问题到底出在哪里”时，认为出路只在：从内心出发，而不是从价值出发思考、写作，从价值出发的写作“总是囿于狭窄和呆板的范围内，它远离人的真相、事物的真相，也远离生命的鲜活、深厚和广阔感。中国当代文学之所以处于艰难的境地中，最基本的原因还是这个原因。”

我想再次引用他的原话结束本文：“西部是有根性的地方，是有精神源头的地方，在一定程度上，我们具有向神靠近的可能。认识这种真相是我们西部作家要做的事情。在沉静中倾听，在沉静中深入，在沉静中思考我们能达到的境地。只有这样，西部才能在破除地域或者地方性的局限而达到人类面临的最基本的精神层面上。”

喧嚣过后说莫言

2012年，中国作家莫言获得了诺贝尔文学奖。莫言获奖被作为一个文学事件或标志性的文化现象，受到国人前所未有的热捧和争议。时隔数年，这一新鲜话题在极富娱乐嗜好的话语氛围中渐渐变冷。当莫言获奖作为一件“喜事”在喧嚣过后尘埃落定，我们有必要静下心来，回到莫言自身，回到文本，看看他的作品对当前和今后的中国文学而言，到底创造了什么价值，做出了什么贡献。

一

诺贝尔文学奖创立的19世纪末20世纪初，正是中国西学东渐之始，是白话文运动酝酿和新文学孕育肇始之时，此后的一百多年是汉语文学发展、变革、成熟的一百年，其间涌现出许多学养丰富、思想敏锐、艺术禀赋非凡的文学大家。这一庞大的作家群，屡屡与诺奖失之交臂，几近一个无奈的话题。如果说诺奖作为一个世界文学奖，总体上仍具有无可替代的权威性和公正性、专业性，那么，在中国这个传统文学博大精深、源远流长的国度，在这个文学创作队伍和消费群体蔚为壮观的国度，在这个历来重视国家荣誉、民族尊严和精神引领、再铸伟大复兴之光荣梦想的国度，诺奖梦想不仅“折磨中国作家数十年”，而且也是知识阶层和普通民众的一个心结。绝大多数的人认为，莫言获奖实至名归，是对他个人突出成就的褒扬，同时意味着世界对中国当代文学的某种肯定。其中有相当一部分人是基于诺奖光环的轻率喝彩与盲目乐观。也有人认为，江山代有人才出的一百多年里，包括鲁迅在内的诸多大家都与诺奖无缘，“瑞典文学院没有在二十世纪三四十年代中国文学鼎盛期为中国颁奖，也没有在20世纪80年代中国文学复兴期为中国作家颁奖，偏偏选择了中国文学的低潮和青黄不接的阶段，也偏偏选择了莫言本人由天真绚烂逐渐走向后来的稀松薄弱的关口，在错误的时间颁给了错误的作品”（郜元宝语）。

尽管诺奖反复强调重视肯定和鼓励作家个人创作才能和艺术贡献，但因了人文歧视、政治恩怨和语言隔膜，瑞典文学院长期弃置汉语文学，多少有些“过意不去”应在情理之中。因此，陈思和认为，莫言获奖既肯定了莫言的小说成就，也是汉语新文学获得世界认同的重要标志，它包含了中国当代文学的整体成就在国际上赢得了关注。雷达也认为，没有近三十年中国改革开放的文化土壤，没有融入世界的交流互动的文学环境，没有一个优秀的勇于借鉴探索、刻苦勤奋的中国作家的群体，显示出了某种新高度和平均数，他不可能获奖。莫言背靠的，是汉语文学因语言文化差别无法有效对外推广而形成“堰塞湖”的强大势能之拥推，面临的却是全球化时代各国文化交流前所未有的开放互融，莫言生逢其时，与诺奖“不期而遇”。莫言早先借助陈安娜、葛浩文的大量翻译，成功走出国门，成为中国翻译作品最多的作家，为其获奖提供了先决优势。另外，莫言小说呈现的部分价值观念，或许正是西方评委在汉语文学中苦心寻找的东西，他主张的所谓民间写作，一贯是自由立场的写作，疏离国家意识形态制约，张扬个性自我，虽然这一主张早在新文学初期已经被胡适等人发扬光大并广泛实践，但在西方中心主义的思维惯性和阅读视野中，在长久妖魔化中国的背景下，莫言的人本立场和自由取向形成隐晦批判的“魔幻现实”，使其作品的综合考量成为汉语新文学的最优代表，莫言于是和瑞典文学院一拍即合。

诺奖为什么选择莫言？瑞典文学院的评语是：“将现实和幻想、历史和社会角度结合在一起，他创作中的世界令人想起福克纳和马尔克斯作品的融合，又在中国传统文学和口头文学中寻找到一个出发点。”举凡历届获奖者，瑞典文学院总会对其创作成就和艺术个性进行字斟句酌的精准评价，相比之下，此评语实在是经不起“玩味”。莫言获奖关键在于他进行了“结合”“融合”并找到了“出发点”，结合得怎么样，融合得怎么样，找到出发点后走向何方，语焉不详，含糊暧昧。其中恰见诺奖评委们严肃客观、苦心孤诣以及精明鬼道，不虚妄，不夸饰，不授人以柄。国内评论家三十多年来反复鼓吹的莫言作品的那些优秀品质和突出创造，怎么没有被最权威的诺奖评委一语道破天机呢？

二

“魔幻现实主义”是莫言最重要的标签。自幼生长在高密大地的莫言，深受狐仙鬼怪的民间传说和浪漫自由的齐文化传统影响，魔幻手法成为其叙事的重要经验资源，那么莫言的“魔幻现实主义”到底玩得怎样？

莫言早期的中短篇是非常出色的，他的《红高粱》《透明的红萝卜》《白狗秋千架》《白棉花》《牛》《司令的女人》《三十年前的一次长跑》等等，这些作品，或壮丽绚烂、朴野有致，或沉重阴郁、凄苦压抑，总显得宽广深厚，语言节制，收放自如，既有随兴所至、天马行空的洒脱，又有因缘附会、随物赋形的沉着，堪称不可多得的当代佳作。但是，莫言的声名和光环主要来自长篇，特别是他《丰乳肥臀》之后的鸿篇巨制，也就是此时起，莫言渐渐深谙魔幻之妙，莫言从此着魔了。

莫言自己承认，他对马尔克斯与福克纳读得并不多，并不深。“我第一次看加西亚·马尔克斯的《百年孤独》是在1985年一个冬天的晚上，看了第一页之后我就拍案而起，心里想，没想到这样的东西也可以写成小说，这样的东西在我们农村不是到处都有吗？这彻底粉碎了我旧有的文学观念”，“心里满是遗憾，恨不得早生二十年”。对福克纳，莫言声称也是“看了十几万字就开始写了”。莫言受拉美魔幻现实主义的启发，很快便一头扎进中国民间文学和神话传说为主体的传统文化资源，开启了自己别开生面的写作生涯。莫言对说书人的喜爱，是最早受到的文学启蒙，他一开始就把自己定位成一个讲故事的人，直到在颁奖典礼上演讲时仍然自称是讲故事的人，虽有自谦之意，但表明了他的小说立场。讲故事没错，问题是他的故事讲得并不好。讲故事不是说讲得越热闹越夸张就越好，自从拿来了“魔幻”，莫言的小说便放任自流，毫无节制。他一向自鸣得意的是他的写作速度，《丰乳肥臀》写了八十多天，《生死疲劳》写了四十多天，如此神奇的创作速度堪称奇迹，连素有“鬼才”之称的贾平凹也不能比，除非是他得了神功魔力，不然就只有硬写、疯写。他的长篇粗线条的东西太多，硬写的痕迹太重。莫言有驾驭文字的混沌磅礴的语言天赋，这是他的优点，但他的人文修养、语言积累、形象记忆的储备明显跟不上他狂热的叙事欲望，体验粗疏、传达能力低下，貌似激情充沛，实则理性大于感性，过多细节的失真、情绪的膨胀，使人物性格怪异多变、无章可循，人物性格和人物活动脱节，人物行动和作品内在环境脱节，人物心态和作者心态混杂。莫言曾经以沈从文教导汪曾祺的名言“要贴着人物写”为座右铭，进而提出“要盯着人物写”，但他远远没有做到，他和笔下的人物隔得太远，人物只是他完成叙事的木偶和符号，他是揪着人物跑，语言始终处在膨胀、蔓延、破碎和撕裂的状态中，造成思想的散漫和芜杂。无限的夸张、过度的抒情和通感的乱用，叙述和描写的错位，突破了汉语写作的规范，也屡屡破坏了汉语文学基本的美学特征。中国传统文学其实都不缺乏多姿多彩的魔幻因子，《红楼梦》诉说前生来世，《水浒传》讲述征战杀伐，《三国演义》演绎兴衰治乱，

《西游记》弘扬佛法因果，《聊斋志异》描绘狐仙鬼怪……魔力变幻，灵异隐显，神出鬼没，看似变幻神奇，实则有章可循，就连最离谱的武侠传奇，夸张离奇中仍不乏中国式的审美气场，侠客们你来我往的招数极讲礼仪，剑客复仇也是先礼后兵、从容有度。所有的典型环境中从来没有类似莫言笔下的矛盾细节和突然蹬鼻子上脸的转折开合与无限“穿越”。《水浒传》里的杀戮打斗很多，却鲜有暴力的宣扬和嗜血的怪癖，连杀人如麻的鲁智深最后也是“洒家心已成灰”，放下屠刀立地成佛。莫言笔下的刽子手赵甲一生行刑，退隐民间多年后仍然对杀人之恶行引以为豪，一有机会便万般神圣地重操旧业，把杀人这门手艺要庄严地推向极致。文学是人学，不是“兽学”，写“兽性”终归是为了写人性，猪八戒也是个人畜兼备的形象，但是猪八戒贪婪好色、自作聪明这些小缺点反倒使他显得十分可爱。西门闹的几世轮回，时而与畜类水乳交融，时而与在人世间的“旧交”含情脉脉，在它的眼里，尚活在人间的它的“妻子”有迷人性感的气味，作为同类的母驴也是健美性感引“驴”入胜，人与畜生都让西门驴蠢蠢欲动，诸如此类的“人性开掘”只能让读者浑身不自在。所以，说莫言是“魔幻现实主义”是高抬了他，他只是滥用了魔幻的局域性修辞技巧，并没有形成成熟的魔幻现实主义叙事模式。他激情拥抱了中国大地上的历史细节，笔下的艺术形象却不是“有血有肉”而是“半痴半魔”，进而营造出一个个庞杂、混乱而污浊的艺术世界。

魔幻确实让莫言思接千仞、神游八方，文思泉涌、下笔千言，成就了他的高产、自由和别具一格。但他从“寻根”转型，“从中国传统文学和口头文学寻找到一个出发点”之后，走上了一条目无读者、自言自语的不归之路，这就是他与魔幻现实主义的基本关系。李建军说：“魔幻现实主义启发了他，也使他丧失了对客观事物的敬意和起码的感知能力。”这一判断是一针见血、入骨三分的。这不是“主义”之争的问题，不是说他魔幻多了、现实少了，或者拿传统现实主义的尺子度量他的魔幻力作，而是对一个作家基本创作能量和创作态度的判断。

三

莫言是如何继承中国传统文学和口头文学的？莫言作品中的细节败笔不胜枚举，他的文本往往经不住推敲和分析，李建军曾经对他作品进行过语法和文字“纠错”，莫言对此并不以为然，总觉得是小题大做。《丰乳肥臀》第一卷用第三人称，到了第二卷改成第一人称，并且“我”竟然是全知视角，可以在襁褓中看到母亲“第一眼就看到了我两腿间那只蚕蛹般的……”；《红蝗》中的那个“我”至少有大学以上的文化程度，昆虫是他的专业，可是回到老家居然买了一本关于蝗虫的科普读物并且看得津津有味；《丰乳肥臀》中母亲生“我”的场景：“伴随着第一声钟鸣，伴随着日本鬼子即将进村的警告，一股汹涌的羊水，从上官鲁氏的双腿间流出来。她嗅到了一股奶山羊的膻味，还嗅到了时而浓烈时而淡雅的槐花的香味……”一个难产而命悬一线的产妇，此刻只有脚跨鬼门关拼死求生的紧张与恐惧，哪有如此发达的嗅觉和感觉，还“淡雅的槐花的香味”？“我西门闹……接受家业时虽逢乱世，既要应付游击队，又要应付黄皮子，但我的家业还是在几年内翻番增值”，这哪是旧社会地主，这话只有当代农民企业家才能说得出来；更可笑的是，《丰乳肥臀》写张麻子用两个馒头换取和乔其莎发生关系的一节，写得冗长细致，乔其莎一面吞馒头，一面让张麻子从背后插入行事，“她的眼睛里盈着泪水，是被馒头噎着了的生理性泪水，不带任何的感情色彩”。乔其莎作为一个高傲的知识女性，为了生存委屈至此，实在是个不忍卒读的残忍细节。莫言敢写，而且写得如此冷静而没人味，“生理性泪水”“感情色彩”这样的临床诊断语都出来了。这还不过瘾，莫言继续写“……她前行，弯腰，他在后面挺着腰随着。他抓起馒头时，他一手揽着她的胯骨，一手按下她的肩，这时她的嘴吞食，她的身体其他部分无条件地服从他的摆布来换取嘴巴吞咽时的无干扰”，好一个讲故事的高手，从《金瓶梅》到地摊色情书，有这么拙劣下作赤裸而冷酷的描写吗？这和养殖场动物交配技术指南没区别，语言直白乏味不够精练，哪里有对女性悲苦处境的悲悯、尊重和同情？何况描写的是一个医学院受过高等教育的校花，此刻她的心情莫言揣测过吗？他擅长的煽情手法突然不见了，机械的动作图解颇似一个造谣者煞有介事的编造。

莫言的所谓天马行空汪洋恣肆便是想到就写，他对人物活动的设计、场景的描写、事件节奏的把握心中没谱，他的典型环境经常是移花接木的布景幻灯，缺乏真实感；或者是强词夺理的硬安排，人物情绪转变、事件推进转折要么粗糙生硬，要么繁复夸张，缺少现场感。莫言不屑于琢磨人物行动和心理短兵相接时的微妙和丰富，在无力控制人物行动和语言对话时，李尔王式的号叫抒情和衍生繁殖的比兴手法就登场了，且一发不可收，常常使苦心构筑的“有意味”的情节被苍白空洞的细节撑爆。比如：《生死疲劳》中西门猪和小花猪被野猪袭击，小花猪死后，对西门猪的描写：“‘妹妹啊……’我哭泣着，站起来，抱着必死的决心，像乌江边上的项羽，一步步逼向那些猪……”这猪也太有文化了，还知道项羽，只有中学生作文，才会这样挖空心思想当然地叙述。鲁迅写“吃人”，从赵贵翁的眼神里就可以窥出端倪，令人不寒而栗；从祥林嫂“眼珠间或一轮”，就看到一个封建礼教迫害下气息仅存的一具枯槁。莫言写“吃人”，洋洋洒洒几十万言写色香味俱全的人肉筵席，写农民讨价还价出卖骨肉供人烹食的迫切——无条件的善常常是伪善，想当然的恶往往是假恶，虎毒还不食子呢！《酒国》就是一个从概念出发的肆意虚构铺陈，这个概念都是极端思维的产物。当这些纯虚构的荒诞故事走向高潮的时候，读者的想象力和阅读胃口已经被他生冷不忌的夸张叙事毁坏，中国文学中“含蓄、精致、优雅的品质，客观、冷静、内敛的特征”实在是找不到。无限制地充塞一些无厘头的细节，让莫言的小说几乎丧失了严肃文学的基本品格。

四

莫言在形式上的执着探索到底为汉语文学做出了哪些值得称

道的贡献？莫言自称是一个不但“为老百姓写作”，而且是“坚持老百姓写作”的作家。陈晓明认为莫言小说创作最突出的特点，“可能就是他始终脚踏实地在他的高密乡——那种乡土中国的生活情状、习性与文化，那种民间戏曲的资源……”；雷达认为，“莫言是个骨子里浸透农民精神和道德理想的作家，他很难到农民以外去寻找他向往的理想精神。”莫言小说的“在地性”是不容置疑的，他对乡土资源的占有和开掘都是肯定的。但他的游戏精神和恶作剧快感，在荒诞中尽享戏谑的狂欢，变历史视角为生命个体视觉，并在叙述上屡屡僭越规范，常常让作品违背初衷。莫言小说叙述背景是真实的现当代农村图景，小说命名和人物命名却往往怪诞又不合常理，《天堂蒜薹之歌》和《酒国》中出现“天堂县”“酒国市”，可谓匪夷所思，举凡古今，中国大地上行政区域命名是不会出现这样扎眼而肤浅的命名。《生死疲劳》的主人公“西门闹”，名字也怪怪的，一个旧式地主，通常是喜好仁义礼智、忠孝节义、福禄寿喜这一类喜气而庄重的名字，这一“闹”字，境界全无。莫言总是在苦心孤诣地制造奇迹，挑战、折磨、戏弄读者的阅读期待心理，试问，这样的创新又有多少积极意义？也许对作品整体艺术价值无伤大雅，但莫言的乖戾可见一斑。

莫言说“结构就是政治”，这话不知所云。他确实在文体形式上不厌其烦地创新，让人应接不暇。《天堂蒜薹之歌》的每一章都引用张扣的快板书作为引子来“点睛”，但这些顺口溜都显得粗陋、直白、拗口，看不出民间口头文学应有的生动鲜活与质朴优美，随便举两段：“乡亲们种蒜薹发家致富/惹恼了一大群红眼虎狼/收税的派捐的成群结队/欺压得众百姓哭爹叫娘”，“弹起三弦俺喜洋洋/歌唱英明党中央/三中全会好路线/父老兄弟们，种蒜发财把身翻”，实在是难登大雅之堂。更令人惊悚的是，《天堂蒜薹之歌》篇末连续长篇幅“引用”党报社论，言辞咄咄，让人不忍卒读。《生死疲劳》罕见地采用了章回体结构。众所周知，章回体是中国古典长篇小说的主要形式，它是由宋元时期的讲史话本发展而来的，讲史一般都很长，艺人在表演时必须分若干次才能讲完。每讲一次，就等于后来章回体小说中的一回；每次讲说之前，艺人要用小题目向听众揭示主要内容，所以章回体的章节和回目主要是为了每个讲述单元的相对独立与完整，故而在回目标题的提炼上十分讲究，对仗工整、用词典雅，极富美感，很多都是一副工整的对联，这些细微处都透露出古典文学的精致细腻优美。莫言突发奇想的章回体，就小说内容来讲并无多大必要，也就是图个新鲜，别出心裁借个外壳，且看他所谓章回体的回目小标题：“西门驴痛失一卵，庞英雄光临大院”，“河滩牧牛兄弟打斗，尘缘未断左右为难”，“雁落人亡牛疯狂，狂言妄语即文章”……实在是不俗不雅、不文不白、不伦不类，粗陋疏浅至极。这样的文字，不用说不能和传统的章回体小说相比，就是和现代所谓今古传奇一类的通俗文本相比也是弗如远甚。《蛙》又冒出个书信体，五封书信加一部话剧，书信体同样对小说叙述有害无益，将庞大的主体内容分解成书信，每一部分读到后来读者就会忘记这个多重叙事的存在，也将这个尊敬的日本友人抛之脑后，因为每一部分都是完整存在，没必要再做一次整体打包切换，为什么要把这个惊心动魄的故事毕恭毕敬地讲给日本人呢？莫名其妙。至于结尾部分的话剧，实在是不敢恭维，采取这样的形式是何苦呢？

莫言的修辞诡计和叙述花样，加上过于繁复的主观陈述，已经使他的作品看不出什么地域特色，他的人物、他描写的环境，都是怪异的粘连体，而不是矛盾的复合体，他的作品同样谈不上什么中国风格和中国气派。

五

就是这样一个作家，三十年来受到了不绝如缕无以复加的追捧，实在令人称奇。当然也有不少人对莫言创作的弊病提出过尖锐的批评，包括李建军、郜元宝、王干、邵燕君等人，但这些批评并未得到批评界和莫言本人的重视，有些还常常冠以“酷评”之称屡屡被当作反面教材而提起。2005年底，李建军与莫言发生著名的“武夷山交锋”，这虽是一次激烈甚至有些出格的对抗，但双方都保持了应有的高姿态，莫言虽有不满的辩解和抗议，但总的来说，体现了他一贯的谦和、公道、厚道形象，但这不能掩盖他内心的执着、倔强和自负，批评不是谁给谁面子达到和解的问题，而是通过批评完成变革与建设。2006年初莫言抛出了《捍卫长篇小说的尊严》一文，此文很能代表莫言的态度与风格，且不说文章的理论价值如何，光从题目看，似乎有些情绪化，长篇小说作为一种文体有何尊严可谈？说白了就是要捍卫莫言本人长篇小说创作方式的尊严或者他本人的尊严。这篇文章当然也提出了一些富有价值的观点，他认为“长度、密度和难度是长篇小说的标志，也是这一伟大文体的尊严”，但文章其实是为自己做辩解，基本上是为了确立莫言式长篇小说的尊严和权威，他为自己冗长拖沓重复的长篇规模做辩护，为他繁复混杂、粗糙又密集的小说构成做辩护，他说：“我的长篇小说《檀香刑》……那些别有用心地把作品中的人物心态和作者的心态混淆起来的人，那些自己不动脑子、拾人牙慧、鹦鹉学舌的人，不可能理解他，这些人不仅不可能理解我的《檀香刑》，也不可能理解我的《丰乳肥臀》《酒国》《四十一炮》《天堂蒜薹之歌》……”“长篇小说不可能为了适应某些读者而缩短自己的长度，减少自己的密度，降低自己的难度。”“我就是要这么长，就是要这么密，就是要这么难，愿意看就看，不愿意看就不看。哪怕只剩下一个读者，我也要这么写。”——何其固执，令人生畏。此后莫言变本加厉地“这么写了”，他坚持了自己的长度、密度，却放弃了写作的难度。这一点邵燕君早有详细论述，不再重复。

莫言当然是一个勤奋而富有责任感的作家，是什么让他放弃了写作的难度？正是周遭异口同声的赞美与恭维让莫言失去了写作的外在“难度”；与生俱来的执拗让他放弃了写作的内在难度，他不善于设置难度或满足于形式的自我创新，对汉语文学自身的复杂性与艰巨性估计不足，一再放纵自己平行滑动。且看莫言在山东大学演讲时的一番高论“……鲁迅不适合写长篇小说，因为他太有思想，思维太清楚了。长篇小说需要一种模糊的东西，应该有些松散的东西，应该有些可供别人指责的地方，里面肯定有些败笔，有些章节可以跳过去。”真是一番奇谈怪论，他的眼里，长篇似乎就应该松散，有败笔。

举凡古今中外的优秀长篇小说，都是融思想性与艺术性为一体的文本典范，都是字斟句酌、精益求精的汉语言文学的经典表述，“批阅十载、增删五次”的《红楼梦》，“锱铢积累”的《围城》，都是见微知著，炉火纯青的，任何一部名著随着时代推移，也许在其思想内涵上会被后人提出不同的解读甚至误读，但在文字表述、内在逻辑等细节上鲜见有被“翻案”的，追求完美是艺术的本质所在，也是长篇小说乃至一切文学作品真正的尊严。

六

一个作家的思想深度和精神高度最终决定他作品的生命力和价值。莫言已被不少人列入伟大作家的行列，甚至有不少有识之士把他与鲁迅明加比较或暗加联系，将莫言誉为“与鲁迅相逢的歌者”，如今在诺贝尔奖的光环下，莫言不愁没有市场，对莫言的批评渐成异端，为尊者讳的话语环境也不欢迎那些不合时宜的批评之词，莫言也更加听不进别人的批评了。

在诺贝尔文学奖颁奖典礼上，莫言从容地自称一个“讲故事的人”，他的开篇是这样的：“通过电视或者网络，我想在座的各位，对遥远的高密东北乡，已经有了或多或少的了解。你们也许看到了我九十多岁的老父亲，看到了我的哥哥姐姐，我的妻子女儿和我一岁零四个月的外孙女。”“我获得诺贝尔文学奖后引发了一些争议……我如同一个看戏的人，看着众人的表演。我看到那个得奖人身上落满了花朵，也被掷上了石块，泼上了脏水。我生怕他被打垮，但他微笑着从花朵和石块中钻出来，擦干身上的脏水，坦然地站在一边，对着众人说：对于一个作家来说，最好的说话方式就是写作。”由此可以看出，莫言并不如一贯表现得那么淡定，他还是有些愤懑。我们承认，现实中的莫言是个谦逊而勤勉的作家，是一个有责任感和良知的作家。在这个变革中历经阵痛的时代，千百年传承开拓的汉语言文学，在国民道德和民族精神的培养上仍然有着重要的作用，我们乐见莫言获奖，我们更乐见在这个精神贫乏的时代借此渐渐走出一个货真价实的文学大师，这样的人在一定程度上有着思想领袖和精神导师的杰出智慧和伟大人格，历数百年来诺贝尔文学奖获得者，绝大多数堪当其所在国家和民族的使命。莫言获奖后如是说：“我是一个讲故事的人，因为讲故事获得了诺贝尔文学奖。我获奖后发生了很多精彩的故事，这些故事，让我坚信真理和正义是存在的。今后的日子里，我将继续讲我的故事。”

一部名著的冷热酸甜

由路遥同名小说改编的电视连续剧《平凡的世界》于2015年在各电视频道轮番热播，热播之余，也不乏热议。与其他粉墨登场的文艺时尚个案不同的是，《平凡的世界》有一个强大的文本在支撑，有一个二十多年来生生不息的庞大读者群在支持。因此，此番热议，除了普通观众对剧中人物形象进行评头论足以外，更多的是关于小说、关于路遥的旧话重提。

一切经由娱乐模式才能最大限度地进入大众的普遍视野，这是全媒体时代的特殊现象。当回头再看《平凡的世界》，因为许多观众对这部小说的熟识程度，也因为习惯于战争神剧和情感泡沫剧持续的视觉娇惯，该剧大规模还原陕北农村满目焦黄的壮阔景象，悉数再现黄土地上的“乡党”群像，平凡的读者们，总有一种久违的亲切感，也会勾起一些遥远的记忆。

事实上，《平凡的世界》这部讲述普通人人生奋斗的经典励志读物，这部不少粗识字的农民可以顺利阅读的百万长篇，问世二十多年来，却遭遇了奇怪的冷热两重天。一方面是评论界和文学史家对路遥的长期冷漠和忽视，他呕心沥血创造的那些人物形象在当代文学史上鲜有人提及；另一方面则是普通读者对《平凡的世界》持续不减的阅读热情，这种相悖的现象在当代文坛是鲜有的。

《平凡的世界》描写的是与命运顽强抗争的当代中国农民形象，有沉默与呐喊，有蜕变与新生，有隐忍与抗争，这是一代人命运轨迹和心灵苦难的揭露与还原。路遥以耕牛般的忠实和殉道者的赤诚与壮烈，完成了这部终其生命的心血之作，这部小说成为他当之无愧的代表作，同时也是中国当代文坛不容忽视的一部力作，该作曾以榜首位置获得第三届茅盾文学奖，称得上一部当时及其后数年间产生了很大影响的重量级作品。但是随后，路遥与20世纪80年代的一批现实主义作家一起，被潮起潮落的当代文坛迅速遗忘，很少有作家以路遥为楷模投入创作，很少有人专事路遥及其作品研究，甚至鲜有评论家在文学评论中提到《平凡的世界》，“文学精英集团”总体上集体漠视这部作品，特别是21世纪以来流行或通用的几种高校“当代文学史”教科书对《平凡的世界》几乎都是一字不提或者一笔带过。与此相反的是，《平凡的世界》却成为当代小说中长时间深受读者欢迎的罕见作品。中央电视台曾组织“1978—1999大众读书生活变迁调查”显示，在这二十年间，对读者影响最大的书中，《平凡的世界》位居第六，而前二十八部作品中没有其他新时期小说入选。还有研究者所做的“茅盾文学奖获奖作品调查”表明，前四届茅盾文学奖的二十部获奖作品中，读者最喜欢、购买最多的是《平凡的世界》。此外，多年来各种名目繁多的纯文学读物或畅销书调查、评选、排行榜中，

《平凡的世界》屡屡入选。而这些调查对象大多数是文化层次较高，具有一定阅读欣赏能力的人，《平凡的世界》最广泛、最热情、最坚定的读者群，则是处于贫困阶层的学生和民工，他们奔走相告，借助廉价的盗版读物，在各自的角落热心地捧读《平凡的世界》，已构成一个无法真正“统计”的庞大群体。《平凡的世界》所受到的“冰火两重天”的奇怪待遇，也曾引起相关研究者的关注。有人在极力张扬路遥的道德理想主义情怀和英雄情结的同时，对“后路遥时代”文坛的种种俗化泛化写作进行猛烈批判，进而尊路遥为旗帜和楷模；有人因路遥作品的长盛不衰，不遗余力为“写真实”的现实主义创作技法点赞；有人因为路遥作品中真善美的思想力量，屡屡暗举“艺术为劳苦大众服务”的庄严旗帜，大有让作家重新接受思想改造的激昂倾向；还有一些“同行”，除了直夸路遥勤奋好学，或者妄叹其人品好命运苦，对其艺术上的优劣得失避而不谈，一方面酸酸地羡慕其可观的“市场效益”，一方面还抱有一种走着看的隐秘心理……凡此种种，说明一个“说不尽的路遥”仍然存在于我们的视野，路遥及其作品是一个不得不说的文学现象。

路遥是值得敬重的。路遥强烈的道德理想主义倾向和社会责任感，以及源自苏俄文学精神的人道主义情怀、苦难意识、底层关怀、人民立场及诗性气质弥足珍贵，特别是他以拼命三郎的精神投身《平凡的世界》写作，最终以此做成了一名文学烈士，更令人敬佩。路遥犹如流星般划过中国文坛的灿烂星河，他的生命和创作终结了，但他的作品并非独领风骚三两天或昙花一现。相反，在随后而来的一个漠视阅读、崇尚娱乐，以亵渎经典为时尚的文化氛围中，这样一部朴实无华、直击现实的纯文学作品，悄无声息地承担了几代人心灵慰藉、思想熏染和精神激励的正能量作用，他的作品与其自身的命运、经历一道，形成一种无形的精神力量或道德天平，不论从“文以载道”的文化传统讲，还是从“成败论英雄”的世俗逻辑看，都足以“倒逼”满脸深沉的精英分子放弃傲慢与偏见，重新审视路遥与《平凡的世界》。

路遥忠实而又成功地继承了经典现实主义的创作精神和创作手法。新时期文学的起步就从经典现实主义原则回归开始，这种回归是对相当一段时间以来极左文艺思潮的自觉疏远，是一种进步与发展。但回归的路并没有走多远，就被汹涌而来的现代派浪潮所打断。自20世纪80年代初王蒙等作家局部吸收“意识流”等现代派技巧以改善现实主义功能起，当代文学就开始对西方各种文学浪潮进行高速率、高密度的追赶，对这个势不可挡的潮流和趋势，偏居西北一隅的路遥并不是置若罔闻，而是有着十分清醒的认识。对于他来说，运用一种类似《人生》式的被宣布为过时的创作手法结构这部长篇巨著，不是出于一种文学观念上的无知或技巧上的无奈，而是一种“清醒状态”之下的勇敢选择和大胆挑战，是“个人对抗群体的挑战”。它之所以采取这种“冥顽而不识时务”的创作态度，是因为他坚信现实主义“在现在的历史范畴和以后相当长的时代里”“仍然有蓬勃的生命力”。原因有二：一方面，现实主义在当代文学的发展中还没有达到类似19世纪俄国和法国现实主义文学那样的高度，以至于作家必须重新寻找新的路径，现实主义文学无论是在表现当代生活还是五千年历史上都没有达到“令人信服的表现”。另一方面，路遥认为，检验一种文学方法是否过时，“目光应投向读者大众”，以当时中国读者的接受状态来看，只有“出色的现实主义作品”才能满足各个层次读者的需要，这是任何一种“新潮”文学手法都做不到的。路遥以清醒而坚定的理性认识投身《平凡的世界》的创作，他选择了一条自认为正确的道路，一条适合他自己的道路，他表现了一名经典现实主义作家应有的激情和勇气，始终重视细节描写的真实性和准确性，始终强调文学的伦理效果和思想力量，始终关注普遍而健全的人性内容。看看和路遥同时起步的其他优秀作家，有许多人致力于现代派表现手法的探索，他们的先锋意识和前卫姿态曾极大地丰富了当代文学的表现领域和创作格局，带来了全新的审美风格与阅读体验。但时过境迁，回头看来，他们“拿来”之后并未为汉语写作开拓出基于传统又融合新知的稳定风格，也未形成民族化、本土化的经典文本。他们当中不乏才华横溢的高手，但有人醉心于肉身的迷狂，复制、贩卖空虚、焦虑、绝望等“后现代情绪”；有人得意于琐屑的个人体验，小说的全部内容成为无聊的个人化写作；有人自恃灵感和才气，放肆挥洒主观任意性，热衷于“把玩”叙事游戏，总体上缺少终极关怀和价值追问，忽视作品的诗性意味和精神力量，普遍呈现出道德评判的缺失或混乱、文化立场的偏执、审美趣味的低俗、细节描写的粗疏和重复，无论其技法和形式玩弄到多么炫丽的地步，都鲜有作品像《平凡的世界》这样长时间享有普通读者的青睐。

但凡杰出的艺术，总是出自锲而不舍的艰辛劳动，是全身心进入艺术内部世界的固执抵达。这条朴素的法则已被不少人抛之脑后，优雅而自命不凡的当代作家，在20世纪80年代就显得落伍的路遥面前，恰恰成了真正的落伍者。许多人热衷于玩才华、玩题材、玩奇思妙想，除了制造一时的轰动，便是借助表扬与自我表扬，在圈内屡屡自诩或互封“不朽”“伟大”，但有多少作品被沉默的大众不断传阅？有多少作品是学界普遍认可的堪称经典的作品？

诚然，路遥的成功不能单纯归因于传统现实主义的道路选择。《平凡的世界》长销不衰，也不能就此证明新时期以来现代派创作方式的探索是失败的，没有市场的，更不能就此呼吁中国作家回到现实主义一统天下的老路上。经过五四以来“现实主义”文学的长期影响，特别是经过“社会主义现实主义文学”的强力“打造”，现实主义的审美规范已经内化为读者深层的阅读期待，为大量“通俗易懂”的作品形成了潜在的市场需求。路遥的艰辛人生和悲苦命运令人惋惜、同情，路遥是不幸的，又是幸运的。《平凡的世界》中所反映的1975年至1985年，正是一个变革的时代，是历经阵痛而孕育新生与希望的时代。“包产到户”的新政策，使农民有了富起来的希望，民间伦理重新确立，致富光荣渐入人心，农民有机会寻找别样的生活，展望外面的世界……这是一个令人念念不忘的“相对黄金时代”。路遥笔下的陕北农民，虽然背负因袭的重担、忍受生活的煎熬，尚未褪去农民身上的沧桑印记，但更多的是亘古未有的人格自由与灵肉解放的热望，所以，这些人物苦而不悲、穷而不馁。正是在这样一个“相对黄金时代”的背景下，作品的苦难描写始终贯穿着温情的暖光和光明的内核：社会虽有不公，命运充满曲折，但通过不屈不挠的艰辛奋斗终能获得幸福和成功。正是路遥在“相对黄金时代”形成的“黄金信仰”，为一拨又一拨离乡背井、苦苦挣扎的乡村青年带来难得的温暖和有力的抚慰。路遥将这种炽烈的人生信仰实践在他的实际生活和文学创作的具体劳动中，这种浑朴率真、坚毅庄重的人格力量和情感真实，也成就了作品始料未及的形而上意蕴与朴素的思想光芒。

路遥这种饱含理想主义色彩又土生土长的民间信仰，符合传统理想人格又契合主流意识形态所倡导的、老百姓普遍接受的个人奋斗精神。路遥作品中的理想主义立场既是坚韧的、永恒的，又是脆弱的、抽象的。在“平凡的世界”里，充满善良、温情、道义，人的原罪、原欲、人性之恶尚未生长或被忽略，仅有的胡永合、胡永州兄弟，是为了衬托正义力量而出现的符号或侧影，他们身上更多地保留了一种地痞式的恶习，但其性格中也有热情大方、乐善好施、富有远见、做事有魄力的一面。《平凡的世界》广泛展示了一代人的艰辛与曲折、苦难与幸福。作者既忠实于生活逻辑和客观环境，又始终秉持固执的道德理想主义，他在叙写个人奋斗时过于崇尚主观意志，过于张扬个性力量，过于追求理想人格，过于痴迷道德完美，几乎所有人物都奋斗“在路上”，没有消费主义观念引导下的“成功人士”，没有“成功之路”和“成功模式”——没有胜利可言，挺住意味着一切。孙少平为了摆脱“一辈子当农民”的命运，对当一个煤矿工人的人生机遇万般珍惜，不惜以“喝醋”这样的小动作获得体检过关，而在他的准妹夫、省委副书记的儿子提出为他调动工作时，他却断然拒绝。他一方面为井下不见天日的生活而感到无比的沉重，另一方面用一种虚无的成就感和生活希望为自己打气，这种迷茫和坚定在孙少平的内心始终存在着紧张的搏斗，这是一场漫长的意志修炼和人格完善的苦行僧之旅，是一场乌托邦式的精神自修。单纯张扬这种主观意志，在励志的同时，也存在人物形象和价值指向上的矛盾与脆弱，一个体力劳动者，要完成一个精神贵族的漫长修炼，这种对生活苦难的神圣化，虽然造成了二律背反式的悲剧审美效应，而这种错位和撕扯也最终会造成人的异化，作品显然没有试图探究这种可能性。也许，对于千千万万孙少平式的读者，他们读罢作品禁不住要追问：“我们的出路到底在哪里？”

诚然，艺术的功效若仅限于让乐观的唯物主义者痛定思痛，按图索骥地总结经验安排生活，则是将其认识价值庸俗化。艺术对于人生苦难的观照，往往衍生出更多未解的存在命题，认识价值的生成应该以活生生的人物命运为基础，因此经典的作品在价值指向上往往是多元的，读不尽的《红楼梦》，一千个人眼里的一千个“哈姆雷特”，都是因为其真实性、复杂性让人玩味不已。鲁迅的价值不在于他对旧中国民族解放和国家独立这些“最紧迫最现实”的问题认识最早、反应最迅速，而是对中华民族的劣根性、奴性等等深层弊病认识最敏锐、揭露最痛切。以正确性和感召力判断一个作家的价值是庸俗的、短视的、肤浅的。从这个意义上讲，《平凡的世界》在局部真实的基础上，在艺术真实性上还是欠点儿火候。对此，一贯高度推崇路遥的李建军先生一语中的："（路遥）的写作，是道德叙事大于历史叙事的写作，是激情多于思想的写作，是宽容的同情多于无情的批判的写作，是有稳定的道德基础但缺乏成熟的信仰支撑的写作，还有，他笔下的人物大都在性格的坚定上和道德的善良上，呈现出一种绝对而单一的特点……"

我们应该珍视《平凡的世界》这本书可贵的艺术价值与思想光芒，但时至今日，重读或重评该作，并非煞有介事地"发现"大师或"寻找"经典。客观公正地讲，《平凡的世界》应该算是一本普通的优秀作品，毕竟，《平凡的世界》不论是思想性还是艺术性，都难以达到经典作品的分量。这部写真实的大作虽极富人文热度，超越于同时代众多图解意识形态的概念化作品，但它缺少经典名著博大精深的丰富内涵，在思想内容上单一、单向、单纯、单薄，在人性的复杂性和深度上探究不够，作品在描写的真实性上虽然达到了剖心割肉的逼真呈现，但在叙事的品位上缺少含蓄、精致、传神以及耐人寻味的感染力，全景式叙事的驾驭能力明显不足，许多地方显得力不从心，叙事平淡直白，细节描写繁复、粗疏，语言苍白乏力，缺少韵味。过度的主观介入，使作品缺少冷静与内敛的史诗风韵。凡此种种，都成为《平凡的世界》无法弥补的缺憾，也成为学界并不看重该作的根本原因。

路遥的再度"热"值得人们深思。路遥"视读者为上帝"的写作立场和替人民立言的雄强抱负，终于在他离世之后得到亿万读者热捧的回报。民众的热爱、读者的肯定，是一部作品艺术价值的最直观考量标准。《平凡的世界》问世三十多年来，相对于历年涌现的海量速朽的长篇，堪称获得了令人欣喜的阅读预期，但作为一部名著的生命来说，说它经历了“历史的检验”还为时尚早。自改革开放以来，我国经济飞速发展，对外经济文化活动交流频繁，物质得到极大的丰富，与此同时，大众思想心态、价值取向、文化立场都更为丰富和多样，其中也出现了一些不良文化现象，例如有些民众的闲暇时间被各类快捷时尚的传媒占领，娱乐化、碎片化、消遣性的浅阅读成为主流，关于人生价值与意义的深度追问，曾一度被消解为有趣的段子，关于生存之困与心灵之痛，一度被“什么都不是事”的轻率调侃遮掩，这种满不在乎的自嘲，隐含着价值归零的无奈与逃避，指向经典的深度阅读与深度思考渐渐从人们身边一点点流失。在这种情况下，畅销或长销之作，恰恰是通俗的、浅显的，并非深刻的、经典的。心灵鸡汤爬满书架，那种温情故事或悲情故事再续一点小哲理的文章极妥帖地满足了大众的心理需求。所以说，当读者已经对经典显得慵懒而麻木，作家们自说自话闭门造车的时候，当代经典尤显匮乏，当代作品更加疏离大众。在此背景下，《平凡的世界》甫一问世，便成为读者心灵谐振的普遍值和公约数，鲜有作品能够替代或超越它的作用，这便是读者选择它的理由。

21世纪的今天，对那些已经厌烦文化快餐的读者而言，《平凡的世界》朴素的、原生态的精神励志和道德输血作用，再度引起他们内心深处对纯洁、坚韧等崇高品格的怀念，就好比“农家乐”和“杂粮面”的流行一样，《平凡的世界》以其粗粝质朴而得到读者喜爱的深层原因。

市场经济的当代书写
——新时期小说人文价值取向刍议

中国文学的“新时期”已经走过了四十多年。“新时期文学”是一个特定概念，它出自当代社会历史话语中的“新时期”概念。“新时期最鲜明的特点是改革开放”，改革开放构成“新时期文学”存在与发展的基本历史语境。文学是一个民族的精神传记和心灵图像，“小说是一个民族的秘史”，最能体现一个时代的精神能量和心灵变迁史，那么，当代小说对“新时期”的书写在多大程度上具有“秘史”或“史诗”的效应？

新时期伊始，中国社会在断裂的阵痛中逐步转型，文学界空前活跃，“伤痕文学”“反思文学”相继经过一阵热闹后旋即退场，作家们很快“擦干眼泪”而将目光投向市场转变的生动实践，敏锐把握时代进步的方向，写出了一批影响深远的改革小说。面对积重难返的现实，改革需要非凡的人物和非凡的力量，作家们比较突出地写了改革者为实现理想而改造现实的雄心和铁腕、胆识和气魄，这给人们的生活送来了曙光，但也为改革家脸上涂上了某些超人的色彩，使改革者在某种程度上成为一种理念的化身。总体看来，这些作品在思想意义、价值导向、审美品格方面并没有什么石破天惊的影响，但坚持了对时代主题和改革精神的积极回应，既是文学干预生活、传递主流意识形态的现实主义文学，也是新时期文学回归自身，民众思想解放、精神复苏的必然结果。

以建立社会主义市场经济体制为指归的经济社会改革，深刻改变了国家的前途命运，转变了中国人的生存命运和生活境况，也影响了整个民族的思想道德基础。纵观四十年的小说创作，其叙事行为不可避免地在改革这个强大的话语氛围和精神气场中展开。从书写农村生产生活变迁的乡土小说，到讲述体制改革的工业题材小说，乃至后来波诡云谲的商战小说、官场小说、财经小说、反腐小说……无一例外地描写了在经济体制变革和利益格局深刻调整的大背景下，当代人的苦闷与彷徨、蜕变与新生、觉醒与堕落……

改革由农村开始，而改革文学却首先从描写城市改革起步，蒋子龙的《乔厂长上任记》、柯云路的《新星》、张洁《沉重的翅膀》等作品与经济体制改革同步，与国家顶层设计和制度变革同步，他们既凸显出作者对改革的迫切渴盼和对现实的忧患，又展示出社会发展的波澜壮阔和人们生活变迁的纵深图画，全方位塑造了一系列引领改革的正面人物形象，对推动改革的正面力量进行全面整合，当然，对社会弊病也进行了大胆的揭露。总之，这些正宗的改革文学，总体上都是高扬时代精神，认为新的革新创造代替旧的历史惰性是必然的，社会就是在这样的新陈代谢中前进的。与工业题材相对应，几乎是同一时期，以王润滋的《鲁班的子孙》、何士光的《在乡场上》，蒋子龙的《燕赵悲歌》，张炜的

《秋天的思索》、高晓声的《李顺大造屋》和贾平凹商州系列小说为代表，作家对乡村改革的现实肯定和文化上的困惑交织并存，在对乡村现实改革的认可和期待中，融入了非常明确的文化改革立场；同时，作家对农村伦理道德格局和乡风民俗秩序的剧烈变化显示了深刻的忧虑，农村改革已不是简单的新陈更替、善恶角逐后，人民群众露出微笑那么简单的戏剧场面，作家对于改革的多维度深入思考醒目地并存于作品中。改革进程在发展，改革的内涵在变异，作家们的立场和叙述在游移当中呈现出多向度的探索与思考。所以，在中国经济体制改革全面展开以后，改革小说反而逐渐失去了锐气，作家们比较平和地反映社会的生活状况，改革小说作为一种文学思潮也就完成了它的历史使命。

总之，改革小说对于改革风云的正面介入和全景式描述，具有鲜明的时代特征，从中可以看出那个时代的文学之庄严、洁净与赤诚，但也带有政治倾向明显、艺术性不强、人文关怀深度不够等缺憾，致使改革小说很难创造出丰满而具有持久艺术魅力的艺术形象。当初的改革者形象随着时代的推移，已经渐次成为过去时代的脸谱。

但秉承这一写作范式的作品并未绝迹。从20世纪90年代中期起，以历史理性、理想主义和现实批判为特色的改革小说依然蔚为壮观，周梅森的“改革小说三部曲”、陆天明的《苍天在上》等，在当代小说形式创新上全面开花，各类实验文本异彩纷呈的局面下，依然占有一席之地。而且这类侧重于社会历史分析的小说创作，一直以来备受青睐，刘玉民的《骚动之秋》，柳建伟的

《英雄时代》等为改革鼓与呼的长篇能获得“茅盾文学奖”便是明证。事实上，这类“历史正剧”式的作品，作者总是煞有介事地站位表态的“主流姿态”，其作品虽然鼓舞人心，但缺乏复杂人性的展示而热闹一时，终归被读者遗忘。

这些与现实的改革生活保持同步的作品，并未带来应有的写作预想。改革文学貌似庄严，却很难读出转型期中国人的精神风貌，原因并不在于作家写改革多了还是少了，而在于作家对市场经济条件下人的生存状况的揭示，对人性的复杂性的维护做得不够，大多数改革文学仍然落入载道言志的窠臼，意欲用积极介入的方式改造生活，往往适得其反。

受“文化寻根”和“现代主义”思潮的影响，与改革文学并行的“新写实”应运而生，“新写实”执着于描写人的文化生态，其中不乏描写当下生活的作品，但文化解构的结果却仅仅把生活还原为“过日子”。大多数作家试图规避一些什么，但并不意味着作家可以逃离改革时代的现场，他们无法离开商品、市场、交换，无法漠视市场经济带给中国翻天覆地的变革。在这一现实下，作家普遍采取了边缘化、世俗化、个体化的切入，他们更愿意尽可能地疏离社会学立场的写作，这一现象带来的直接后果便是当代作品价值取向多样化，人物形象面貌模糊，人物精神世界苍白空调，道德理想渐趋衰微，文字中弥漫着生活的无序、无望、无意义。

世纪之交，中国城乡改革进入更深的阶段，市场经济以及与之相伴的商业文明成为社会的主流，并以其巨大的渗透力，影响到社会的每一个角落。一方面，以农业文明为底色的民间传统社会格局发生了前所未有的变革分化，传统宁静和谐的乡村场景基本从现实中撤离；另一方面，城市改革的各类矛盾开始凸显，物质主义、拜金主义甚嚣尘上，加之与城市现代化建设相伴随的人类精神世界空虚等问题相继出现。面对这一局面，作家们虽然对此表现出了普遍的文化批评态度，但有意抽离明确的价值判断，更多的是对传统文化表示了强烈的守望姿态。张炜的《柏慧》《家族》《外省书》，贾平凹的《土门》《高老庄》《秦腔》，刘醒龙的《分享艰难》，谈歌的《大厂》，关仁山的《大雪无乡》等等，很难看到冷静客观而又深刻细致的思想渗透，在剧烈的文化转型面前，他们或迷恋于传统古朴的田园牧歌的幻想，怀念和追寻逝去的精神息壤，以孤寂而落寞的文化守望完成了精神退却；或专注于对物欲世界的自然主义描述，抛弃了理性化、理想化的元素，淡化了道德精神命题和人文关怀，看似切近现实，实则是向不合理的现实妥协。

进入新世纪以来，全球化进程加剧，市场经济的基础地位更加巩固。城市化的急剧推进，极大地改变着人们的生存方式、时空观念、思维方式和伦理道德情感。“速度、质量、效益”如一架架飞速旋转的切割机，逼迫人们仓皇奔走，数字化的精确考量让人的价值归结为冰冷的量化规定，人的价值感、尊严感、幸福感面临多重多向挑战。与此同时，经济高速发展带来的诸如生态恶化等等问题，亟待解决。在这种商业狂欢和消费主义的现实语境中，文学要深刻地理解和回应现代化经济建设、科技进步、社会发展的理性抉择所带来的时代精神与社会转型的变迁。但是新世纪文学在大规模全方位扩张的背后，普遍缺乏对于当下时代、社会及精神存在方式的整体把握与深切体察，不论是“新性情写作”“新传统写作”，还是“底层现实主义”“打工文学”，生活寓言的特征更加明显，日常生活的审美化成为作家们乐此不疲的追求，生活总是混沌莫名、泥沙俱下地呈现在文学作品中，作品普遍放弃追求雄强的艺术概括力和重构力。《秦腔》中那些“鸡零狗碎的泼烦日子”，《生死疲劳》中六道轮回的悲剧宿命，《受活》中那些荒诞离奇的恐惧故事，《丑行和浪漫》中对道德理想的唯美痴迷……举凡新世纪以来众多“名作”，很难读到中国人在一个全新时代的精神概括和心灵原型。这些艺术形式上的生猛探索，与之相伴的是作品从现实生活中的抽离，他们对正在兴起的物质现代性主导的复杂时代气息感应太少，沉溺于中西之间、传统与现实之间犹豫彷徨，以文学的人道主义、人性论以及现代存在主义的人道主义为主要思想内容，并由此生发去解释现实、解释历史。作家自觉隔膜于时代，在现实生活中追寻和打造理想人格、新人形象，似乎是个落伍而害臊的话题，只是致力于抽象人性和人的绝对境遇的思辨空谈，从而失去与时代对话的能力，失去道德担当的勇气，失去了应有的精神内蕴。

毋庸置疑，现实主义仍然是生生不息的文学形态的主流，当代作家仍然在强大的现实主义语境下进行探索。当下，市场化改革已经成为一种发展大局、一种不可逆转的潮流，传统与现代博弈不止的文化生态仍然在复杂演变，这些现实必然是文学思考时代的必要依据。我们的作家在现实生活中早已是“物质和欲望合理性”价值理念的信仰者、追随者、受益者，但他们的写作总是遮遮掩掩，扭扭捏捏，普遍缺少精神能指，不能正视现实矛盾，不能以作家应有的立场为当代中国的价值困惑、信仰危机和精神重负求解。

在当代作家的创作中，历史理性的缺失，是造成这一现象的原因之一。20世纪80年代，文学逐渐回到自身，文本意识逐步深化，虽然相当长的一段时间内，文学仍然习惯于依托集体话语，但当时的文学充满了诗意、激情和青春气息。社会正义和人道主义原则等重大母题始终闪现在这一时期的文学作品中。进入20世纪90年代，文学干预生活的热情逐渐冷却下来，启蒙、批判的功能弱化，开始转向逗乐、游戏，面对迅猛崛起的市场经济大潮，玩文学、玩人生风靡一时，娱乐功能逐渐增强，人们在秩序井然中养成的理性价值和思维惯式被纷纷击碎。

市场经济和工业文明是当代中国历经曲折后的理性选择，是历史发展的必然，是我们必须积极面对的历史境遇，“改革是中国的第二次革命”，相对于第一次革命，这一革命不但缺少英雄主义内涵和悲壮的浪漫色彩，特别是在一个传承数千年的农业文明国度，市场经济主体地位逐步确立，工业化程度快速提升，原有社会格局和国民道德思想体系经历了剧烈变动。

历史理性是人们对全面促进社会的经济、政治、文化进步力量的肯定评价，经济的进步无疑是历史理性的重要一环。马克思说过，人们首先必须吃、喝、住、穿，然后才能从事别的活动，要解决吃、喝、住、穿，当然要发展经济。所以发展经济以及如何发展经济是历史理性的题中应有之意。作家要正面反映当前变化的现实，就不能不以历史理性深入思考这种种的复杂问题，不能没有对社会问题的清醒意识和深刻理解。没有历史深度的作品必然不能体现时代精神，因此“历史理性”不能不是衡量文学创作价值的一个尺度。

当下社会的失序状况，固然是现代化所带来的负面影响，但这些负面影响只有通过更高程度的现代化而不是退回到刀耕火种的时代才能克服。这是知识分子面对当下境况发言时，必须具备的一个认识水准。可惜的是，当代文学作品中，积极作为、正面干预生活的这种历史理性越来越淡薄，作家不但不能以历史唯物主义观对现实生活进行理直气壮的呈现和分析，而且有意回避“见解”或“思想”，生怕落入“文以载道”的窠臼。写作的道德体现在对人性复杂性的维护上，伟大的作家从来不是游离于时代的旁观者，他们不为“见解”而写作，但他们的写作总是有“见解”的，海明威、聂鲁达、马尔克斯、大江健三郎都是具有明显政治倾向和社会活动参与热情的作家，略萨曾经竞选秘鲁副总统，就连“作家中的作家”博尔赫斯，也无法拒绝庇隆政权，但他们从来没有放弃自身纯粹的文学立场。

新时期文学深受西方现代主义和后现代主义影响，遮蔽文学中的社会观念，否定线性时间的意义，关注个人心理体验，重视结构、形式、叙述和虚构，这些尝试让中国文学呈现出丰富的多样性，也大大转变了传统现实主义耳提面命式的陈腐话语模式，这是积极的、值得称道的一面。但与此同时，文学对社会历史使命的大面积疏离，让作品饱受虚无主义的伤害。为数不多的执着于现实主义写作的优秀作家，其大量作品总充斥着对农业文明的忧伤怀念，对商品经济的片面透视、粗暴挞伐和轻率嘲讽。《高老庄》中的“乡贤”子路回到老家，可谓衣锦还乡，但一个月的经历留给他的是满目苍凉、满腔悲辛，临别时给死去的父亲磕头：“爹，我恐怕再也回不来了！”《柏慧》中的“我”不堪城市纷扰，逃离到“世外桃源”式的葡萄园，开始“面向一片苍茫”的“守望”；阿来的《空山》虽然用一贯隐晦诗意的笔法，写了少数民族村落自然生态与传统价值的双重危机，作者虽声言“试图探求全球乡土共同面对的问题”，但过多形而上的思辨，过分重视叙述姿态，冲淡了作品的震撼力，神性解体，人性灼伤，精神家园安在？灵魂皈依何处？缺乏人性关注的稀薄叙事，让作品指向暧昧一团……纵然这些作品饱含沧桑与忧患，但历数新时期以来的创作，这种“守望乡土”“渴望回归”的叹息不绝如缕，令人厌倦。这声声叹息看似深邃，实则洞见作家们虚无的文化人格和偏颇的价值观，总体上缺少“广博自由能容纳新潮流的精神”（鲁迅语）。

与历史理性的缺失相对应，泛道德倾向往往在当代作品中代替了仅存的现实批判意味。在现实生活中，市场规律已经被大众所接受，“发展才是硬道理”“创业、创造、创新”成为劳动群众自觉而光荣的选择，积累财富、成就梦想是全社会价值导向中不容置疑的奋斗目标。与此同时，在大众文化话语氛围中，在电视剧、商业广告、社交领域，“成功人士”衣冠楚楚、一掷千金的形象成为楷模与偶像，就连纯真的儿童也会立志：“我长大后要当大老板。”然而在我们的“严肃文学”体系中，这些先富起来的“企业家”却很难以正面形象出现。莫言的《丰乳肥臀》堪称具有史诗规模，作品后半部分以相当的篇幅写到了商品经济时代的种种善与恶、荒诞与传奇，他写商业炒作、写为富不仁、写一夜暴富，离不开对声色犬马的津津乐道，对物欲横流的夸张渲染。这种纯感官重欲望的描写，因为离现实太远，结果让可怜之人变得可恨，可恨之人仅剩可笑。余华的《兄弟》中李光头是个不乏善行的恶人，有劣迹也有义举，他善于自轻自贱，但坚忍顽强，做事仗义勇敢，极富创造力和忍耐力，是一个融诸多恶习和美德于一体的奇葩。李光头的苦难童年，灰暗青春，暴富的壮年，预示了从“文革”晚期到改革开放，从计划经济到市场经济，国人从伤痕到反思再到改革的心路历程，这个历程因为遵循了历史进步的逻辑但超出了国人的心理承受能力，因而迅速暴露出一系列的失衡和荒诞，这无疑是耿耿于怀的诉说主题，也是作家可贵的发现。但是，这一历程却缺少人性蜕变的艺术真实，缺少一条鞭子一条血印的无情鞭挞和严峻拷问，只是流于一种概念化的想象。李光头是个大善大恶之人，他身上有太多民间侠义的东西，虽然夸张，但情有可原，但是人的善恶是有条件有依据的，不是无缘无故的。作家必然要从一些离奇的另类人格、夸张变形的人物言行中解释人性深处必然的性格轨迹，从变态中看出常态，从独特的“这一个”中读出普遍的人性。李光头对待宋刚的态度反反复复恩恩怨怨，直到最后把情同手足的宋刚轻而易举地逼死，他性格中的复杂性至此消失，他由此成为一个无意义的恶人。李佩甫的《生命册》以城乡巨变的多重空间展开人物命运，老姑父、虫嫂、春才、梁五方等“留在村里”的人，其命运之曲折，其性格之复杂，对读者颇有震撼力，唯独骆驼、蔡苇秀这些投身商海的“成功人士”，异化到离奇的程度，尤其是骆驼的一生，按照“吃得苦中苦，方为人上人”的套路，由奋斗到贪欲膨胀再到自我毁灭，缺少真实细节的支撑。作者笔下金融市场的吊诡、名利场的纸醉金迷，都是想当然的预设，是先入为主的道德评判和命运设定……此类作品不胜枚举，其中最清晰的一点就是，严肃作家总是在作品中与世俗化、物质化为敌，虽然这是我们一贯呼吁的人文关怀的应有立场，作家们舒服地享受着市场经济和商业文明带来的实际利益，但一进入作品，立即换一副面孔，迅速爬上道德高地而全知全能地写商业、写交换，可这些深度介入商业故事写作的作品，明眼人一看就是瞎掰。

知识分子与商业社会之间的隔阂太深了，他们对商业社会的运行规则，对资本积累与利益角逐的丰富性复杂性体验太少，只在那里道听途说地编造一些耸人听闻的离奇故事。在他们的笔下，市场经济几乎就是一部恶人和粗人的发家史，这显然不符合当代中国的历史实际。探索当代中国改革发展过程中的风起云涌，挖掘当代中国历史发展的曲折性和人性复杂性，正是作家探索和开掘文学丰富命题之所在。

世纪之交前后，中国经历的艰难转型和痛苦裂变，在中国当代作品中找不到真实而深刻的记录。在这一历程中，国人思想轨迹与精神征候的文学表达是抽象的、空洞的、虚假的、破碎的，这恐怕是文学被边缘化的主观原因之一吧？

当代小说创作有着年产千余部的可喜产量。但成群结队的作家依然在低头自言自语。他们当然并不想放弃指斥社会的道德优越感，但这似乎是一个作家必须有的“职业操守”。谢有顺曾引述《中国文学史话》中的批评时说：苏轼与王安石是政敌，而两人相见时的风度都很好。但是，“林语堂文中帮苏东坡本人憎恨王安石，比当事人更甚。苏与王二人有互相敬重处，而林语堂把王安石写得那样无趣……”，谢认为，当代文学界的很多作家在帮人物“憎恨”（或者帮人物喜欢）这件事上，往往做得比林语堂还积极。如果一个作家的现实批判不是由自身的灵肉体验和艺术禀赋感知融化生长出来的，而仅仅是“帮人憎恨”的，如此一来，我们的作家对商业社会的批判，与那些司空见惯的心怀偏见的“仇富者”有何区别？

当然，文学是一个自在生命，不是伦理的外衣，不能依附纯粹的社会学视角和意识形态立场按图索骥，应当坚持独立精神和自由创造的品质。以商业为目的，以技术理性为标志的工业文明，在促进物质丰富社会发展的同时，生存条件的破坏、物欲的泛滥、人性的片面发展等人性方面的问题也会随之浮出水面，早已不是新鲜话题，17世纪以来的西方思想家、文学家都有过深刻而系统的批判。余华说：“我要写出这个国家的疼痛”，事实上鲜有人能做到这一点，包括余华在内。他认为，“现实比小说更荒诞”，于是乎，一些匪夷所思的社会表象，“偶然性”“欲望”成为叙事的基本因素，这样的写作，无法触及一个国家的疼痛，充其量只是一点痒痒病，私人的痒痒。以自己特有的形式对于“中国问题”做出必要的回应与表现，正是新世纪以来中国作家凸显自身人格的写作选择，有责任感的作家就应该把自己的目光投射到对于“中国问题”的关注与思考上，力求以独一无二的艺术经验和审美品格，向世界展示智慧的、有经验的、饱满的中国人形象，力求有整体性和深刻的历史判断。然而当代作品中写作者主体性的缺失较为普遍，他们无意判断，不愿判断，暧昧的、游移的，片段式、破碎性叙事大行其道，作家更多地认为自己是为个人写作，写作也不具有某种价值和责任，如此风气，一个伟大民族的史诗性作品几乎没有出现的可能。

我与《文学自由谈》的情缘

我曾经幻想过从事种种美好的职业，最渴望的是成为一名名满天下的专业作家。命运让我有过种种经历，但写作始终没有成为我的职业，而且相当长的时间，我的职业，是需要缄默多、抒情少，理智多、性情少，于是长期以来，写作成为一种隐秘行动，是羞于示人的。这种地下写作伴随着生活之路的变迁，时断时续，实实不堪一提。

写作没能成为职业，也没有成为我的事业，想想卡夫卡以一介小职员的身份写出了不朽名作，我常常为自己的孱弱和慵懒而深感羞愧。当回首自己漫长而荒疏的写作之路，痛惜之情挥之不去。但有时想，什么都不写的人多了去了，他们不是活得好好的吗？是什么赋予了我写作的责任与使命？细想之，依然是自己内心不离不弃、无法割舍的爱好与兴趣，总之，关于写作，实际是自寻烦恼。

随着年龄渐大，生活之艰、价值之惑、性情之变，原有的诗歌、小说写作，终归流于轻浅与单薄，文名更是不堪一提。抒情和虚构，需要从容又坚韧的艺术匠心，而一个醉心于自身艺术世界的人，需要相对安定而独立的生存空间和内心空间，这些我都不具备。阅读依然在继续，思考的暗火也在内心明明灭灭地闪烁，这个时候，文学批评的写作成了我不由自主的选择，前些年断断续续写了一些当代作家作品的评论性文字。有那么一段时间，我曾雄心勃勃，自费订阅国内十余种文艺理论和文学批评刊物，也曾坚持不懈地向这些刊物投稿，一年下来，基本上连退稿邮件也没有收到过几封。后来我渐渐明白，或许我一辈子也登不上这些大刊了，除了水平低下，首先我是一个光头赤脚的普通作者，头顶没有光环，脚下没有平台，没有高级职称没有博士学位，未曾师从名师大家。其次我没有系统规范的理论修习，没有什么研究课题的阶段性成果，我的文章没有一招一式的学院风度，无法罗列有数页之长的中英文注释和参考文献，我所在的单位也不会为我不务正业的文字报销版面费，我的写作就是不自量力异想天开，呜呼，数年之功白费也。我把这些辛苦写就的文字，归入“死稿”一类，这些无法面世的东西，一直静卧在电脑硬盘中，连博客也懒得贴。

直到某一天，我从这些“死稿”中择出几篇，发给《文学自由谈》，竟然很快收到了用稿通知。那是一篇批评某作家长篇散文的短文，有感而发，自觉直抒胸臆。这是我平生最愉快的一次发表，自由而写，自然而发，真有一种无意插柳柳成荫的欣慰。

回头看来，一个写作者的写作历程往往会有“生死存亡”关头的机缘，艰苦的努力和过硬的实力当然是基础，但是多少普通作者的成功和成长，往往离不开赏识与鼓励他的某本刊物。某个编辑，特别是走投无路时的绝处逢生，往往拯救了他的写作生命。《文学自由谈》不废无名，两年多来先后在其宝贵的版面陆续刊登我数篇文章，这些作品有的获奖，有的收入各种集子。在2013年第六期上，我有幸成为该期“封面人物”，这于我是莫大的荣幸与鼓舞，足见该刊规避俗套、重质轻名的务实精神与激励后学、扶持新人的宽阔胸襟。

《文学自由谈》对我来说，真有相见恨晚之感。如果没有这个机遇，我的文学批评写作肯定会逐渐搁浅或改道。很少有人能够忍受长期的漠视和失败，而我的非专业的身份带来的自卑感对于当下众多刊物只能敬而远之。事实上，装模作样可以适应这样的文风，改造和放弃自己的内心激情与言说欲望，只能败坏自己的审美心理和叙述特征，这样的发表对我来讲没有意义。我庆幸中国有一本这样的刊物，给众多“小知识分子”表达的机会。纵观这本小刊物，创刊三十年不改初衷，秉承改革开放之初文艺界自由清新、切近现实、真诚率性、直抒己见的健康文风，在浩如烟海的中国期刊群中卓尔不凡、独树一帜，实属罕见。特别是历经市场化改革的艰难转型，该刊并未像某些堂皇的大刊那样，多次变脸，变为学术腐败的帮凶和实利与虚荣的交易场，它没有貌似庄严一脸深沉的学术范，没有佶屈聱牙故弄玄虚的学究气，它倡扬的文风，就是说真话、摆事实、讲道理，坦率、尖锐、风趣。其中优秀的文章，总是面朝常识立足文本进行朴素举证，饱含生命体验与价值追问，富有问题意识与担当精神，而不是从抽象的知识和学理出发，演绎纯粹的思辨，贩卖异邦的说教。

我们有着庞大的作家队伍、海量的文学作品和无以计数的读者，参与到当下文学作品的生产与消费，那么我们的文学到底怎么样，有没有什么问题，我们的出路在哪里？这些常识性问题应该不断得到追问和解决，追寻这些问题的答案，是眼下批评家理所当然应承担的责任，在不计其数的人文社科核心期刊，我们很少看出这种使命感和为这种使命做着怎样的努力。我们对这些不断繁殖的学术成果虽不可妄加判断，但我们知道这些文章除了在圈内、业内传递、复制、粘贴、遗传、变异，太多的人乐于在烦琐考据中大种狗尾巴草，读之使人昏昏欲睡如坠烟云。诚然，我们对文艺理论本身的艰深、奥妙、繁复应该抱有尊重和敬畏，但我们应该从文学批评中看到作者的艺术直觉与思想穿透力；我们应该推崇和维护客观、理性、宽容、公允的批评风气，但也应该见到批评家基本的美学立场和精神判断；我们欢迎多样化的文学批评风格，不反对旁征博引和严密论证，但必须在批评文章中见到批评家的主体认知、价值信念以及心灵温度，可是我们在那么多核心期刊上看到更多的是一些有学术价值但无心灵温度的枯燥文字，缺乏人性气息，其中罕见美感、诗性与人学。

谢有顺说：“最伟大的批评，都不只是文学现象的描述或某种知识的推演。本雅明评波德莱尔，海德格尔评荷尔德林，别林斯基评俄罗斯文学，克里玛评卡夫卡，都算是很出名的批评了，可这类批评文字的最大特质是饱含了探查存在的热情，批评家更多的是与批评对象之间进行精神上的对话，借此阐释自己内心的精神图像、对美的发现，以及对未来世界的全部想象。没有人会否认这些批评所具有的独立而非凡的价值，他与那些伟大的思想著作一样重要。”

在这个喧嚣的时代，当有人讲真话时，很少有人虚怀若谷、闻过则喜，相反地，不是暴跳如雷，就是反唇相讥，或者耿耿于怀老死不相往来。我就见过一些名作家在公众场合磨牙霍霍地咒骂批评过他的人。我们可以想到，《文学自由谈》的几代编辑们，是承受了何等压力，传承和发展了这本特立独行、充满激情的刊物。

一本刊物的品位与质地，体现着支撑它的一群人的精神境界与价值追求，刊物的风格就是编辑的风格，刊物的追求就是编辑的追求，任芙康、黄桂元等人，数十年来坚守阵地、矢志不渝、无怨无悔，堪称编辑界的楷模，他们为刊物的发展默默地付出了心血，做出了贡献。

《文学自由谈》可以办得更好，更加丰富、广博，汇集更多具有全局视野和问题意识的佳作，让“朝野”四方济济一堂，使刊物保持前卫而不浮华、尖锐而不褊狭的独特风格。事实上，这个刊物注定面临进退两难的矛盾和困境，总体上而言，独抒己见又新颖深刻且锐利的声音还是少了些。我揣测，因为刊物一贯的尖锐立场，赢得了稳定而庞大的读者队伍，却不免失去了一些作者。对于适合《文学自由谈》风格的批评写作，作者群不够广泛，有些老面孔频繁出现，使其无意中降低了写作标准，某些行文过于自由和私人化，絮叨、缠绕屡见不鲜，甚至自说白话。这个刊物比较稳定而坚定的写作者有两类：一类如我一般这样远离学术圈子的文学爱好者；一类是坚持为文学艺术鞠躬尽瘁的老一辈批评家。

文学的正义和品级比什么都重要，唯真诚便是可贵，三十多年来，大众文化平等、自由、通俗、谐趣等品质极大地熏染了文学语言习惯和人的认知心理与交流模式。

在纪念《文学自由谈》创刊三十五年的日子里，我们衷心祝愿刊物能够一如既往地保持锐气、充满激情。为中国文坛搭建起一个严肃纯正又清新活泼的言论平台，创建自由、敏锐、独立、智慧而勇于担当的精神高地。

争鸣的趣味与品位

观点争鸣与思想交锋是《文学自由谈》的优良传统，好多话题在你来我往的争辩中，思想的魅力四射，真知灼见水落石出，读之酣畅淋漓，掩卷沉思良久。争辩，让该刊保持活力、锐气、激情，彰显自由、开放、率性之风格。但有些争辩就显得琐屑无聊，令人生厌。比如2014年第四期于阿丽的《“大便”引起的戏谑与凛然》就属此类。

于文的起因是李美皆刊于2014年第二期的《一个奖引起的戏谑与凛然》，主题是关于李美皆对莫言“粪便激情”与“排泄崇拜”的“不同看法”。文无定法，思无禁区，既然莫言能够高歌大便，李美皆便可以“反大便”，今天终于有人为大便“平反”了，如此“屎尿横飞”大谈秽物，是我们关于文学的话题已经理屈词穷，还是排泄之物在文学话语中本是蒙尘已久的伟大意象，直让两位美女如此耿耿于怀？

当然啦，我首先要申明，文学能不能写大便，大便能不能崇拜，首先不在于卫生不卫生，也不是因为大便不够“高大上”我们就非礼勿视。我们面临的问题是，大便作为物象，经由莫言已经反复呈现在我们的审美视野内，我们应该有一种怎样的审美常识和认知理性？

然而，于阿丽这篇短文竟然用了接近一半的篇幅谈大便，而且是生活生理层面活生生的大便，如此不厌其烦、连篇累牍地叙述“临床”事例，一方面是证明，大便关联孩子的成长记忆，因而是“美好而珍贵的”，这种爱屋及乌、怜子及“便”的慈母情结固然可亲可敬，但这个冗长的铺垫，都是为莫言的“粪便激情”和“屎尿崇拜”进行的豪迈举证。如此形而下的论辩，只能是无意义的戏谑，丝毫看不见关于审美命题的严肃性！

谈文学，论艺术，既可以从小处着眼、见微知著，也可以高屋建瓴地宏观观照；既可以条分缕析，也可以对比、引申或大胆推论。但不论采用何种方法，终归要从文本出发，从文学的现场出发，然后置作品于中国文学的审美和人文语境中，才能谈得上是有价值有见地的批评，不能因为一己之偏见而处心积虑地寻找证据，也不能因片言只语而故作惊人之论，更不能因自己偶然的见识和狭窄的阅读，只见树木不见森林地平面解构和无原则诋毁，这样不仅会败坏读者的胃口，也会在惯常的偏颇中养成“捣乱”为乐事的不良习气。在《文学自由谈》上经常亮相的李建军、唐小林、狄青诸位，虽常有离经叛道的惊人之论，但他们的论证与言说，是建立在广泛的阅读、扎实的理论基础和深入的思考之上，常常会将一些“从来如此便正确”的学界权威批得体无完肤，令人击节叹赏，拊掌称快。相反，不少人的激情论辩往往缺少了问题意识，流于小题大做的琐屑，与整体文学的发展和正气的养成并无多少实际意义。

我们再回到莫言的“大便情结”，看看其中究竟有多少戏谑，有多少凛然？

莫言小说中铺陈污秽，赏玩血腥，写人叙事过度夸张变形，早已是不争的事实。他的“粪便激情”和“屎尿崇拜”并不是触犯了卫生戒律，也不是不符合“五讲四美”才应当批评，而是他食洋不化的变态审美趣味在作祟，这才是我们值得重视的。莫言是中国具有先锋意味的作家之一，他从20世纪80年代中的现代主义艺术实验浪潮中脱颖而出，先锋意念和民间立场是他形成自身风格的两大资源，正因为此，他的写作总在“离经叛道”和“载道言志”之间撕扯不清，对他天马行空汪洋恣肆的笔法，一方面要抱有宽容和欣赏的态度，另一方面也要对他的游戏精神和恶作剧快感保持警觉和批判。

莫言有驾驭混沌磅礴的语言文字的天赋，其作品行文气势磅礴，这是他的优点，但他的人文修养、语言积累、形象记忆的储备明显跟不上他狂热的叙事欲望，很多长篇作品表现出了他体验粗疏、传达能力低下的叙述特点，貌似激情充沛，实则理性大于感性，过多细节的失真、情绪的膨胀，使人物性格怪异多变、无章可循，人物性格和人物活动脱节，人物行动和作品内在环境脱节，人物心态和作者心态混杂，以致他的长篇作品粗线条的东西太多，硬写的痕迹太重。夸张变形和铺排渲染是莫言小说中屡试不爽的基本手法，他的语言始终处在膨胀、蔓延、破碎和撕裂的状态中，造成思想的散漫和芜杂。无限的夸张、过度的抒情和通感的乱用，叙述和描写的错位，突破了汉语写作的规范，也屡屡僭越了汉语文学基本的美学范式。《檀香刑》中的刽子手赵甲一生行刑，退隐民间多年后仍然对杀人之恶行引以为豪，一有机会便万般神圣地重操旧业，把杀人这门手艺要庄严地推向极致。《生死疲劳》中西门闹的几世轮回，时而与畜类水乳交融，时而与在人世间的“旧交”含情脉脉，在它的眼里，尚活在人间的它的“妻子”有迷人性感的气味，作为同类的母驴，也是健美、性感，引“驴”入胜，人与畜生都让西门闹蠢蠢欲动，诸如此类的“人性开掘”只能让读者浑身不自在。

丰富的想象力让莫言思接千仞、神游八方，文思泉涌、下笔千言，成就了他的高产与自由豪放的写作风格。但想象力的无限膨胀常常超越了对客观事物的敬意和起码的感知力。很多作品总是一泻千里，毫无节制，他对人物活动的设计、场景的描写、事件节奏的把握缺少匠心，他的典型环境经常是移花接木的布景幻灯，缺乏真实感；或者是强词夺理的硬安排，人物情绪转变、事件推进转折要么粗糙生硬，要么繁复夸张，缺少现场感。莫言不屑于琢磨人物行动和心理短兵相接时的微妙和丰富，在无力控制人物行动和语言对话时，李尔王式的号叫抒情和衍生繁殖的比兴手法就登场了，且一发不可收，常常使苦心构筑的“有意味”的情节淹没于苍白空洞的细节。《檀香刑》中孙眉娘对钱丁的抒情：“告诉他我吃过他的屎……老爷啊我亲亲的老爷我的哥我的心我的命”，诸如此类的莫言式抒情比比皆是，不胜枚举。被于阿丽引为经典的《天堂蒜薹之歌》的屎尿描写，正是他对乡间群众卑微屈辱的命运和非人生活的磨难缺少真正感知的表现，只能借助“屎尿横飞”一类的残暴肉体折磨和主人公的种种传奇经历，插科打诨，妄图寓庄于谐，在夸张扭曲之后的反差对比中实现它为民鼓与呼的雄壮抱负。这样泛滥的屎尿文章，实在看不出有什么“折射人性的一面镜子”的奇异价值。强迫他人吃便溺物，也许这种事情在生活中并不是不可能发生，但这样的事作为典型事件缺少张力，人性被赤裸裸的恶代替，其复杂性便无从展开。莫言总是对这些耸人听闻的故事乐此不疲，是其审美恶习和语言暴力的必然选择。

中国文学向来以“含蓄、精微、优雅”的品质和“客观、冷静、内敛”的特征见长。《红楼梦》诉说前生来世，《水浒传》讲述征战杀伐，《三国演义》演绎兴衰治乱，《西游记》弘扬佛法因果，《聊斋志异》描绘狐仙鬼怪……魔力变幻、灵异隐显、神出鬼没，看似变幻神奇，实则有章可循。就连最离谱的武侠传奇中，侠客们你来我往的招数极讲礼仪，剑客复仇的先礼后兵从容有度，于夸张离奇中蕴含着中国式的审美观。《水浒传》里的杀戮打斗很多，却鲜有暴力的宣扬和嗜血的怪癖，连杀人如麻的鲁智深最后也是深感“洒家心已成灰”后，放下屠刀立地成佛。鲁迅用笔之精简，从赵贵翁的眼神里就可以窥出令人不寒而栗的“吃人”现象；从祥林嫂的“眼珠间或一轮”中，读者就看到一个封建礼教迫害下气息仅存的形容枯槁的妇女形象。就连鲁迅颇有现代主义之风的《故事新编》，其演绎、隐喻都是极有分寸的。同样写“吃人”，莫言却用洋洋几十万言，写色香味俱全的人肉筵席，写农民讨价还价出卖骨肉供人烹食的迫切。《酒国》从概念出发，肆意虚构铺陈。就连这个概念，都是抽象思维的产物。当这些纯虚构的荒诞故事走向高潮的时候，读者的想象力和阅读胃口已经被他生冷不忌的夸张叙事毁坏，无限制地充塞一些无厘头的细节，极大地损害了其小说的艺术品格。

话说回来，大作家们总有一些不可思议的怪癖或嗜好，也许就是这些不同寻常的特征成就了他们的独特价值。如贾平凹的士大夫情调、王朔的痞子气……总让人既爱又恨，但我们有理由保留反感的权利。莫言的泛滥铺陈和秽物崇拜，我们同样有理由反感。不能因为他是莫言，就说他红肿之处艳若桃花、溃烂之处美如乳酪，将他那些如赘疣般的闲笔看作关乎人性的“深刻而不朽”的神来之笔。

宗白华在《美学散步》中称：中国一直存在两种美学趣味，楚辞汉赋、六朝骈文，是“错彩镂金”之美，汉代铜器、王羲之书法、宋代白瓷，乃“初发芙蓉”之美。钟嵘在《诗品》中称：“谢诗如芙蓉出水，颜诗如错彩镂金，颜终身病之。”可见“错彩镂金”之铺张，在国人心中最终难敌“初发芙蓉”之隽永悠远。当然，美是多元的，“初发芙蓉”不见得就比“错彩镂金”高雅。但凡成熟的中国文人，其作品很多是“绚烂至极，归于平淡”。莫言早期的中短篇是非常出色的，他的《红高粱》《透明的红萝卜》《白沟秋千架》《白棉花》《牛》《司令的女人》《三十年前的一次长跑》等等，这些作品，或壮丽绚烂、朴野有致，或沉重阴郁、凄苦压抑，总显得宽广深厚，语言节制，收放自如，既有率性而为、天马行空的洒脱，又有因缘附会、随物赋形的沉着，堪称不可多得的当代佳作。但是，莫言的声名和光环主要来自长篇，特别是他《丰乳肥臀》之后的鸿篇巨制，恰是从《丰乳肥臀》的创作开始，他从“寻根”转型为假“魔幻”，平淡的审美因素逐渐消失，绚烂的审美因素与日俱增，渐渐走上了一条目无读者、自言自语的不归之路。我们不该在他的屎尿激情中迷失，硬是要解读出深刻和不朽来，而应对他被激情燃烧后迷失的审美怪癖和文本杂质持以凛然的批判态度，在批判中坚守正确的审美观！

贾平凹的“假定西”

前日购得贾平凹《定西笔记》，是原刊于《人民文学》杂志的长篇纪实散文，此番单独成册，体现了出版者的眼光。想起十年前的《通渭人家》成为2002年度散文榜首，想必洋洋洒洒几万言的《定西笔记》更显珍贵。吾本陇中布衣，得《定西笔记》，心中窃喜。

熟悉的地方没有景色，生于斯长于斯，自然少了赞许的眼光和赏玩的心理，那些龟裂的土地、萧瑟的秋风、沉默的大山和隐忍的人群，时时压于心头，我自信这片世界上最厚的黄土层，隐藏着中华农业文明最悲辛的秘史。黄土地上人们粗重的呼吸和喑哑的嘶喊如同巨大的禁忌，我没有为他们代言的抱负与行动，因为我的孱弱和轻浮，没有资格为这片土地抒情。我几乎没有多少关于定西的文字，土著的定西文人至今也没有值得一读的作品面世，所以，《定西笔记》让我惊讶，让我惭愧，也让我欣喜中有一丝羞涩，种种心情决定了，我在第一时间一口气读完它。

大家行文，想来信马由缰、洒脱不羁，信笔所指几乎没有章节段落的约束，没有遣词造句的推敲，也没有起承转合的讲究，一路走来絮絮叨叨，商洛怪才的野逸狡狯之风跃然纸上。他既有领略异地风土的惊喜和虔诚，也无意中暴露了赏玩落后的士大夫情调，这位口口声声自称农民的大家，今非昔比。虽然他的骨血中还有关于乡土西部的深刻记忆，有着对民间原味风情的亲切，但他毕竟是一个高人一等的过客，他那种随遇而安、自以为是的奇怪品味，让定西的灰尘烟火、谷物农具、庙堂陋巷，沾染了令人想入非非的奇光异彩。这样的文字，让那些知识精英击掌称快，让那些看什么都妙趣横生的轻薄文人喜不自禁，说不定还会带来一股来定西走访或旅游的热潮。事实上，很多人到了定西都会觉得：定西不像你写得那么好。

定西真的不像他写得那么好。贾平凹《古炉》出版后，有评论家指出，小说充满“怪力乱神的奴性哲学”，他精心塑造的狗尿苔这个作者钟爱不已的理想人物形象，是延续着阿Q、丙崽的病态国民形象。鲁迅对于阿Q是“哀其不幸，怒其不争”，韩少功也将丙崽作为病态国民形象加以解剖，而贾平凹对于狗尿苔则是毫无保留的认同，视为圣童天使和理想中国民性的代表。作为现代作家贾平凹，其文化追求上的奇怪品格，体现出他对古文化的钟爱。他处处追求浑然天成、古朴拙稚的士大夫文化趣味，始终怀有平民情结，秉持民间立场，这让他在当代眼花缭乱、标新立异的话语场中，最终成就了他无人替代且让人爱恨交错的卓越地位。

定西来了贾平凹，好比咱村来了大领导。贾老夫子处处难以忘怀他的城里人身份，对那弥漫的尘土和蹒跚移步的老农牛车新鲜异常，在他的眼里，被高原的风和雨埋汰了半辈子的农民，才是值得他洗刷玩赏的难得文物，他一路无心深入了解任何人和事，饕餮完土豆玉米，就蜻蜓点水、煞有介事地写文言说，俨然一个亲民的大人。他没有了解定西方言的微言大义，文中到处都是嫁接的生硬的陕南怪话，《土门》和《高老庄》中就有一些生造的方言词汇，当然此为小瑕疵。

贾先生在深切追怀渐次湮灭的村庄风土和农村情景，他那念念不忘的情结实属可贵，然而他的举手投足，体现的只是一种肤浅浮躁的文化兴趣而非信仰！撷取那些符号的同时，他没有真正地沉入通渭当地文化，他也不会为此进行更加艰苦的思考，此类纪实文字，和赵本山弘扬二人转如出一辙，甚至比不上张艺谋那些被人斥之为揭露落后的影片。

定西也在进步，在变化，定西山岭的村村寨寨，并不像青壮年离家、妇孺独居时的那般宁静，新一代农民同样面临现代文化的洗礼与冲击，新一代农民也不再呈现出一片牧笛悠扬、“种菊东篱下，悠然见南山”的古老田园景象。因了改革与发展的引领，我国农村也在随时代一起进步，这些，贾平凹没有体会也没有书写。一代代的先人在沉默中老去，面对家乡的失语，是一个异乡人的痛楚和惶惑，我们知道，却无法言说，这是家乡定西的双重不幸，还是幸运？

匪夷所思的爱情

——《带灯》与贾平凹的女性崇拜

继《古炉》出版之后，2013年初，贾平凹又推出四十万字的长篇小说《带灯》。小说描写了一个女大学生下基层做乡镇干部，因梦想与现实的剧烈落差而导致其逐渐形成幻想型人格，由此而发生的种种故事。这部首次以女性为主人公的小说，被称为“贾平凹最瑰丽忧伤的小说”。在写作过程中，贾平凹曾屡次质疑自己，觉得自信受到挑战：“这么写读者能接受吗？”他甚至在后记中写道：六十大寿，别人都在为他庆生，我却把自己反锁在书房，独自喘息。作者持续而旺盛的艺术创造力令人惊叹，他对写作的专注以及与对人物倾注的血魄精魂也令人敬仰。

“带灯”是一个与小说名字同名的女主人公，她原名为“萤”，因不满“物必先腐后生萤”，而给自己改名带灯，意图为自己周边生活带去光亮。但最终因为理想与现实的巨大落差而产生幻想，几近精神分裂。她是处于基层的一个平凡干部，她沉浸在普通人的生存世界，游弋在与她精神世界格格不入的粗俗环境中，有时感到痛苦压抑，有时感到散淡忧郁，但她能学会自嘲学会排遣，能够以苦为乐。

我们过去的文学，习惯于将那些孱弱的知识分子置于工农大众粗粝的怀抱，让他们的灵与肉蜕三层皮，让他们在惊心动魄的搏斗中渐次悔悟最后快快乐乐地融入那个世界。这一历程总以主人公的忏悔达到人物性格版本的升级，这期间，是积极思想张扬、消极思想被改造的过程，也是个性被扭曲被阉割的过程，这是一条中国知识分子心路轨迹的求解公式。

带灯不是这样的，带灯身上没有传统现实主义文学中知识分子改造的痛苦挣扎，带灯被她所在的环境深深影响，但并未实现改造，反倒是她的超然与聪慧，消解和包容了一些荒诞不经。她忠于自己的职守，更想遵从内心善良的愿望，始终包藏自己的高贵品格。她崇尚善与美，她的这一朴素追求，使她快乐地向现实投降，与其忍耐不如享受，她在找到快乐的同时也饱尝苦难，精神之煎熬最终让她难以为继。

带灯这个人物形象寄寓了作者太多理想化的追求，贾平凹以高超的写作技艺，看似轻松实则蛮横地把主人公置于一个别样的环境中，她惬意地顺从农村的宁静与荒僻，简朴与孤寂，自由与艰辛……这绝对不是陶潜式的田园情调，不是孙少平式的励志人生，也不是高僧之返璞归真，超然物外。她以一个乡镇干部的纯粹身份，穿梭于民瘼民怨的沸腾煎熬中，没有任何诗意与浪漫，她一方面有深切的同情心和悲悯情怀，另一方面在维护国家政权与安抚民众的周旋中游刃有余，丰富的斗争经验和对世道人心的敏锐洞察，使她看上去真像一个舆论津津乐道的“最美乡镇干部”。但她的灵魂与思想却在虚幻的云端漂浮，她不属于这个环境，不似这里的长生植物，她朴素的同情心和是非观，以及下意识里对公平正义的渴求，渐渐形成她内心无法化解的结，她的精神世界最终坍塌，她的幻想最终枯萎。

带灯是秦岭乡村一株奇草：她入乡随俗，随遇而安，简单快乐；她聪明漂亮，朴素洁净，为人机警，行事泼辣。不仅如此，带灯是穷乡僻壤不可多得的精神贵族，她的爱恨情仇，从表面上看是一个小女子的做派，但她的精神纬度是深邃的，物质享受、仕途进步、环境改变、虚荣心得到小小的满足……这些都不是她最终想要的，她追求一种完美，不是苦心经营就能达到的所谓完美。从这个意义上讲，带灯与当下乡镇干部的群像差之千里，她没有多少的典型性，但却是一个丰富而耀眼的人物形象。

这样一个不可多得的丰满人物，却在作品中莫名其妙地爱上了一个虚幻的人物，贵为樱镇“乡贤”的省委副秘书长元天亮，此人似乎还爱好文学，写了几本书。这个从未从幕后走出的人物符号，让带灯多年来迷恋不已，她动不动就给对方写出长篇情书，情书文辞雕饰做作，外加奇思异想，再加一些酸倒牙的表白，这成了带灯生活故事中的别扭插曲，让带灯这个已经足够完美的人物变得有些匪夷所思。这么一个令人心生敬意的女子，为何要倾心于交往并不深的“省城高官”？一个浑然天成具有良好文字感觉与语言禀赋的才女，一个看似无心却对生活有透彻领悟的乡村群众工作者，怎么会迷恋一本本“领导体”著作？真是荒唐。虽然作品对元天亮其人其作并未详述甚至没有暗示，但从小说细针密线的细节描写来看，带灯生存的当下这个“典型环境”，很难产生一个融干部与风流才子特质于一身的、符合带灯幻想中的理想人物。虽然这一推断是琐屑的，但作品提供的内在生态环境不得不让人做此推断。

更要紧的是，从作品后记中，我们可以窥见，这个乡镇干部的原型恰是反复给作者本人发短信的乡镇女干部，这本是一段令人感动的奇妙情缘，一个很美丽的温情故事，在作品中却进化成一段没有由来没有结果的柏拉图式的恋情。这个无厘头的故事，实在如同作品中一节发炎的阑尾，破坏了人物性格的完整性和逻辑性、作品的真实性和丰富性。再做一个庸俗的推断，作者如此情意绵绵地让带灯给一个“大干部”而不是给“大作家”写情书表达倾慕和爱恋，是为了避免对号入座，还是潜意识之中有官本位情结？

事实上，贾平凹作品中存在一以贯之的女性崇拜意识。在早期，《满月儿》中的满儿、月儿，《天狗》中的师娘，《远山野情》中的香香，《浮躁》中的小水，她们都有美丽而博大、神圣而隐忍、平凡而难以企及的特征，是男主人公生命奋斗的动力和苦难的避风港，充满作家理想中的“女神”之德。在后期，《废都》中的唐婉儿、柳月、阿灿，《白夜》中的铭颜、虞白，《高老庄》中的西夏……虽然不再有早期的“女神”意味但都是极富灵性，或美丽温婉，或才思敏捷，深谙人情世故，春情悠悠如九曲黄河。举凡作品中的女性形象，作者总以仰视角度来观察女性，以谦卑态度来书写女性，人见人爱却可望而不可即，只让一切男子都卑微到尘埃中去。五魁心中“女人是圣洁的菩萨”；柳子言初见四姨太便“被这女人镇住……一时自惭形秽站不稳了”；吴三大见了香香，“忙放沉脑袋，低了眼皮，慌乱中手在怀中，装作捉虱”……贾平凹在女性身上发现了世界的意义，在女神崇拜中发现了生存的力量和净化污浊的决心。与此同时，这些女性形象一般具有悲怆的生活命运或者起落不定的人生经历，或者无可奈何的悲剧宿命，不论怎样，作者大都对其给予深切的尊重与爱恋。对女性的崇拜，我们似乎可以看到作者与生俱来的自卑和自恋。早年的庄之蝶貌不惊人却游走在众多温情少妇的床榻，最终绝望得自弃在异乡火车站；心比天高命比纸薄的夜郎，在两个女人之间艰难选择，最后在世俗的摧残下回归本位；子路在生机勃勃的西夏面前自惭形秽力不从心；轮到《带灯》，这个模糊幽暗的多情男子似乎高大了起来，虽然一改男主人公们一贯的猥琐、卑微、怯懦，但却虚化致空，连带灯邮寄的草药都不敢要，却独享了这个孤寂中走向崩溃的知性少妇全部的情恋，这是作者情不自禁的臆想，还是女性膜拜积淀之后的反弹？不得而知。

《老生》短谈

一

如果说《秦腔》可以被形容为一部“断代史”的话，《老生》则可以被形容为一部冗长的乡村“通史”，这个“通史”是纪传体的，不是编年体的，从旧中国到新时代，时间跨度之大，在贾平凹小说中是空前的。《秦腔》以细腻平实的语言，采用“密实的流年式的书写方式”，集中表现了改革开放年代乡村中鸡零狗碎的泼烦日子。贾平凹在《老生》中随心所欲地讲述了一片土地上几代人的故事。作家从来不追求宏大的社会历史叙事，所以如果要想把《老生》解读成中国近代社会历史的缩影或者民族精神的具象反映等等，都是虚妄的。贾平凹未必同意这种主题升华式的解读，他眼里的生活是活生生，是各种人物性格命运冲突交织的人世悲喜剧。贾平凹在不断地还原生活，他在用自己的美学理想装修生活，而不像某些作家总在搞拆迁重建、组装，用他们貌似庄严的概念阐释中国人，阐释中国生活，阐释中国命运，但是当代文学的史诗始终没有出现。有人在用力地磨墨，有人在辛勤地鼓吹，唯有贾平凹像个农民一样在耕种收获。他的艺术世界已经足够庞大，他的生活积累和形象记忆可以随时呼之欲出，这让他的写作素材源源不断。他是一个艺术的短距离加工者，虽然看似附加值比较低，但是他写作中的低污染和原生态，却能够让他的作品独树一帜。他对生活顺势而为随物赋形，精确的细节描述和情景传达，高超的把握能力、洞察能力，练就了他就地取材、立地成文的本领，这一点让人不服不行。

二

贾平凹是自我调整和改变最微小的作家，其语言风格前后基本没有大的变化，小说谋篇布局也颇为成熟老到。他像一个传统的老手艺人，刀削斧劈，研磨抛光，精雕细琢地打造他的手艺活。早年的贾平凹对问题很随意，作品结构布局从不讲究，提笔就一泻千里，章节段落规整分明。21世纪以来，贾平凹似乎受到了五花八门的形式主义变革的影响，有时候有些坐不住，在作品中屡屡出现一些形式创新，但是这些形式仅仅停留于形式，其内里仍然是传统现实主义的，根植于现实土壤，这使他的作品更为生动。从《带灯》开始，他似乎不满于形式的单调，夹杂了冗长而矫情的书信，他甚至为此颇感得意，但带灯写给元天亮的情书，实际上是整个作品的赘痈。

三

《老生》已经分明显现出贾平凹创作上的倦怠感和疲惫感，他对人生的生死感喟和宿命恐惧进一步加深，抱着“我有使命不可违”的责任感开始了写作，但他对人的生存困境及其精神救赎并没有多少深刻思考，他对秦岭山区，中国之西北角半个多世纪的斗转星移采取了“弱水三千只取一瓢饮”式的选材，不写沧桑历史社会巨变却只专注于写小人物，但是走马灯似的小人物模糊凌乱，草莽传奇缺乏基本的历史感，人物性格和历史认知和应有的价值观多重缺席。中华人民共和国成立后的十七年和新时期的历史变革与时代风云再次凝聚在一个侏儒身上，贾平凹下意识地又塑造了一个高大而充满魅力的女性，再一次为男性塑造了可供膜拜的女神形象。

《春尽江南》:知识分子的倦怠与自恋

格非的文字,一如江南小镇的淅沥秋雨,明丽而哀婉,清晰又迷茫,他笔下没有磅礴宏大的悲喜故事,没有复述日常经验的浅俗与横暴,古典意志穿行于梦幻现实和欲望气息之间,淡淡的忧伤、氤氲的诗性氛围,一场秋雨一场寒,掩卷之余,我们会不由自主地想到书卷之后那个睿智又缜密的学者格非。

格非蛰伏很多年了,十年来鲜见有什么小说作品问世,这几年却连连推出他的“乌托邦三部曲”:《人面桃花》《山河入梦》《春尽江南》。《人面桃花》记录了民国初年知识分子对社会理想的探索,《山河入梦》写的是二十世纪五六十年代知识分子的梦想和实践,《春尽江南》作为他三部曲的收官之作,则探讨了二十多年来中国人精神世界和社会生活的内在变迁。格非是先锋小说的旗手和中坚,向来被认作一个善于对文学、社会、历史做深入思考的“学者型”作家。他的小说所具备的坚韧、优雅、准确、睿智等特质,使得他一度成为独树一帜的知识分子写作的代表。评论家谢有顺曾不遗余力地赞扬过格非,他认为格非在作品中坚持了精神的孤寂性,坚持了对终极价值的追问,真实地传达了生存的消息，是“当代文学最令人流连忘返的地方”。他甚至认为，格非超凡的讲故事的能力、完成故事精神的能力以及诗性与幻想性，使之成为当代作家中最有希望靠近大师的作家。随着先锋小说的退场和同代作家的转型，格非陷入了长久的沉寂，《欲望的旗帜》被认为先锋旗帜的降下的标志。在《春尽江南》关注现实、释放理想主义的写作中，所有的神秘也在退却，但是格非的魅力犹存，而且作为书斋里的“高级知识分子”，他传达日常生活经验的写实功力能够达到如此娴熟而生动的境界，确实显现了格非天才的一面。

《春尽江南》的男主人公谭端午，是20世纪80年代的著名诗人，90年代初他回到家乡鹤浦，结婚，生子，渐入中年，在地方志办公室里无聊度日，搞搞婚外恋，偶尔不尴不尬地出席诗歌聚会，妻子庞家玉从崇拜诗人的少女蜕变成雷厉风行的律师。他们从最初的“贫贱夫妻”，变成了有房有车一族。格非用平缓的语句书写了夫妻二人及其周围人物近二十年的生活与内心，知识分子的失败和尴尬，爱人之间的疏离与背叛。80年代，是谭端午意气风发的年代，文学的神圣地位和非凡感召力，成为不可多得的集体纯情年代，于是也成为格非这一代知识分子念念不忘的美好昨天。谭端午作为一名忘情挥洒的青年诗人，回到家乡小城，鬼使神差地在地方志办公室那栋古旧的办公楼上，成为一个可有可无、见机溜号的老干事，把自己的青春完全消耗出去，被妻子指责为百无一用的废物，“和整个社会作对的人”。他在声色犬马的生存环境里，既不崇高也不堕落，既不反抗也不妥协，唯一的爱好是反复阅读《新五代史》。庞家玉骂谭端午："你这个人太敏感了。这个社会什么都需要，唯独不需要敏感。要想在这个社会中生存，你必须让自己的神经系统变得像钢筋一样粗……"富家女绿珠与谭端午打情骂俏："我最不喜欢你们五六十年代出生的这帮人。畏首畏尾，却又工于心计。脑子里一刻不停地转着的，都是肮脏的欲念，可偏偏要装出道貌岸然的样子。社会就是被你们这样的人搞坏的。"最后妻子不辞而别，客死他乡，谭端午开始写小说了。生活的车轮轰轰碾过，谭端午不悲不喜，他的青春掉进了灰尘，而他的人生观的核心却是"如果一定要分，人大抵也是两类：成功的人，失败的人。从感情上说，我没来由地喜欢一切失败的人，鄙视成功者。"这就是谭端午的思想归宿：做一个失败者，在这个严酷竞争搞得每个人灵魂出窍的时代，在这个人人做梦一夜暴富的时代，安于做一个失败者，是悲壮而勇敢的，这就是盛世之际知识分子心境，何等悲凉何等触目惊心！

知识分子是现当代小说中的不衰形象，从孔乙己、潘先生到方鸿渐，他们滑稽荒诞令人憎恶，他们的虚假与自命不凡，多少也有些可爱，毕竟他们还有一种知识分子的角色意识、参与意识、自以为是的责任感，虽然皮袍下藏着无数的小。到了庄之蝶，他学会了主动堕落，他尝到了堕落的甜头，寻找堕落的理由，但是他最终没有完成彻底的自我沉沦，他的出路是以死作为救赎，作为他破碎灵魂的安妥之策。然而，进入新世纪的谭端午，已经没有了堕落的兴趣，爱和美已经消失，沉默的消磨成为他以守为攻的唯一策略。谭端午反复阅读的《新五代史》也是格非喜欢的书之一。陈寅恪认为，欧阳修用一本书的力量，使时代的风尚重返淳朴。不关心成败得失，只关心世道人心，这就是小说发人深省之处。

人性的堕落已经接近空前，知识分子群体也在以加速度实现堕落，中国部分学人，已经长期不能独立思考，陷入庸常的生活状态，没有使命感，没有目标。作家作品普遍缺乏原创性，甚至已经严重到影响整个民族的地步。格非作为大学教授为什么不写“积极向上”的东西呢？那是因为，所有的故事是和解的，小说是不和解的，是写困惑的。我揣测格非的写作一定有某种不得已的痛楚，也有他深刻的体验，《春尽江南》多少是他的自况与心曲。把那些迷人的格言加在脸谱人物的身上，不是小说的使命，以格非的敏感，用相对成熟的文本传达一种思想不是什么难事，但是他节省自己的才华，珍惜生存经验的积累，他用十年时间来积淀他的艺术功底。

读了《春尽江南》，我们看到了可怕的倦怠，还有自恋。这种倦怠与自恋，是不得已滋生出的消极人生观，他遵从了人物命运的轨迹和人性深处的波澜，那就是说好话并不难，难的是说出让人信服的话。这种体验，突然提醒了我们，令人无地自容，感谢格非的提醒。

李娟：让有“思想”的文字尴尬

李娟是谁？早些年偶尔从报端或杂志上零星地读到她别具一格的清新文字，而感动与疑惑往往很快便被身边一些眼花缭乱的文字信息淹没。百度词条中“李娟”也被诸多名人挡在隐蔽的角落。是的，很少有人注意她——李娟无名无位无头衔。很小的时候，她就跟随母亲到遥远的阿勒泰深山牧区生活。她家里开着一个半流动的裁缝铺和杂货铺，夹杂在哈萨克族牧民中间，母子俩用艰辛而原始的劳动方式讨生活，平凡得不值一提。但是李娟却怀着感激与新奇，一个人面对广袤的阿勒泰草原，写出了自己独有的天才般的鲜活文字。从1999年开始，李娟背着家人，就着乌伦古河畔游走不定的微弱灯光，坚持不懈地一路写下了一个少女眼中的游牧生活，漠北极寒之地的奇异风物人事，健康、新奇、纯净、舒展，娓娓道来，从容流淌，犹如天籁……

李娟是新疆作家刘亮程发现并带她进入“文坛”的，继《九篇雪》《我的阿勒泰》《阿勒泰的角落》出版之后，2010年7月，由上海市作协、新疆作协、《文汇报》副刊等联合主办“李娟作品研讨会”，李娟自称如“火星人”般第一次来到大都市，她的文字由此被更多的人接受并进一步引起关注。事实上她的声誉仍然依靠喜欢她的作者口口相传，李娟至今仍在乌伦古河畔做着“裁缝家的丫头”，她的每一本书，扉页总是以极其简约的文字做自我介绍，没有照片，顺便附上她的博客地址，并注明：“进城不易，更新缓慢。”

李娟的出现，堪称这个时代的另类和奇迹。她沉浸在世俗生活的尘埃中，卑微而自足，平凡又富有尊严。冰天雪地中旷日持久的漫漫旅途，牧群远去后荒村老店的孤独坚守，偌大的世界把一个依靠手艺谋生的小女子抛掷在异乡的边缘，孤寂、清苦，看不到希望。然而李娟却自在安闲地享受着这一切，恬静怡然，醉心于那些奇异的事物和鲜活的生灵。在她眼里，刁蛮固执的哈萨克族小孩 、肥胖无比的喀吾图老太太、南腔北调的牧民、夜半敲门的酒鬼，都是她的兄弟朋友，是她的衣食父母。她们母女在讨价还价中与他们审慎相处，彼此的诚实与善良跨过一笔笔狡黠的交易，直率粗陋、浑朴豪迈的哈萨克族牧民，接纳了这一对母女，她们在冬窝子和泥坯房里数着零钱扎根下来。

李娟笔下的世界，是一个原始、封闭又陌生的角落，远离我们的生活，远离我们的想象与梦境，而这又是一个少女真实的经历。纯粹的美好的人性并没有远去，只是当下的写作者远离了他们。当代作家们痴情于精神乌托邦的艰辛建构，醉心于文学艺术形式的艰涩翻新。远离生活，背叛生活，已不是某个人的过错或失误，是民族精神的集体缺氧少钙。有评论家认为，李娟的文字让稍微有点“思想”的文字都会略显尴尬，“她让我们这些弄文字的人觉得绝望”。李娟不是为了文学而把艰涩生活描述得妙趣横生，她对生活的知足、感恩、享受，洋溢在字里行间，她沉醉在自己的想象和理想中。生于20世纪70年代末的李娟，她的生存体验具有代表性，但她的思想却如同生长在农耕文明的源头地带，读其作品有恍若隔世的惊喜与感动。按理说，一个能“识文断字”的年轻少女，有着无边的想象和憧憬，当她的梦想无法实现时，她会挣扎、叛逆，寻求变故，这是合乎逻辑的青春期心理路线。李娟不同于献身边疆充满政治激情的知青一代，也不同于下海经商艰苦创业的“70后”，她奔波千里从乌鲁木齐打工回乡，买回家的是一对幼兔；她在生意的旺季彻夜踩踏缝纫机，天亮后一个人攀上高山之巅，望着白云蓝天惬意地呼呼大睡，以苦为乐到这般境地，李娟着实憨得可爱。

李娟惊艳文坛，因其野生的、原生态的文字，带给都市文明和内陆文化圈一股清新卓异的品质。很多人认为，李娟的引人注目处和成功处是书写了边疆题材或风情民俗，换言之，阿勒泰成就了李娟，李娟占有了独特资源。阿勒泰仍然是中国的阿勒泰，是当代的阿勒泰，李娟一个十七岁辍学就当裁缝的女子，家里只有寥寥几本书、三袋大米、三袋面粉、八吨煤。她眼里，她笔下的阿勒泰为什么让人们惊叹？所以，她的优势仍然是主观心灵的优势，个人才情禀赋的优势，李娟散文的魅力并不是早年那些“民间艺人”原生态的拙朴之美，她对自然，对世道人心有着极其丰富的想象和感受力，内心时刻萌生着天然的诗情画意——“森林里每一片叶子都在以绿色沦陷我，他们要让我消失”；“天空占据了世界的三分之二，它的蓝色光滑而坚硬”；“夕阳横扫大地，一棵孤独的树遥遥眺望着另一棵孤独的树”；“世界虽然清新依旧，但黄昏真的来临了”……八十多岁的老作家舒芜读了李娟之后激动地说：“《阿勒泰的角落》美就美在她明亮的而非阴暗的底色上……寂寞的诗多矣，明亮爽朗下的无边的寂寞似乎还没有人写，这就是独创的境界。”这些平静至极又绚烂无比的句子，让人想起张爱玲或海子，而前者饱尝了人世过多的苍凉，寂寥时便冷不丁地语出惊人；后者则是天才的诗人，内心装满神示的诗篇，却往往省略了细节经验，突兀得如同偈语。李娟并不是一切都能够信手拈来，她的写作如同裁缝手艺，细心、认真、坚持，所以李娟让普通写作者看到了希望，同时也看到了深刻的绝望——一切皆有可能，而没有足够深沉而伟大的心灵感悟，一切皆无可能。

常识面前的拙劣

如果你对中国当代文学还抱有一点希望的话，如果你要如数家珍地列举当代作家的话，余华至少是第五个被列举的作家。余华在20世纪90年代的创作，被评论家举为为数不多的面向生命、面向存在苦难，深度思考的作家，也有人给中国文学“号脉算命”时，动不动就说余华等等很有希望获得诺奖。诺奖已经被莫言穿着燕尾服抱回来了，说这话就没意思了，获不获奖看来也没啥意思。

《兄弟》是余华沉寂数年后的突然爆发，因为客观的发行量，余华自始至终充满自豪，甚至对个别负面评价拍案而起、暴跳如雷。毕竟是大家，作品有争议很正常，《兄弟》应该差不到哪里去。

不看不知道，一看吓一跳，看完《兄弟》上部我已经绝望了。

余华早年虽然是牙科医生，但这丝毫不影响他后来成为一个优秀的作家。他走上文学道路据说是不堪忍受每天面对一张张洞开的长着坏牙的嘴巴，后来终于找到了一个体面的职业——作家。

余华在《兄弟》中表现的粗糙是一种面对常识的拙劣，写到后来，我发现他表现出的更多的是自负和懒惰，情节和细节处理得漫不经心，令人倒胃口。

李光头是个不乏善行的恶人，有劣迹也有义举。他善于自轻自贱，但坚忍顽强；他做事仗义勇敢，且极富创造力和忍耐力，是一个凝聚底层人物诸多恶习和美德的奇葩。在对这个人物的塑造上作者也是煞费苦心，通篇围绕他来写。李光头苦难的童年、灰暗的青春、暴富的壮年，预示了从“文革”晚期到改革开放，从计划到市场，国人一步步走过的心路历程，这一历程虽然遵循了历史进步的逻辑但超出了国人的心理承受能力，因而迅速暴露出一系列的失衡和荒诞。这无疑是作家可贵的发现和思考，也是作家耿耿于怀的诉说主题，但是，这一历程却缺少人性蜕变的艺术真实，缺少一鞭子一条血印的严厉鞭笞和严峻拷问，只是一种流于概念化的想象。一个伟大的书写抱负就这样渐次被消解，沦为一个成年人自以为是的夸张记叙。

李光头由贫到富、由贱到贵，是市场经济改变中国的标本，这个历程是曲折的、悲壮的，是引人入胜、发人深省的。中国农民的艰难蜕变和严峻洗礼，正是书写时代巨变时不得不深入探讨的问题。但是李光头的暴富太简单了，在一个章节里，几句话就把李光头变成了富翁，简直就是轻浮的胡编乱造。李光头第一次创业欠了股东数千元的积蓄，被债主逼迫得流落街头以捡垃圾为生，轮番受到债主们的暴揍。后来，李光头靠捡垃圾突然之间暴富，而且逐渐成为刘镇首富，全县的财政支柱，真是匪夷所思。一个言行乖戾的乡野无赖，转而成为全镇的头面人物，是偶然还是必然？是神话还是历史？作家把自己当成真理的代言人，就连演绎常规生活逻辑的义务也不愿尽，这样的作品还有什么意义？

李光头发迹于收破烂，而且是在县政府门口，一收就是好几年。他的破烂堆成了高高的四座山，这真是奇迹！哪个机关门口允许你堆放破烂，并且长达四年之久？还有，李光头在刘镇做破烂生意，渐渐做大，做向全国，最后把破烂做向了日本。他又把日本的破烂收回来，这日本的破烂原来是成套的西装，刘镇的老百姓包括县长局长都兴致勃勃地去挑拣适合自己品牌的西装。顺便问一句，刘镇怎么就有县长？更是离奇。须知，20世纪80年代的民间对日贸易，还没开放到那种程度。再说，中国人口中的破烂，也就是那些旧书旧报旧纸板空酒瓶，从小说来看，那堆积如山的破烂大概也就是指这些东西，这样的破烂如何能够做到日本去，真是悬！而且，李光头将中国的破烂换成日本的破烂，专门租了一辆轮船浩浩荡荡运到刘镇，这进出口贸易看着怎么像是在赶大集，有那么简单吗？作品到此基本上可以看作异想天开又不乏可爱可笑的小学生作文了。

李光头性格中兼具大善大恶，他身上有太多民间侠义的东西，虽然夸张，但情有可原。人性的善恶，其形成是有条件有依据的，不是无缘无故的，作家必然要从一些离奇的另类人格、夸张变形的人物言行中解释人性深处必然的性格轨迹，从变态中看出常态，从独特的“这一个”中读出普遍的人性。李光头从小备受屈辱、历尽折磨，他周围的人基本上没把他当人来看待，就连安分守己、自尊腼腆的母亲，因为他小时候偷看女人的屁股，对他也产生了深刻的绝望和鄙夷之情。但李光头从来不懂得忍辱负重，因为他以辱为荣、以重为轻，因为脸皮厚，所以人轻松。他熟练地运用阿Q的精神胜利法，在肉体和精神被打击摧残到没有退路的时候，依然能乐观地活着，这不妨看作普通老百姓隐忍顽强的生存特性。他的性格中有合理、现实的一面：他不记仇，对待人只有简单的逻辑，而且坚持到底。但是李光头对待宋钢的态度，则是令人疑惑的。他和宋钢相依为命，有着血浓于水的深厚情谊，虽然因为林红，兄弟俩反目，后来宋钢和林红结婚后，信誓旦旦地要杀掉情敌的李光头实际上也原谅了宋钢，因为宋钢的诚实厚道和懦弱，再度落难的李光头又得到宋钢长期的帮助与救济，兄弟俩重归于好。但是后来由于林红的关系，宋钢提出和李光头一刀两断。从此之后，李光头对宋钢不闻不问，知道宋钢下岗打工，去扛麻包，去卖花，富得流油的李光头对宋钢毫无怜悯照顾之心，哪怕他把十四个瘸子、傻子养起来，哪怕他给曾经打击过他的小人们长期赠送股份，他也不会去照顾一下曾经生死与共、形影不离的兄弟。在宋钢走投无路的情况下，硬着头皮去找李光头的时候，李光头虽然欣然应允，一掷千金，但旋即让宋钢走向毁灭，因为李光头终于找到机会向觊觎已久的林红下手。此后宋钢人生的所有希望基本被毁掉，流落各地去谋生，最后走向自杀。至此，李光头性格的复杂性消失，他自此成为一个无意义的恶人。

李光头性格中的善恶没有形成依据，人物形象也就混乱不堪，毫无立体感。这一败笔正是作者通过自己的主观臆想给人物乱贴标签的结果。“细节决定成败”，《兄弟》中的细节败笔太多，不胜枚举。比如，李光头发财的时候，分给股东的是最大面额为十元的人民币。1987年4月25日，国务院颁布了发行第四套人民币的命令，责成中国人民银行自1987年4月27日起，陆续发行第四套人民币。由此可见，李光头发财至少是在1987年以前，但是这时候李光头已经开始做房地产生意，开始拆迁刘镇。众所周知，中国现代房地产业开始是很晚的，改革开放很长一段时间一直实行的是福利分房的政策，房地产的投资市场相当狭小。李光头所处的那个时代，只有深圳等极少数城市才开始尝试房地产用地公开招标。李光头在刘镇开发什么房地产？如此的情节滥造和语言撒泼，在书中可谓不胜枚举。

我不知道早年写《活着》的那个余华哪里去了，那种平白恬淡娓娓道来，那种举重若轻深入骨髓的悲悯和博大哪里去了？《兄弟》已经沦为稀松平常的无聊调侃，余华立志写出能够反映人性荒谬和小人物面对艰苦悲辛生活时的坚忍性格的深刻作品来，但人物塑造单一平板，语言叙述苍白夸张，细节描写乏善可陈，情节设置主观生硬。作者似乎太过相信自己的才华，牵着作品中的人物一溜小跑，使得人物李光头成了一个木偶。余华缺少对主人公的尊重，缺少对读者的尊重，拉拉杂杂的堆砌，直把肉麻当有趣，作者反而自我感觉妙趣横生。

一个知识分子的气节和道义感，以及他对人生、人性、社会的哲思，如果得到形象的深刻呈现，将是伟大而不朽的、是无可取代的，这就是作家的独特价值。某些作家流于滥俗，向商业文化缴械，与娱乐同行。善于担当的人除了担当苦难，还应该对背叛，对倒退，对昏聩与无知持有清醒的认识。像鲁迅、老舍、巴金这样洞烛人性关注人类命运的老一辈作家，才能写出如《狂人日记》《阿Q正传》《四世同堂》《家》那种细腻绵长，于无声处听有声的史诗。

余华在台湾出版了《十个词汇里的中国》，小说失败后凑一本散文，对艺术乏力的时候，作家突然变成了思想家，有时甚至很尖锐。“写作的难度，正在越来越折磨那些有责任感、有艺术追求并渴望探查人类真相的作家们，余华就是其中一个”——前几年，谢有顺如此评价余华。余华曾经是谢有顺推崇的作家之一，他不止一次地对余华给予赞扬和期待，但对于《兄弟》，谢先生毫不客气地说：根本不值一提。是的。

第二辑

遐想与质疑

沈从文的糊涂与清醒

读过旧版《中国现代文学史》的人，会发现在现代文学的“大家”座次表里，几乎没有沈从文的踪影，就算论及作家作品，对沈从文往往一笔带过。他地位的边缘化、他面目的模糊化、他个人态度的暧昧，都使得他在早期的文学史中没有自己的位置。

沈从文，这个谦卑的乡村知识分子，没有惊人壮举，没有显赫荣誉，平凡伴随了他的一生。然而，直到大浪淘沙过后，繁华落尽的现代文学走廊，显得有些寂寥和苍白的时候，沈从文却如孤岛般耸立，人们才开始重新掂量这个曾经“不入流”的沉默者。

早年的沈从文出生在湘西的凤凰小城。世纪初的兵荒马乱，以及祖辈从军尚武的背景，让沈从文有过一段军旅生涯，年少聪慧的沈从文在凤凰预备兵技术班的成绩还不错，少年沈从文有过当将军的“长久梦想”，真是令人称奇。然而现实很快粉碎他的梦想，旧军队的混乱、野蛮、无序和残忍，让他觉得“简直无从说起”。但是沈从文没有经历由懵懂到觉醒，由忍辱到反抗，由随波逐流到“寻找光明”的积极转变。20世纪20年代初的沈从文，仍然混迹在兵痞武夫的行列，他说：“我不晓得我该做什么，将来能做什么就做什么吧。”很多人看来，作为苟安一隅的士兵，不能救国救民，至少也要有“当将军”的梦想，但沈从文却是这样的胸无大志。俗话说，人无志不立，沈从文所处的那个时代，在中国，为数不少的同辈人正挥臂高喊“天下兴亡，匹夫有责”，相形之下，不能不让人感到沈从文的淡然与消极。但是，豪言壮语还需要脚踏实地的行动来践履，沈从文的淡然与消极，正体现出他处变不惊、随遇而安、平静恬淡的人生情怀。

四处碰壁的沈从文最后“从文”了，他几经波折到了北平，无钱入学，就到北大旁听，后来终于参加了入学考试，却得了个零分，连两元钱的报考费都被退回了。后来的两年，沈从文是在经济拮据、无望无助中度过的。后来，他给几位知名的作家写信倾诉自己的处境，所幸郁达夫被沈的真情打动，雪夜拜访，并资助鼓励了他。郁达夫后来写了有名的《给一位文学青年的公开信》，沈从文坚持了下来，陆续在各刊物写稿，逐渐得到一些作家的赏识。

1925年，在沈从文最困难的时候，通过写稿与丁玲、胡也频认识，随后，他们相继返回湖南。就在此时，声名远播的胡也频劝沈从文加入“左联”，沈从文却拒绝了。

沈从文首先认为，当初鲁迅与创造社太阳社的论争是否真诚？如果是，为什么突然又要联合？如果不是，当初何必那么做？——这个“乡下人”心里有着深深的疑惧，在他看来，这是文学与政治的结缘，文学应该在关注当下的同时更多向人类的远景凝眸，如果文学与政治完全结盟，文学的相对独立性就会遭到破坏。以加入“左联”为发端，沈从文与胡也频、丁玲的患难友情逐渐冷淡，胡也频遇害后，丁玲被捕，沈从文与丁玲也断交了，其中当然有很多原因，但是，沈从文这个倔强的“乡下人”，与丁玲、胡也频在观念和志趣上的差异，使得他们最终成为志不同、道不合的两路人。丁玲说：“沈从文是一个常处于动摇的人，又反对统治者又希望自己能在上流社会有些地位。”胡也频也常常感叹他与沈从文之间的友谊是“逐渐不坚固的精神上有距离的友谊”。

沈从文把损害文学独立性的现象归结为两个基本倾向：一是文学与政治结缘，二是文学与商业结缘。20世纪30年代的沈从文已经颇具成就，鲁迅也公开赞誉过他的文学成就，以他的个人智慧，完全可以辨别是非曲直，他的优柔寡断，并不是对政党与体制的怀疑与隔膜，是缘于他内心坚定的信念，那就是保持文学的纯粹性。1938年，沈从文到了昆明，任教西南联大，老舍曾经建议他担任云南文协主席，沈从文拒绝了。他在文章《一般或特殊》和《文学运动的重造》中提出，“抗战时期的文学创作，是满足于一般的抗战通俗宣传，还是深入把握抗战时期的民族精神现实，使其成为民族百年立国的经典？作家是以‘文化人’身份猎取一官半职，还是甘耐寂寞，在沉默努力中为民族抗战切切实实尽自己义务？”他的观点被当作反动作家观点加以批判。今天，我们回头看，如果没有这些曾经埋头忍耐的作家，关注“民族精神的现实”，现代文学如果光剩“墙头诗、枪杆诗”，将是多么的贫乏与单调？

随着抗战胜利，沈从文在坚持文学独立性和纯粹性的同时，表现出了对现代政治的不信任。他将重造民族生机的责任寄托在非党派、非集团的学有专长、有“理性”的知识分子身上，并提出以美育代替政治、战争的观点。他的观点更使国共两党都不舒服……这就是沈从文，一个并非“骑墙”的沈从文。也许正因如此，注定了沈从文会一次次自觉不自觉地被卷入纷争的漩涡，吃尽苦头。

1948年，郭沫若在《大众文艺丛刊》发表了一篇名为《诉反动文艺》的文章，批评沈从文“想超越革命拥护第四党”，夏衍等连篇累牍批判沈从文。正在沈从文被炸得晕头转向之际，国民党当局送来飞机票，要沈从文“撤退”到台湾去，但他毅然拒绝了这个盛情邀请。他不信任和亲近任何权威，表现出一个主张“诗缘情”的作家清高淡泊的秉性。

中华人民共和国成立后，沈从文这个“第四党”的梦想破灭了，他的创作从此中断。对一个作家来说，没有比不能写作和言说更痛苦的事情了。1949年以后，沈从文在“思索”中倍受心灵的折磨，他颓然倒下，痛苦地蜷缩在病床上，除了爱妻和孩子，少有人理睬他，沈从文感到了刻骨铭心的孤独。“……这条路似乎已经走到了尽头，……原先那个对生命有理性有计划的自己正在被那个宿命论的自己战胜”，大病初愈后的沈从文经过痛苦“思索”，决定不再做文坛上的“士兵”，而转去研究民族服装，他在北京博物馆给瓶瓶罐罐的文物写标签，每天揣着两个红薯去上班，等待别人来开门。他曾写道：“记得当时冬天比较冷，午门楼上穿堂风吹动，经常是在零下十度以下，上面是不许烤火的。在上面转来转去学习为人民服务。是要有较大耐心和持久热情的！我呢，觉得十分自然平常。组织上交给的任务等于打仗，我就尽可能坚持下去，一直打到底。”沈从文放弃写作，心想这样也许真的能远离“纷争”，“一介文人”的沈从文没有料到的是，历次政治运动，他仍未避免。沈从文“虽有不羁之才，然志远而疏”。对名利和权威是彻骨的淡漠。虽然人各有志，但和他的同代人相比，作为一名知识分子的志趣和品质，是独一无二的。人，一时一地一事偶尔淡泊不是什么难事，难的是一辈子远离功名和利诱，远离权势与功名，永远保持独立的人格。

新时期文学史不断修正，艺术标准和历史理性重回视野，沈从文渐渐被人重新关注。他的名字被选入了1987年的诺贝尔文学奖的候选人终审名单，1988年他再度进入当年的终审名单。然而他却在这年溘然长逝，与中国人梦寐以求的诺贝尔文学奖失之交臂。作家，是不能太聪明的，尤其不能太精明，不要对他生存的环境和人情世故太敏感，而是要对民族精神的现实敏感，对苦难人类的生存现状敏感。沈从文，这个谦卑而态度暧昧的作家，自有他骨血中的清醒和坚决，在其创作中体现出对中华民族苦难与精神的高度敏感，以及深重的悲悯情怀，这一点甚少有作家能够做到。

巴金的价值和作家的责任

巴金走了，吊者如云，哀声不断，有人引为同道，追怀先生美德，有人难免思古忧今，对老人的种种言行进行光大，以此掘出所谓知识分子的良知，以启迪当下的人心。

巴金是独特的，他跨越了漫长的整整一个世纪，见证了无数的兴衰治乱，奇迹般跨过世纪门槛，成为一尊活化石，国人尊老，为尊者讳便顺理成章。巴金的意义到底多大？巴金在当代文坛的意义主要是一部《随想录》，这本书被称为“现代忏悔录”“时代的良知”而大加颂扬，让巴金成为“归来者”中最享殊荣的作家。巴金有特殊的经历、特殊的机遇，也就有了特殊的荣誉。

一个作家的价值，尤其是一个“大师”级作家的责任、贡献和价值应该是什么？是真诚和说真话吗？

我想首先应该是作品。巴金的文学选择一开始就是西式的、率性的，涌荡着20世纪科学与人道主义思想的风范。半个多世纪以来，像觉新、觉慧、鸣凤、梅表姐、汪文宣这样的艺术形象已扎根在中国人心中，多少青年读者正是从这些艺术人物身上找到了自己的影子，从而勇敢地跨出那叛逆、反抗与自身价值追求乃至投身革命的步伐。但是他不能摆脱封建社会与家庭投给他心灵的沉重阴影，他无法廉价地乐观与浪漫，所以他的作品差不多都是悲剧的调子，如他自述：“一个黑影来掩盖了我们的灵魂。于是忧郁在我们心上产生了。这个黑影渐渐地扩大起来，跟着他就来了种种的事情。一个打击上又加第二个。眼泪，呻吟，号叫，挣扎，最后是悲剧的结局。一个一个年轻的生命横遭摧残。有的离开了这个世界，留下一些悲痛的回忆给别的人，有的就被打落在泥坑里面不能自拔……”（《忆》），所以，巴金的作品浸染了五四时代反抗与叛逆的因子，但本质上悲哀忧郁，充满个人主义思想，他是先觉的启蒙者队伍中的优秀分子之一，但绝不是最优秀的，郁达夫、徐志摩、许地山等，天若假其时，相信会有更加杰出的成就来代表汉语创作的现代水平。

其次是思想。巴金重要的创作生命中所信奉的是人道主义与安那其主义。人道主义如今已没有多大分歧，然而安那其主义一直争议较大，也是巴金生命中一段时期遭遇麻烦或非议较多的渊源。“安那其主义”源出十八、十九世纪的民本主义与空想主义哲学思潮，常被译为无政府主义。实际上巴金所信奉的无政府主义与当今人们常用的这个带有贬义的名词意义相差甚远，安那其主义的本义是反对封建的强权与专制的禁锢，倡导一种理想的平等、自由、博爱、唯科学知识是尊的人际关系与生活。巴金为什么步入文学道路就找到了安那其主义的门径呢，那正是由于他生长于封建的专制社会与旧家庭，在沉闷黑暗甚至充斥血腥味的精神压迫中渴求身心的解放与健全，故而带领他步入文学圣殿的首选是法国大革命时期富有理想与激情以及俄国革命时期富有反思与献身精神的思想家、文学家。像罗曼·罗兰、卢梭、福楼拜、赫尔岑、托尔斯泰、屠格涅夫、陀思妥耶夫斯基都是巴金崇敬的大师，文艺复兴时期的艺术也对他“人类至上”的观点有深刻的影响。而古典的唯美的传统流派不为巴金所好，甚至被他扬弃，原因在于他的内心涌荡着那一时代反抗的激流，如他自述：“我现在的信条是，爱那需要爱的，恨那摧残爱的。”（《海行杂记》）

什么是思想？思想是世界上最具私人性质的东西，是来源于现实生活斗争，最明朗同时也是最精微的个人提取物，唯有经受生活和斗争的孕育，思想才有活力，也唯有经由自己的思索和自愿的接受，思想才是真实可靠的。否则，不是枯死的根株，便是复制的赝品。一种思想，当它产生后，不能使生命为之激荡起来，还算什么思想？巴金一生在达摩克利斯剑下苟安，丧失了追求真理和理想的勇气，随波逐流，背弃了年轻时期曾视若生命的信仰与友情。在极左路线影响下，在反胡风、反右这两次运动中，巴金没有任何有骨气的作为，甚至“写过不负责任的表态文章”，巴金为此一直愧疚在心。早在1981年“胡风冤案”刚刚被提出的时候，巴金已经开始反省这一事件，然而，直到胡风逝世，冤案初步平反，巴金才动手写《怀念胡风》。当文章拿出来发表时，胡风尸骨已凉，追悼会都开了。

巴金为自己的一步坎坷写了五车书，《随想录》究竟有多大的意义？大师的伟大，往往是以先见之明引导民众，或掮住黑暗的大门，放民众到光明的世界。巴金没有这样做，也不可能这样做，所以巴金是懦弱的，他的懦弱是可以理解的，因为他是平庸的，平庸不是过错，他忏悔了，是值得颂扬的，说明他是善良的，至于说他的忏悔代表了20世纪的良心，那么，巴金本人肯定也觉着羞愧得慌，巴金以他冗长的生命承担了他无法承受的荣誉，这是他的不幸。只有他，过去是革命的、友好的，后来是听话的，不闯祸的，再后来是衰老的，德高望重的，无人可比的。

巴金在衰病之年艰难地维持他的生命，甚至为了“人民活着”时，他已经是一个符号，一个德高望重的符号，我们不能也不忍心对他表示不恭。今天，老人终于卸掉了一生的重负和疲倦，永享安乐。他是一个好人，人比文章好，文章比思想优秀。至于良心二字，我们不要急着推选一个代表全国人民体现良心的大师，这么做，就是将一些本来优秀的作家逼上绝路。

烧书的快感

不知道为什么，一年下来总积聚一些莫名其妙的垃圾图书，一般我是要毫不留情地焚烧之。除去这些障眼烦心的东西，总会轻松许多。尽管如此，还是有些东西积累下来了，有些东西留了好几年，硬想不起为什么留它，想着留，总是有理由的，所以就沿袭下来了，时间久了，竟然成了历史遗留问题，自己做不了自己的主，敝帚自珍，守着一堆垃圾惶惶然。

今年春来早，年终“收官”的时候照例有一些书籍让我不知所措。放着吧，逼仄的书架已经不堪重负，所以翻来覆去最后决定来个大清理，凡是可有可无的书籍一律处理，怎么处理？拿到门口卖掉是个好办法，但是，我不忍心自己流离颠沛多少年收拾的东西轰的一声混进一堆破铜烂铁，再说，这些东西里面，难免有些有用的东西，就这样抛进不知底细的窟窿，总觉得不是滋味，所以决定——烧掉。

首先要烧掉的是那些八股文章和文牍资料。我为自己积累这么多印刷精美的垃圾而感到惊奇，一个抄一个，一个比一个玄乎，每一项工作有数种资料汇编、成果回顾、理论研讨的文集，因为有若干的人围绕在这些行业吃饭，所以相关的理论便应运而生。崭新的书，我相信除了编辑和校对人员，绝对没有人认真读过，每一项工作据说都关系到国家的长治久安和生死存亡，但都是放之四海而皆准的废话，这些文牍赘疣，只有烧掉它，才少一点烦心。我敢肯定，烧掉这些累人的理论和成果，于工作不但无害而且有益。

我还要烧掉那些经年积累的杂志、图书、报纸。上学时，出于对现当代文学的偏好，开始收集共和国成立以来的名著，特别是新时期以来的“经典”作品，我收集得差不多很全，办法就是从旧书摊上淘一些文学杂志。好多年度获奖作品、“里程碑式”的作品，都发表在一些大的文学杂志上。这些过期的杂志，都是收破烂的从图书馆或者私人手里按斤称来的，转手的时候，我只花五毛、一元不等的价格，他们乐意，我也愿意。这样一来，好多长篇花个把元就到手，等到书店出现单行本的时候，我只是心理窃喜，觉得自己占了大便宜。书收拾来了，却束之高阁，多少年很少真正读它，首先是时间少，其次是该读的书太多。新时期文学，只是中国文学长廊中的一个角落，中国文学是世界文学海洋中的一股浪涛，更重要的是，当代文学遭遇一个开放时代，经典作品的缺失和文学大师的缺席，让文化大国经受着尴尬，我们自己拥戴的那些作品在文学史上留下多少，能在世人心头记取多久？这个很成问题，所以，我们的阅读必须有选择。具体来说，是要阅读被时间淘洗过的真正的经典，而不是当红或热门的作家，这是很多人对我的忠告。推而广之，文学期刊，大不可迷信，不可耗费更多的时光在其上面。余华说过，我宁愿花时间读拜伦的两行诗，也不愿意花时间去读当下流行的文学期刊。“取法乎上，仅得其中”，从创作学习借鉴的角度讲，大量雷同复制的作品，自然很难提供更高的艺术规范，全国省级以上的文学杂志大概达到数百种，每年文学作品的发表量无疑堪称世界第一，但是公认的经典却迟迟没有出现，所以，我们花大量的时间阅读这些东西，无疑是“仅得其下”了。时代需要文学，社会需要图书，在纯文学杂志低迷萎缩的境况下，有文学梦的人自然应该捍卫这个阵地或者至少填充一点“人气”，但是我们必须有所为而有所不为，抛弃迷信，眼光放远。至于流行的文化杂志，更应该列入烧的行列。这些杂志，从文化产业或者期刊经营的层面讲，无疑是成功的范例，但是，几则笑话，几幅漫画，再加几个煽情故事，数十年“千刊一面”，注定只能成为茶余饭后的消遣物品。我们可以读，但建议阅读它的时间最好不要超过十分钟，至于收藏，免了，占地方。

我还要烧掉个别个人文集。张承志写过一篇《撕名片的方法》，他之“撕名片”当然除了对虚伪人际关系的厌倦，主要还是基于信仰的一种决绝、孤傲、规避、怀疑和反抗，有一种常人不易觉察的偏执在里面。他认为“大撕特撕，撕光扔尽，把自己和他们之间残存的瓜葛连同自己软弱的希望一阵快刀斩乱麻消灭干净，是人生一大快事”，我觉得烧朋友的书却是痛苦的事情。那些虔诚善良一心写作者的书不能烧，那些独居一隅呕心沥血者的书不能烧。至于那些沽名钓誉者、无病呻吟者、自吹自擂胡抄乱眷者的书必须烧掉，因为有些人凭借一本书可能达到了个人目的，实现了他的欲望，但是世界不会因为有这么一本书而有丝毫改变，他人也不会因为有这么一本书而有丝毫改变，所以这样的书已经完成了他的使命，只有烧掉。

烧书是愉快的，也是痛苦的，总而言之是愉快的。烧掉这些东西，你会没有对比，没有依赖，把所谓的财富当作垃圾处理掉，你会有瞬间的惋惜，尔后，会感到很轻松。

书香依稀话悲欣

“老去功名意转疏，独骑瘦马取长途。孤村到晓犹灯火，知有人家夜读书。”这是江西派诗人晁冲之的一首无名小诗。老先生终身苦读却一事无成，到老年功名惨淡，心灰意冷，独骑瘦马归乡之际，看到了孤村夜读的学人一灯独明，不禁黯然神伤。诗中描摹的情景，是一介寒士皓首穷经后“蓦然回首”的刹那，字里行间平静无波，读之却给人刻骨的悲悯和辛酸之感，特别是相同境遇的读书人看了，免不了要发出一声长叹。

古人云，“万般皆下品，唯有读书高”，这本来是古圣先贤指点、激励后生勤勉治学求取功名的谆谆之言，后来竟被历代学人士子奉为立身经典躬行不悖，根本原因是“学而优则仕”的体制把读书和做官绑到了一起，寒门学子想通过读书博得功名咸鱼翻身，哪怕九死一生在所不惜。然而，冷酷的现实总是撕碎了无数读书人的富贵梦，科举这座独木桥为之堵死之后，百事不能的知识分子，彷徨无地，百事乖违，罗雀掘鼠般挣扎跻身于社会，聊以卒岁。落拓一襟、寒窗坐老的书生，成了读书人的另类写照，实际上也是大多数读书人的结局。“误攻文字身空老，却返樵渔计已迟”“宁为百夫长，胜作一书生”，道尽了对功名的最初向往和最终悲凉。

耗尽苍生的科举考试，被后人诅咒得体无完肤，科举固然培养了无数两脚书橱的腐儒，扼杀了中国人张扬个性、革新创造的活力，但是古代确实有不少靠科举选拔上来的民间才俊，成为有作为的国之栋梁。历代为官者博览群书、精通诗文的不计其数，李斯、贾谊、晁错、魏征、韩愈、欧阳修、范仲淹、“三苏”、王安石……乃至一些身后声名扫地的晚清旧臣、民国军阀，有不少是满腹经纶的鸿儒，现在偶尔可见他们随意挥洒的墨迹、手札，或秀媚，或高古，或俊逸，个个都是笔带锋芒，字挟风霜，学养与性情跃然纸上，再把那些“妇孺皆知”的丑闻、不明出处的恶名与他们联系起来，恍然发现，史上过往的名人，毕竟是有着过人之处，全然不是靠裙带关系、谄媚之术、贿赂之能攀上高位的，也不是腹中草莽志大才疏之人。据说一个通过科举考试的读书人，大概要对四十万字的经典烂熟于心，这些靠背经典步入仕途的官吏，他们出能酬答、入能作文，其人格和素质大抵有个基本的底线，看来，“学而优则仕”总体上是符合中国传统体制的人才选拔方式。

但是，读得圣贤书，难入名利场，却是千古读书人怪圈式的悲剧宿命。读书之人读到乐处思接千仞，神游八方，自信“腹有诗书气自华”，难免沾沾自喜，恃才傲物，等到鼻尖上碰了灰，却又感时伤世，愤愤不平，醉心功名却难改不通时务的旧癖，渴望个性自由又总为伦常所羁，一方面吟风弄月沉溺旧癖，另一方面临深履薄、唯唯诺诺，终生挥之不去的忧闷愤慨。但是，百代以来，无人视读书为畏途或邪道，读书是上进的，至少仍是体面的。没有机缘治国平天下，只能读书复读书，半生沉浸在微言大义中潜移默化，正心修身齐家却成了意外收获。读书之人一般成长为恶人的概率要小，总会变得向善，爱美，有气节，讲操守。成堆的落魄士子，恰恰汇成了历史上不可漠视的强劲清流，数千年文明得以传承，靠的是读书人“门无过客窗无纸，炉有寒灰月有霜”的清苦守望。

晚清以降，烽烟顿起，偌大中国再也“放不下一张平静的书桌”。新学渐起，佝偻着身子的旧式读书人渐渐稀少，读书人开始慷慨激昂地演说、辩论，走向街头，甚至奔赴战场。这一切，逐渐成为年轻知识分子的梦想和追求。新文化运动是读书人自己革自己的命，发起和领导这场运动的，正是饱览古文化、熟读旧书的五四一代老学人。他们渐次作古后，中国的文化大师却寥若星辰，这也是不争的事实。

今天，市场化改革和商品经济大潮汹涌而起，全民投入一场急不可待的生存搏斗。物质主义甚嚣尘上，人情世故比学问诗意更有用，金钱和虚荣迷住了人们的眼睛，低俗的商业消费文化泛滥，七情六欲四处迸溅，躲避崇高、亵渎经典、扭曲真善美成为时尚，所有的经典都要依靠拙劣的电视剧重新传译，清宫戏和三角恋爱戏粉墨登场，占据绝大多数家庭几乎所有的业余文化空间。灯红酒绿纸醉金迷是成功人士的象征，奔向温柔乡富贵场才是有品位的人生，很少有人闲暇时手捧书本，展卷阅读，耐心品味。

前几年，联合国教科文组织对各国民众年均阅读量的调查结果显示，排在首位的是以色列，年均六十本以上，美日等国年均在五十本左右，而中国民众年均阅读量仅为一本上下，与世界最不发达国家同列在倒数位置。而在这可怜的一本书中，百分之八十是教科书、教辅教材、技术培训、时尚杂志等功利性和实用性的图书。

远离书桌，轻视阅读，鄙夷经典，正成为一股可怕的风习弥漫四周。学风浮躁、学术腐败、造假贩假之风铺天盖地，成批复制的高校毕业生自信优雅地新鲜出炉，张口大段白话，提笔满篇错字，字迹怪诞丑陋、不堪入目，有些人所掌握的基本文化常识甚至比不上农村早年读过几天私塾的老先生。至于那些作为明星万人追捧的文化偶像，肤浅、孤陋寡闻更是令人吃惊，他们中的一些人动不动娇嗔地宣扬：我的爱好有“逛街、睡懒觉、美容、读书”，为此陈道明先生愕然质疑：“读书怎么能是爱好呢？那是终身的使命”，陈道明是艺人中的另类，他晓得演员不光要长一副好皮囊，还要肚子里有货。

声色渐浓而书香依稀，物质挤瘦了精神，娱乐代替了阅读，有朝一日，一个自诩数千年文明传统的国度，退化成思想文化的荒漠，将是多么可怕的事情！读书不是万能的，不读书是万万不能的。社会需求千变万化，生存压力日益繁重，“万般皆下品，唯有读书高”的劝学格言当然误人不浅，跻身纷繁百态的物质社会，因为衣食住行之需，人们在红尘中行色匆忙地奔走，与此同时，所有的窘迫与无奈、浮躁与忧郁，都成为生命中无法承受之重。

如果阅读成为一种持久的兴趣，一种习惯，一种生活常态，或许我们在青灯黄卷中，能寻找到氤氲浪漫的人生情调，在冷雨寒窗时，内心将获得不期而遇的宁静和澄澈。

悲欣交织说口腹

幼时读《西游记》，常常纳闷：呼风唤雨的孙悟空，一撮毫毛吹出千军万马，一个筋斗可以上天入地，但常常因为一碗斋饭而吃尽苦头，甚至惹来杀身之祸，灭顶之灾，让师徒四人苦不堪言。后来读《庄子》，《逍遥游》中有个姑射神人，吸风饮露，不食五谷，可谓超然物外，仙风道骨，让人好生羡慕。看来不论佛家的随遇而安，还是道家的清静无为，都无法摆脱吃饭这个肉身面临的难堪障碍。佛正视苦难，藐视邪恶，但是孙悟空却变不出粮食，好比无法跳出如来佛的掌心，是个极限，是个定数。而道家则干脆想出个姑射神人来自慰，实际上是一种自欺欺人，就好比庄子鼓盆而歌，看上去超脱得厉害，实际上不是那么回事，既然无所谓，那你就正常生活，歌什么歌啊？可见他是对老婆爱得深，长歌当哭了！所以庄子实际上并不超脱。鲁迅在《故事新编》中写到文化山上一帮老朽吃乌鸦炸酱面的丑态，将自视清高又虚伪丑陋的老夫子们着实嘲弄了一番，一针见血地道破了清谈误国之害和超脱无为之虚妄。

人心可以无限高尚，但肉体还是有许多致命的弱点，吃饭便是其中之一，它总是制约人，支配人。一方面让人像孙悟空一样，始终翻不出如来佛的掌心，怎么蹦跶最后都安然就范于形形色色的劳动秩序中。另一方面，人大概知道自己这一致命的弱点，或委曲求全，或忍辱负重，围着吃饭这“一个中心”苦苦挣扎，循环往复，永无止境。

吃饭问题是要紧的，自古至今，大到改朝换代，小到邻里纠纷，吃饭问题历来都是首要问题。吃饭的欲望人人都有，但是吃饭的权利并非人人平等，历来“治人者食于人，治于人者食人”，强者弱肉强食，巧取豪夺，弱者逆来顺受，苟延残喘，当治于人者饿得两眼冒金星的时候，革命就爆发了。孔子说“食色，性也”，孟子也说“衣食足而后知礼仪”，但是到了后人嘴里竟然冒出“饿死事小，失节事大”的昏话，持节固然重要，但是让老百姓背着仁义礼智的道德行李饿死在路上，只能是陈腐的愚民术。这些可怕的戒律，都是衣食无忧的士大夫的奇思妙想，对付这些人，鲁迅说：“倘能按一按他的胃，那里面怕总还有鱼肉没有消化完，须得饿他一天之后，再来听他发议论。”《娜拉走后怎样》

吃饱，是人活着的基本底线，也是个人命运的注疏。许多声名显赫者，生前却往往贫困潦倒，食不果腹。曹雪芹为写《红楼梦》批阅十载，呕心沥血，感天地泣鬼神，但他却半生“绳床瓦灶，举家酒食常赊”；“避席畏闻文字狱，著书都为稻粱谋”，清代著名文学家龚自珍的《咏史》诗中的名句，道出了封建末世最黑暗时期文人在政治经济双重重压下的窘迫局面。

饥饿早已远去，全社会物质的富有程度已经和过去不可比拟了。但是，吃饱了，并不意味着就满足了，种种压力面前，愤而自杀，激而造反者不乏其例。本来生活幸福了，幸福感却丧失了许多。看来人不但要吃饱，还要吃得顺心顺气。

我们的地球也是空前富有的时期，我相信饥饿缠绕的地区越来越少，除了战争和突发灾害造就的难民，穷得没有粮食糊口的国家恐怕很少。但是有粮食有钱同样能让一部分人饿死。巴西劳工党领袖卢拉竞选总统时的口号竟然是："只要我当总统，一年之内消除饥饿。"而他竞选成功的主要原因就是因为这个承诺！我纳闷好久，巴西是什么样的国家？世界上人均耕地面积最大的国家，农业资源最好的国家，竟然把"一年之内消除饥饿"当成了执政目标。后来我才知道，巴西的土地是私有的，农场主占有土地，根本不理你政府的茬，为了追求利润，他们很少种粮食，住在帐篷里的无地农民只好向政府抗议。

中国有世界五分之一的人口，中国现有劳动力是欧美发达国家总和的两倍，我们对劳动力概念的界定，仍然仅限于简单劳动。想想十三亿张嘴巴一齐张开的情景，真是可怕极了，所以吃饭确实是第一号的大事。前几年，一阵风鼓励农民调整产业结构，结果种什么，什么就降价。时间不长，开始鼓励种粮，并且政府保价，取消农业税，大讲重视三农，确实是务实之举，德政之举。今年有好多精英呼吁土地私有，我也曾动心了一阵，但看看巴西的情景，我突然觉得毛骨悚然。

你识字吗？

我突然变得不识字了。

我是从青年书法展览会上回来之后变得不识字的。

在展览会的门口，一著名青年实力派书法家屏气凝神、双眉紧锁，然后悬腕挥毫、目放幽光，拿起锅刷状的一把老毛笔，在六尺宣纸上呼啦一下，左右一染，中间一旋，然后像屠户开膛一样果断地在宣纸中间连墨带毛狠命地一直拉到底。青年实力派书法家没有换笔，在左侧像阴阳先生画符一样绕了几个圈，然后冲上来一个小伙子，将捣蒜锤一样的石头家伙在唇边“哈，哈”地预热了几下，轻轻地，盖出一个红圈圈，于是现场响起了热烈的掌声，有人开始说“好”，紧接着一群人说“好”，只有我没有说“好”，因为我实在没有看懂他在干什么，我死活没有看懂那是什么字，于是我没有叫好，也没有敢问你写了个啥字，你说我敢问吗？

我只好进去看展览，满屋子挂着花花绿绿的书画作品，我感觉满眼斗大的汉字在冲我狂笑，有的好像螃蟹乱舞，有的好像蛇虫奔突，有的酷似幼儿园孩子的作业，有的颇同慌乱中打翻了墨汁，还有的充满惶恐和肃杀……所有的作品章法都密不透风，看来纸短情长，所有的书写者都有冲出宣纸走向世界的强烈欲望……

青年实力派书法家让我冷汗直冒，每一幅作品我都没有顺利地欣赏完，因为我不知道他们写的是什么，想表达什么，甚至我没有看懂有些人写的到底是哪国文字，我自信没有吃过猪肉，但是见过猪跑，在经典书法作品中，我没有欣赏过类似这样让人触目惊心的创作。

众所周知，以汉字为载体，以汉字笔画造型、表意、抒情，是中华大地特有的艺术门类，书法是真正的国粹。早在西晋时期的中国第一代书法理论家如成公绥、卫恒，异口同声地称，是神人仓颉创造了汉字，“观彼鸟迹，遂成文字”（《隶书体》）、“眺彼鸟迹，始做书契”（《四体书势——字势》），意思是说汉字是天庭差来的神鸟所为。汉字的确神秘，好像是斯芬克司之谜，数千年来我们看到他在对世界神秘地微笑。因为汉字的神秘，作为国粹的书法，就玄而又玄了。一方面，它作为最朴素的华夏文明载体被民众运用，传诵于布衣平民之口，它平凡得像糙米草芥；另一方面，它又流转于雅士达人之间，点墨胜金，艺术价值骤然飙升。

然书法作为艺术的一种，和一切艺术一样，尚意也好，写实也好，归根结底是表达一种对自然人生的感受，传递的是一种审美意识和人文志趣。同样，书法需要的是一种艰苦的实践和深入的体味思考，而不是突发奇想，信手挥就的涂鸦。

我偏偏见过这种以写怪字而成名发财的书法家，这让我感觉糟糕透顶了。有不少我熟悉或者不熟悉的书法家，一年四季不读书看报，连铅笔字都写得张牙舞爪，不忍卒读，偏偏拿起毛笔就成大家了，而且作品不断发表，不断参加展览，不断获得金奖，不断卖出高价，到底是什么原因啊？

可能是书法确实神秘，我曾经对书法研习了一段时间，读了一些帖，临摹了一些字帖，后来我基本绝望了。我看过古代大家的作品，看过当代名士的作品，看过鲁迅手稿的影印本，看过民国时期的书札……我觉得，书法不是想写就能写好的，况且不要说书法，你将字真正写好都不容易，于是我放弃了，但是身边不少青年书法家竟然成了当代的实力派。

书法固然神秘，权且做个不恰当的比喻，书法好比文学，遣词造句、起承转合、谋篇布局是基本功夫，只有这些做好了，你才会使用魔幻现实等后现代手法。同样，只有基本的用笔、气韵、章法等掌握了，你才能夸张变形。可是好多书法家一开始就变形，变得让观者如坠烟云，搞个大家都看不懂的，然后开始吹嘘，名声出去了，渐渐没有人敢怀疑了，著名书法家就修炼成了。对待这样的书法家，我一般用土办法，你叫他写一篇蝇头小楷，或者核桃楷书，他一般会支吾说没有专攻楷书，哈哈，遇上搞文学的，一个大作家不会写信肯定露馅了，但是书法家不一样，为什么，书法神秘啊，所以，书法家很多。

为什么假书法家很多，我看还有一个原因就是不懂装懂的人太多，偏是这些人附庸风雅出高价钱，让文盲书法家层出不穷。

举个类似的例子，震惊书画界的“石鲁遗作”丑闻好多人都知道，大体经过是这样的：

几年前，河南农民郭圣生、郭伦信等为了发横财，编造了一个弥天大谎：“文革”期间，郭伦信在西安偶遇落难的石鲁。石鲁嗜酒如命，郭伦信就将家乡酿制的张弓酒送给他喝，石鲁每次都喝得醉醺醺的，然后挥毫作画，郭伦信捡了不少石鲁的醉中画。其所保存的“石鲁遗作”多达上千幅。然后郭圣生、郭伦信等找到了西安画界的邹占兔，请他临摹，并付给一定报酬。见利忘义的邹占兔对石鲁的作品大肆剽窃、复制。

然后他们在北京策划了声势浩大的“石鲁遗作展”“石鲁遗作研讨会”，数十位文艺界著名专家学者参加了研讨，为这些拙劣的模仿品逐幅题跋，对此赞叹不已，称赞此次发现“功不可没”。尤其可笑的是，中国书画五人鉴定小组一成员题跋称这些假画：“随意操觚，笔墨淋漓，风茂独具，气势雄强，开一代之先声，于国内外传世诸作中，当属上品，诚乃一生从事艺术创作之精华。”国画家魏紫熙也称：“当今无敌有此奇笔奇意也。”

随后，造假者一个个喜出望外，四处奔走，拉大旗做虎皮，大肆鼓吹自己所藏的赝品是“金不换”，有恃无恐地高价推销假画。

真是荒诞至极啊，专家把假货推为极品，看来懂艺术的人已经很少了，既然没有人懂，凭什么没有人造假啊？这样的书画界，只有让中国书画艺术蒙羞，让造假者窃笑，让真正欣赏艺术、懂艺术的人哭笑不得。

没有人识字，只有文盲识得，因为他们掌握市场。一些书画经纪人成了庸俗书画家的衣食父母，畸形的书画市场豢养了一批无德无才的所谓著名书画家，任由他们像杀猪匠一样糊涂乱抹，然后有人乐陶陶地开始收藏了，收藏来收藏去似乎也懂了，指手画脚，俨然大家。

畸形市场的根源是我们的艺术家做了金钱的奴仆，我们的受众中，懂书画的、爱书画的没有钱，有钱的根本没有心思琢磨艺术，他们把千年国粹当成另类宠物，当成投资押宝的矫情武器，我们只有承认：我不识字，你找行家吧！

《英雄》宣扬了什么?

惯于用朴素手法对传统题材翻空出奇，于寻常故事中凸显平凡人之“精神内能”是张艺谋之所长。《英雄》的面世，自始至终，武侠这一通俗题材与张艺谋一贯的创新精神、前卫手法的结合，以及所谓的“强力组合”“大投入”等等都为观众的期待视野蓄足了势。

将古老的历史故事重新加以撰写诠释，赋予新意，这一方法可让艺术家一方面重溯传统之源，一方面也避免耽于“感时忧国”的老调或文化乡恋的圈套，张艺谋显然是聪明的，《英雄》选取的时间是战国，人物是刺客，事件是行刺，这本身省去了许多叙述的麻烦和情节建构的难题，因此可以说张艺谋已站在历史的肩膀上进行创造。另外，叙述的简练概况、人物的内敛深沉、对话的经典含蓄，都显示了张艺谋一贯的特色与优势。

但《英雄》毕竟是一个狭义故事，张艺谋严肃的立场注定了创新的难度，但从中看出张艺谋的过分自信与霸道，从而导致了影片致命的缺陷，那就是匆忙的虚拟转述造成了形式与题旨的脱节。他似乎有一种活儿一旦到手就要做“绝”的志气，从整个片子看，张艺谋有一种意欲“一语道破天机”的伟大追求——企图通过一个故事道破中华侠文化的精义与本质，揭示某种人生的“至高境界”，但实际上是不可能的。艺术形式可以翻空出奇，但人生精义不是苦思冥想的结果。侠义故事的产生自有中华文明的古老渊源，更有其生生不息的现实土壤，《英雄》淡化乃至省却了时空背景，众多英雄成了某种必然性指导下的自觉演绎，这是对传统叙事模式的大反叛，因此，人物便成了符号。换言之，《英雄》剖析的是传统道德的“精义”，人物性格成为一种抽象的标签，英雄们似乎负有“因袭的重担”，但这个重担不是历史赋予的，不是人物性格自身演进中形成的，而似乎是命定的。影片借音乐宣扬人的精神沟通、强力较量，借书法渲染武术的神秘，都显得平庸、牵强而虚无，不厌其烦地再现“莫须有”的场景与情节，对人物之间的相互矛盾、斗争、征服、领悟等等，却表现得过于节俭，杀人时只流一滴血，悲哀时只掉一滴泪，痛心时只重复一句台词，影片意欲征服人心的只有“一个人的痛苦，与天下人的痛苦相比，不再是痛苦……”之类的“警句”，而这一统摄人物的人生精义不是从人物与场景中“自然流露”的，而是作者强加的，因此，英雄实质上缺少人性的深度。

人世间没有无缘无故的爱，也没有无缘无故的恨，更没有无缘无故的化敌为友，《英雄》在表现“杀身成仁、舍生取义”“以天下为己任”的人生“至高境界”时，过于武断。《英雄》纯粹放弃宏大的史诗意识的追求，采用横截历史、直现片段的方法，逼视与呈现“英雄”的灵肉冲突，但让刺客“立地成佛”靠的只是

“天下”二字，连同“乐剑同境”“书剑同源”“心中有剑”胜“手中有剑”等等玄而又玄、司空见惯的禅语之类的空洞言词，是纯粹的“心为万物之本源”的唯心史观和“道德心性第一”的理学残渣，影片企图依靠这些“精神炸药”实现人物灵魂的升华，而最终只是将历史风云搅得一团暧昧，将战争与仇杀的残酷轻轻化解。《英雄》对历史的解读并未呈现多少现代意义，这种让人物突然高尚起来的做法很难真正打动人，因此《英雄》同样缺乏历史深度。余下的只有形式，如前所述，《英雄》采用的虚拟多重叙述，构成对传统叙事模式的反叛。如果说中国小说创作中这些手法的运用早已不显得新鲜的话，电影中采用此法却是少见的。《英雄》重复再现许多虚拟场景，并靠叙述人串联，这种结构能在多大程度上适应并改造中国观众的欣赏习惯，还有待时间检验。如果《英雄》依靠强烈的视听冲击力，让观众迷恋于那些虚拟场景的精彩中，而懒于去解读苦心经营的叙述形式，那就太遗憾了！

我的电影我的梦

我们曾相约拍一部电影。

我们曾相约一定要拍一部电影。

时间大抵是2006年的春天。我和大胡子老万、天才小高，还有大腕张军聚在一起，应该还有资深导演刘晋，时任某媒体广告部主任的胡江，忽然提议我们拍一部电影，大家一致表示严重赞同，我们为此谈得热火朝天，作为临时推举的总导演张军，也乐得笑眯眯地站起来“打通关”。这个议题出奇地顺畅，胡江已经胸有成竹地在考虑赞助商了，小高摇头晃脑地想了一下剧本故事梗概，色眯眯地建议道：“秋后，我们就一人戴一副墨镜到师院去挑选（女）演员。”虽然略显无耻，我们依然同意这个建议。

我们相约，此年冬天的第一场雪落地，我们的电影就开拍。

这年冬天，大雪如期而至，所有的人都装聋作哑，或者根本就忘记了。

而后见到老万，我就会狠狠地问，什么时候我们拍一部自己的电影？老万说，是啊，一定要拍。

每年冬天，大雪覆盖四野，我就会想起，我们应该拍一部电影。

再后来，我已经渐渐淡忘了此事，其他人更是不屑于谈及。

2011年的秋天，两位老师约我，说柴春芽来了，中午一起坐一坐。我跟柴春芽不熟，约略记得曾在刊物上见过几首他的诗，根据名字判断，此人应该是个青春期特征明显的小女生。我对“走出去”的文化名人向来没有好感，我害怕那些人饭桌上见缝插针地用京腔炫耀一些北京的、上海的、深圳的秘闻或者轶事，或者大谈他仅隔着六百米看见过明星讲话，如此等等，令人不堪忍受。一个小地方的人为什么就对大地方没有兴趣呢？大约是我已经老了，或者鼠目本该寸光。

柴春芽是个汉子，络腮胡须，清瘦，腼腆，说话声音极轻。同行的是一个小女生，相貌平常，说话很少，他说，这是他的搭档，他们赶在秋后回来，就是要到他的家乡陇西县拍一部电影。我心里暗暗觉得多少有些滑稽，就凭这两个人，一人一个空空的背包，要去拍电影？这让我们那个阵容强大的、关于拍电影的春秋大梦往哪搁？

又是几年过去了，柴自编自导、讲述故土消逝的独立电影《我故乡的四种死亡方式》已成为台北金马影展、鹿特丹国际电影节、温哥华国际电影节等多个影展的入围热门作品。上海书展期间，这部电影的同名小说由广西师大出版社推出，柴春芽来到上海进行一系列宣传活动，并与诗人韩博展开了主题为“城市文明的‘农民心’”的对谈，深入探讨农耕文明和乡村信仰消失背后的危机。

柴春芽做过《南方周末》的摄影记者，辞职后到西藏支教一段时间。他说他基本学会了藏话，交了很多藏族朋友。他在后来虔心向佛，在印度新德里待过一段时间，遍历印度贫民窟和市井小巷。他所采取的，是一种人文知识分子纯粹的自由独立立场。吃饭的时候，他很忌讳有没有荤菜，并对此深觉愧意，他拒绝酒，尤其拒绝客人为他的到来而杀生，他的热情和信仰，深植在清冷忧郁的外表之下，他是为理想孤注一掷的人。

关于如何拍电影，柴春芽之前几乎一无所知，他并非科班出身，也没有系统的理论知识，而是凭着兴趣、天赋和异常敏锐的直觉来写作电影剧本，并在拍摄和后期剪辑中完成镜头语言的衔接。甚至在影片筹划很久后，当有人问他要分镜头剧本时，他还疑惑地反问：什么叫分镜头剧本？

也正是这种不按常理出牌的做法，让他的电影对专业人士来说，充满了带着惊喜和惊讶的“陌生感”。记者问他是如何学拍电影的，他大笑：“看电影花絮啊，看看别的导演是怎么拍的。”

柴春芽的有意思不仅在于他用“非专业”的姿态做着电影导演的“专业工作”，并且做得挺好，也体现在他生活的方方面面——比起固定在一个地方居住，他宁可选择到处走走看看，这些年来，他带着妻儿不知搬了多少次家，“不喜欢这里了，就换个地方呗”；他有着许多想做的事，唯独赚钱并非正业，只有妻子跟他说家里没钱了，他才会临时性地去找一份摄影师的工作，等赚够了就辞职，重新回到艺术世界。别人看来艰苦的谋生，只是他生活中无足挂齿的小插曲。对这种状态，他也挺满足：“我写小说、拍电影，都不是为了钱，用钱去衡量艺术，这种事我做不到。”

九十分钟的电影《我故乡的四种死亡方式》网上可以搜到，这是一部令人震撼、令人深思的片子，建议大家看看。看完之后，凡是有着艺术梦的人，都会自觉惶恐，比如我，此刻只是静静地看着满大街的车水马龙，还有青灰的天空，怅然无语。

有一种玩法叫触及灵魂

每当夜幕降临，灵感泛滥的天才小高总会在百无聊赖的纠结中想起早些年我和石头带领他满秦州城呼唤灵魂的无数个激动人心的夜晚。他的病痛在于对于灵魂已经羞于启齿。

早些年，余华《活着》改变成电影，七十多岁的丁先生在儿子小丁的怂恿下欣然观看。看毕电影的丁教授半晌无语，尔后在阳台上来回踱步直至深夜，一家人为此惴惴不安。

小丁，大概也算得上是一个不低级而又有趣味的人。他的父亲则是一个全身上下工工整整的老学人，小丁在相当一段时间操持地下乐队，引领时尚潮流，保持一种绝对青春的姿态。忽然有一天，他对老爸说："你给我写一幅字。我挂在卧室墙上。"

"写什么内容?"

"你就写：我的病是没有感觉。"

"你还有什么病?"

"……"

"我……"

老爷子尚未发作，小丁已经吐着舌头溜之大吉。

这些年我就和这些没有感觉的人疲惫相处，同病相怜，互相打着懒洋洋的招呼。

小丁已经雅俗共赏，早年的乐队销声匿迹，现在看见他，总是小心翼翼地踩着斑马线送孩子上学，要么骑一辆不堪重负的自行车，做出一副决心减肥的样子，除了笑容依旧阳光，谈吐依旧幽默，没有感觉已经不是病，而是病和感觉一起痊愈。

至于天才小高，除了互怼，我们似乎总尿不到一个壶里。凡是敌人反对的我们一定要赞成，凡是敌人赞成的我们一定要反对，没有人吵架，是真正的旷世孤独。

出于同情，我向他推荐了电影《我故乡的四种死亡方式》，不出所料，这个没有感觉的人看完该片后在异乡客栈久久难眠，他是否在模仿丁教授思考人生，不得而知，总之这勉强还算我们终于志同道合了一次。

看完电影的天才小高奋笔疾书，写下了对电影难得一见的赞美，随后猴急猴急地让我看他的博客。这个长于叙事且煞有介事的家伙的评论文字一般是充满偏见和主观意志，当然也有一些闪光的见解。我对电影也写了几句话，我也让他看我的文字。但凡他提醒我，一定是又在骂我，我这次提醒他，是希望告诉他：看看人家，想想自己。

他说："我们就不要再想着拍电影了吧。我们吃不了小柴吃过的苦，走不了小柴走过的路，我们想的是一个王国，小柴想的是另一个王国，所以，拍不了小柴这么好的电影。我们只要有这样的电影看，就可以了。因为我们从电影中看到了自己的故乡。一模一样的故乡啊。”当一个人连意淫的冲动都没有，已经是十足的看客心理，好一个乏味的世界。

我们有生之年能不能拍一部电影，我估计不可能，瞧这些人的德行，再说，我还要上班，我们还要上班，我们每年有极少的时间可以自己独立支配，除了妄想，就是回忆过去。

我仍然想谈谈这个电影。这个电影为什么打动了荷兰人、加拿大人，以及中国秦安县王窑乡高洼村人小高？为什么《小时代》这样的烂片在中国的每一个电影院热映而赚得盆满钵满？柴春芽的片子只在少数人之间秘密传看？

首先，在于追求。柴片是一个触及灵魂的制作。但凡经典，都会不约而同地触及人类生存隐秘。人类自身苦难，没有一种形而上的微言大义，电影对生活的复述就难以真正打动人，哪怕是优秀的喜剧、枪战片，感官刺激和情绪冲击消失后，历久回味的必然是触及心灵的细节和暗示。但是柴片对这一主题开掘得显然有些直接和迫不及待，概念化的痕迹太重。

其次，在于新鲜。柴没有任何电影常识和基本训练，好在他的摄影相当专业，他的这种新奇而大胆的方式，绝对令观众和评委耳目一新。其次，特殊的地域文化，对于不了解陇中黄土高原的人，以及他们极具乡土本色的对白，如果仅仅拼接翻译字幕，我相信任何一个外籍人士都无法领略其中真正令人怅然的絮语，他们可能会觉得古怪而新鲜。影片中将佛教深意、生存哲学与乡土鬼怪灵异奇妙地对接，以写实记叙的纪录片方式，以专题片的讲述方式混杂剪辑，斑驳陆离的结构，打破了影片应有的完整性。

第三，在于大胆。为了完成讲述，柴肯定为难死了。有些本色演员的选择，非常可贵，但是，很多地方过于匆忙，缺少磨合，演员没有真正入戏，这是非常遗憾的。换言之，这个片子完全可以更好，可以更含蓄，可以纯纪实拍摄，可以故事化，遗憾的是，这些断片转折太突然，镜头语言运用严重不足。湖泊和骆驼，在黄土岭上是看不见的，柴春芽把他在藏地的思考搬到了黄土高原。藏地的苦难是神秘的、隐忍的、坚硬的；黄土地上的苦难，是粗粝的、浑朴的，甚至是干涩绝望的，他们总是敞开胸怀，一道山梁一道皱纹，他们自尊自爱又自轻自贱，他们看惯生死又羞于言说，这些东西，在片子里没有得到充分的彰显。他们的出场，纯粹是在帮小柴一个忙，他们是在自觉地表演，所以火候未到。什么时候他们能够不自觉地表演，那该是多么令人摧骨折心啊？

啥是“大”片?

“大片”这个词出现有些年头了。每年总有几部“大片”粉墨登场，炒作，煽情，然后是白花花的银子和口水在流，只有“大片”在提示中国惨淡的电影业还存在着，或者说中国的电影似乎就靠“大片”在那里支撑。

我有个幼稚的纳闷：“啥是大片?”多年来，我不敢把自己的疑问公之于世，是害怕别人把我当刘姥姥，然后让我永远不敢谈电影两个字。但是我的纳闷还在，不但没有消除，而且在与日俱增，看了《满城尽带黄金甲》之后，我终于忍不住问：啥是大片啊?

“大”这个词好理解，大者硕也，壮也，长也，阔也……肚子饿了，我们选个大饼；吃饱吃撑了，我们叫大肚子……反正，大，就这个意思，傻子都知道。那么大片大电影到底指的是啥?根据我的常识，电影那要算艺术了，大的艺术，衡量不比饼子肚子，说大就大。我们常把别人的作品叫大作，那其实是客气话，说不定还带点讽刺。要真正评价人家的作品，如果你一个劲儿地夸：你这个作品真大。那不但是行外话而且是瞎话。所以，大片这个词语就玄而又玄了。我请教了不少“业内人士”，他们都说，在电影界和媒体方面，对“大片”的理解有很多种：大投资、大制作、大场面、宣传上的大手笔。嘿，原来如此啊，早知道我就大胆说了，让我憋了这么久，真是！大投资、大制作、大腕加大牌明星，出来的电影就是大片，这样的招数也太多太没谱了，这些年你见得少吗？——搞书法没有出路了就扛拖把在体育场写字，搞造型没有辙了就男女赤裸跑野外摆个姿势，搞雕塑无人喝彩就移民削山搞个世界第一，无非是豁出去，聊博别人一笑而已。就其艺术品格来说，好比是剃个光头就充高僧，内心粗糙，就是刮了头皮也白搭。所以，大片在根源上讲就是个白词。

当然啦，电影是视觉艺术，大投资、大制作是其创作元素，足以提升作品的视觉冲击力，但是，电影是不是越大就越杰出呢？应该不是吧？其实所谓“大片”也是有来头的，我们过去翻译很多外国影片文章的时候，叫“Blockbuster”，意思就是可以把整个街给炸掉，所以就把它翻译成“重磅炸弹”。像《乱世佳人》就是“重磅炸弹”。到今天就变成“大片”了，变成了大投入大制作，一搞就是千军万马，十八般武艺全上，烧房砸店，掘坟砍树，人仰马翻，偷情吃醋，此谓大！大了惹眼啊，傻子都会，一个人发怒没有人发现，两个人打架就有乐子了，要是三个人四个人，再多点，打群架，再多点，打到“满城尽带黄金甲”，你说大不大？大啊，大得离谱！

电影艺术靠这个提升人气，太悲壮了啊，从《英雄》到《无极》再到《满城尽带黄金甲》，我们的腕儿们杀伐气一路不减且愈见疯狂，好比肾衰竭的人不断壮阳吃伟哥，走火入魔啊！

中国电影到底中了什么邪？当然是中了好莱坞的邪，好像认为好莱坞能发财我们也能发财，是那么容易的吗？其实好莱坞电影是个“文化产品”，首先是生意经，然后是文化，根本就谈不上艺术。首先，在美国，“大片”一年占的份额是电影市场的四分之一左右，剩余的市场，就要两百多部非“大片”来分，也就是说，一部大片如果没有足够的上座率，就肯定要赔的；其次，一年的大片一多，就必然有一部分要死亡，所以，大片在美国也不是肯定能赚钱。大片不是艺术品，是工业流水线上出来的。中国缺的不仅仅是“投入”，我们的市场、我们的观众、我们的环境、我们的制作技术，只适合做低成本的影片，把自己的民族风格做出来。你做出来的所谓“大片”外国谁认了？拿出去笑掉人家的大牙，还吹嘘什么北美盛赞。

还有就是中了奥斯卡奖的邪，《满城尽带黄金甲》影片中，据说为了冲击奥斯卡，把一帮瘦丫头硬是挤出了大胸，被人讥笑为一堆馒头。美国有钱，美国不一定有文化，或者说，美国不一定就代表“先进文化的前进方向”，奥斯卡根本就不是国际奖，从一定意义上说，它跟我们的金鸡奖是平级的。在美国，有文化的人从来不提金像奖的，提金像奖是没文化的表现。华盛顿的那些外交官，包括美国国务院的一些官员，他们的太太们经常在一块聚会，她们就不提好莱坞的金像奖。

《虞初新志》中有篇《口技》，说的是一位口技奇才，凭一桌一把尺，竟模拟出婴哭犬吠之声、火起风惊之状、墙崩水涌之景……

让观众“变色离席，两股战战”，可谓绝妙至极。从流传至今的民间绝活来看，中国历史上说书卖唱、游走江湖的民间艺人，能凭一技之长混口饭吃，确实有人所不及的绝招，他们独专一行，终生不改，就凭这“投资少，见效快”的艺术生产混个肚饱。可是如今，我们心驰神往的事情，却是人家觉得“没文化，跌份儿”的事情。

“你们非得凑那热闹干什么？我的意见，你们还不如回电影学院教书算了，难道非得混得全身臭了再走？”——这是给张艺谋、陈凯歌的劝告，这不是我说的，是周传基说的。周传基是谁啊？北影原教授，中国最直言的电影理论专家，陈、张等人为代表的“第五代”导演，都曾是他的门徒。看来他们连老师的话也不听了。陈凯歌曾恼羞成怒地咒骂中国观众欣赏水平低，老谋子也曾踌躇满志地说：票房告诉我，我的电影是很受欢迎的。

当然受欢迎，咱中国人就爱看个打架什么的热闹，你说都打到“满城尽带黄金甲”了，再不看还等啥呀？

活在途中

电视剧《康熙王朝》中有这样一个情节：准格尔部贵族噶尔丹称雄后，大举进攻内地，康熙为了平息内忧，决定将天真烂漫的蓝齐格格下嫁给凶悍的噶尔丹。皇恩浩荡，和亲更是家国大事，朝廷之上无人能挡。于是蓝齐格格只好挥泪告别老祖宗，朝廷重臣一路相送，其悲壮真可谓惊天地、泣鬼神。仔细想想，那蛮荒之地，千里之遥，木车摇晃，昼行夜宿，终点等待他的是一个陌生的食肉枭雄，娇小的蓝齐格格真是心如槁木，只好坐等日月，消磨时间。

在清史关于平定噶尔丹的记录中，我没有读到过和亲的一段。但是，和亲在古代是不乏其例的，说白了是一桩体面的包办婚姻，皇亲因为担负国家安全和民族团结的伟大使命，他们的婚姻便成为国家追求安全和利益的牺牲品，因而更加离奇，更加悲壮，和亲的公主往往是有去无回的。关于蓝齐格格的故事，电视剧里面的描述是，数十年后，江山变了人心也变了，蓝齐格格又经历了一回仇变亲、亲变仇的断肠之苦——她的丈夫被自己的兄长斩杀疆场。

仔细想来，在行步艰难的古代，这万水千山成了连皇权兵戈也无可奈何的苦难。人对空间无望了，就只好借助时间，时间正是引发沧桑之变的风刀霜剑啊。“行道迟迟，载饥载渴”，多少旷夫怨女的离仇别恨都是这交通不便惹的祸，屈原流放、苏武牧羊、昭君出塞……当人被置于一种别无选择的绝境和不归之路，也成全了传颂千秋的气节。

草履牛车跋涉得太久了，中国人便生出许多的幻想与感慨，觉得天地就好像“两碗之合，上虚空而下盛水，水之中置块焉，平者为大地，高者为山岳，低者为百川，载土之水，即东西南北大海”，这样一来，大家心里就安稳了。其实在这样的想象中，有着相当深的忧虑，因为在这样的宇宙中暗寓着中国中心的空间观念和政治意义。

未知的世界愈大，人的幻想和欲望愈多，“蜀道难，难于上青天”的浩叹和“千山鸟飞绝，万径人踪灭”这种伟大的孤独感，实乃字挟风霜，读来心惊，其中更多的还是一种不屈不挠、坚忍不拔的意志。但凡志士，并未被“父母在，不远游”的古训束缚，也未被“道里悠长”吓退，这些可爱的先人们活在路上，死在途中，正是他们的脚印，堆出了通往来日的路。

走出去总会看到外面的世界，古代中国对异国知识的多寡来自海外交通的畅通与否，不过对于异域的认识，最重要的却常常来自文明交流，文明的差异比物产的有无给人们带来的影响要深刻得多，也长久得多。在古代中国与海外的交通史上，尽管有血汗马、玻璃、葡萄、苜蓿的传入，但是贸易只是在“互通有无”，具体物质的引入是对生活的补充，对文明的自信没有多大影响，奇异物什的进口，也只是满足了人们的好奇之心，激发了人们对异域的想象。只有传入的某种文明引起了文化的震撼，才会使古代中国人警觉到，还有一种与自己相等，甚至更高的文明，这时“天下”的空间范围才会超出过去“华夏”的区域，“中国中心”的位置才会偏移，世界变大了。

世界变大的同时，也在变小，因为人跨越空间的本领越来越高了，所谓一日千里，咫尺天涯已经算不了什么了。山妹子走出大山闯世界，朝发夕至，电话一拨，嘘寒问暖，想起那些投石问路、狼烟烽火的故事，现代人不知省却了多少时间，时间多了幻想却少了，道路变短了，人心却隔远了。消费时代的到来，给人方便也给人虚空，轻易到达彼岸，免除困苦的同时，审问来路与去途的心情没有了。世界变得越来越透明了，惰性的惯力与心灵的雾障愈加深厚了。看来人生只是活在途中，省略了过程，也省略了意义。

《蜗居》者必然狭隘

利用外出的夜晚，我坚持看完了电视剧《蜗居》，这是一件奢侈的事，三十余集电视剧，耗掉的时间可不是小数字，好在这些损失在周六安逸的懒觉中悉数补回。

不知道中国作家干什么去了，中国巨大的影视文化市场，都被清宫戏和间谍剧占领，有趣的数字是：中国每年八百余部长篇小说诞生，每天有两部长篇小说从出版社雄赳赳气昂昂地出来，扑向辽阔的祖国大地。但是，据统计，这些长篇小说绝大多数直接进入废品收购站，为什么这些作品鲜有被改编成电视剧和中国观众见面？为什么制作商要无聊地反复拍“名著”？如果文学再这样自娱自乐下去，作家都会因为高不成、低不就地郁闷而死。

看完《蜗居》之后，我简单地了解了它的作者，名字叫“六六”，一个玩世不恭的名字，我不愿去深入地了解她，在中国作家群中似乎鲜有对她的评论。在经典缺乏的当代文坛，她的作品被改编是一件好事，搬上屏幕是文学作品被普及的最好办法，被改编的发散效应，是一个普通作者一生无法等到的。

《蜗居》所述是饮食男女的日常琐事，是都市陋巷的一地鸡毛，是平民百姓的伏忧隐痛，当然还有名利场的丑恶角逐，以及道貌岸然的灵肉交易。如果真实是艺术的生命，《蜗居》实现了书写真实带来的青睐，但是这个真实隐含着巨大的虚无。

《蜗居》力图将物欲和情欲主导下的情感演变合理化，自然化，这是对传统小说、戏剧中花好月圆式的古典爱情梦幻的无情撕裂，在观照现实的细节真实上达到了一定的深度。人性的真实和道德理想是有距离的，所以，这种真实是有生命力的。海藻的纯情和不安分，以及我行我素充满幻想，为她的恋情埋下了伏笔，她也有过矛盾挣扎和犹豫，但是在宋某傲慢的诱惑下轻而易举地倒戈。虽然作品力图描写一种矛盾，但是她的精神世界浅得像一池水，没有意志没有尊严没有追求的花瓶只有沦为玩物的命运。烟花女子也好，脆弱的知识女性也好，都可以成为一种文学形象，一旦海藻成为“这一个”，她应该成为当代都市年轻女性的代表，她的错误和矛盾应该成为普遍的痛苦，但这个形象过于单薄了，因为她是主人公，看完这个剧那只有一种感受：那就是郁闷和绝望。

我不是苛求作品要写出什么微言大义，起码，一个高品格的作品应该尽力完成它的教化和娱乐使命，那就是提出问题引起疗救的注意，但作者根本不想这么做，所以，她只能告诉人们，二奶也不容易，二奶很辛苦，包二奶者死得很难看。

这个剧本让人看不到希望，势利庸俗的嘴脸充斥画面，想房如命的海萍不惜啃老逼夫放任亲妹妹在错道上走到底，住着宋施舍的公寓，一面满嘴仁义道德一面祈求宋“照顾好妹妹”；苏淳虽然正直憨厚，聪明勤劳，但胸无大志唯唯诺诺；至于小贝，也是一个容易自我满足、机灵贫嘴的小白脸。

剧本有个核心人物就是宋思明，名曰“秘书”，但是这个“秘书”权力大得离谱，他到死是个秘书，但是一出场就是香车宝马，一掷千金，可以圈地可以调动资金可以运筹全市经济可以摆平一切麻烦，动不动还代表政府表态，谁的秘书能这么牛？可见作品人物设置上的狭隘。同时还有作品在思想认识上的狭隘，那就是美化这个道貌岸然的男人，谈吐不俗，办事稳妥，拿捏一切恰如其分，甚至和纪委书记坐在一起谈古论今，实属荒唐。但是在这个剧中，宋大人成了一群人的靠山，连二奶的大姐夫也一夜飞升引得众人追捧半夜送来金佛。更可气的是，宋公然包养情妇，并不避讳老婆，公开承认，老婆隐忍不发，全慑于其至高无上的地位，违反常理，无形中剥夺了许多人的尊严。

人在自然和命运面前是渺小的，小人物的悲欢是文学永恒的主题。如果关心宇宙物质是哲学的命题，关心世道人心则是文学的命题，我们早已脱离了文以载道的窠臼，大量文学作品以关注人性、书写个体赢得读者和观众的喝彩，但是这些畅销和热播的作品为什么无法成为经典?《红与黑》《简·爱》写的都是饮食男女，巴尔扎克对资本主义上升时期的物欲横流和人心浇漓在孜孜不倦地揭露和鞭挞，他对人的蜕变和扭曲始终在审视和质问。文学题材没有高下之分，我们正逢一个剧烈变化的时代，我们的文艺作品书写的片段，为什么除了吸引茶余饭后闲暇者的眼球，却无法影响和激励一代人，也就是说，为什么无法成为经典？归根结底是自身品格的低下，我们不强调文艺作品空洞的战斗性，但是文学中的人不可一味向欲望屈服，如果肯定向欲望屈服的合理性，那么，人活着真的没有希望了。

至今犹忆《大宅门》

人说“男人四十一朵花”，奔六的陈宝国还在演《大宅门》。《大宅门》那不是十多年前的旧戏吗？十多年前此剧热播的时候，我正单身一人在城里瞎混，日落西山的时候在大街上找小饭馆，炒面、烩面、炸酱面、面皮、麻辣粉不知道吃哪一样，那个时候，好几个火锅店名字变成了“大宅门”，遥望“大宅门”，犹豫再三还是从未踏足。

大宅门那是旧中国的缩影，家族史就是国民史。走出大宅门就是走出千年封建樊篱，贾府破了，贾政们还在，从巴金、茅盾、曹禺到张炜、王安忆，等等，家族世系的书满载沉重的历史。民国达人要走上风云社会的前台，首要的是走出大宅门，泥腿子只需要狠心，名门之后却需要脱胎换骨，旧式士子的叛逆之道，因为因袭的重担，充满传奇充满血泪也充满荒诞。如果说，旧《大宅门》还有些历史真实，有一些辩证法，新版的《大宅门1912》就是凭空幻想的市井传奇，拖沓冗长，酸涩平板，这是一切续集的普遍特点，赚着收视率，浪费着广电资源，荒废着国人的时间。

白景琦是郭宝昌鼎力塑造的一个个性张扬，天马行空，聪明绝顶，具有强烈反叛精神的人。他从小顽劣，敢爱敢恨，算得上敢作敢为、顶天立地的大男人。事随境迁，人随物变，一个时代的矛盾总要体现在一个时代的人身上，尤其是弄潮者身上。1912之后的中国，开始步入民国时期，不是说这个时代的人物越进步越高大就越真实，但是白景琦这一人物却是堕入猎奇悬疑剧的烂俗情节之中，如此续集不如打住。

民国了，辫子剪了，中国人迈向文明的阵痛刚刚开始，白景琦白七爷这个有担当、讲仁义，吐口唾沫就能钉个钉子的大男人，必然面临新时代的巨变和彷徨，他这个一如既往的大男人依然率性而为，杨九红刚刚产子，就有一个喝过洋墨水的路女子跟屁虫一样装疯卖傻、装纯卖萌，且是一见钟情娇态万分，作者对这种多子多妻、人见人爱的大男人实在是太敬仰，这暧昧的情感戏份就特别重，一个民国实业家分明是风流的老纨绔，在五四运动刚刚过后，个性解放和人格自由大力倡扬的旧中国，遍地都是叫爷的声音，满屋子都是春心荡漾的情感戏，再加上几声黑帮的夜半枪声，作者实在是还没有走出大宅门。

大宅门太好了，多子多妻，仆人屈膝，关门就是皇上，出门就是个爷，这难道不是某些人永不破灭的黄金梦吗？

生活在何处

几年前一个偶然的机会，亲耳聆听了余纯顺先生路过家时的演讲，当时颇受感动。此后几年，这位孤旅英雄之声的录音带一直是我床头必备之物，无数夜深人静的时刻，余先生那谈笑风生的上海话便击打我疲惫的灵魂，浮躁的心灵总会随他的声音沉浸于那些想象中的荒芜英雄路，从而获得一种沉静与凝重……

记得当时有人问及他独步旅行的意义，余纯顺便举了一个颇为风趣的例子：他在东北碰上一个青年，曾进行过这样一场对话：

“你走路干吗？”

“不走路干吗？”

“待在家里呗！”

“待家里干吗？”

“坐在炕上呗。”

余光生对这位青年并没有多少贬低之意，他是应邀到我们这所师范专科学校讲演，自然反复强调我们要认真学习，立志教书育人。那时的我，内心对“待在家里，坐在炕上”的懒汉哲学笑了许久，和我一样，有许多学生感动得恨不能跟上余纯顺走。

余纯顺是长我一代的知识青年，童年的艰辛与屈辱、成年后的坎坷与磨难，使他刚烈决绝的天性分裂为自卑与高傲的双重人格。尽管他在讲演中反复阐述了独步长旅的现实意义，而在我看来，一个人凭双脚踏遍自己的国土，本身就是一个男子用自己的血性实践了和演示了“奋斗、跋涉”等字眼的真实含义。从这个意义上讲，余纯顺毫无疑问地成了这个时代的英雄，他的行动所负载的精神形象有着重要的现实意义。

长久以来，荷戟独行、孤身长旅的形象似乎在冥冥之中指引着我，内心常被一种特有的情感占据着。然而手执旧书、爬格熬夜的活儿断不是英雄主义者的事业，从家乡的寒山瘦水到这座并不繁华的城市，累累的伤痕便是心中的烙印，如同勋章挂满胸前。擦肩而过的人流，媚眼闪动的霓虹灯……总觉这里的一切皆由陌生的事物构成，行走在大街上只好缩短脖颈，匆匆赶路。举足之际，遍地好像都是些娇贵的器皿，精明的城市人一睁眼似乎便会射出粒粒呼啸的子弹。精神的家园就如同息壤一般再也找不到了。在城市的水泥地板上根本无法种植我生命中那些浪漫的植物。

家园，对于中国人来说永远是个平稳、亲切、温馨的居所，即使为了事业、生活背井离乡者，离家的眸间似乎已在往回走。回家，永远是亲切的召唤。而余纯顺孤身横穿荒漠时，心中念的似乎是海德格尔所说的“精神的家园”，是一种指引人永远前进的神示。余纯顺最终倒下了，没有到达他预定的终点，而他的灵魂永远朝着一个辉煌的目标行进着，所以他在有生的奔波中面对饥寒病冻，乃至死亡的威胁时，永远是坦然的，而都市中忙着生活的人们为了一份工作，为了一笔诱人的收入，为了一套舒适的房子却惶惶然终日愁苦不堪，即便住进他理想的房间，新的欲望便会冲出房间，引出新的烦恼。

据说在某大学，一位外籍教师在黑板上写下了一句话——“find the best place and stay”（找一片最好的地方住下来），问在座的中国学生是否同意这句话代表的人生观，结果大多数的人举手同意，这使外教颇为吃惊，说他在西方教过的学生没有一个赞同这句话。西方的青年一般认为世界上是没有所谓“最好的地方”的，而人生的最大幸福莫过于寻找生活方式的变化。故越是丰裕的物质生活，人们越是表现出消瘦的精神，现代生活的声色犬马渐渐消磨乃至抽掉人们骨气中仅存的血性与冲动，正如《静静的顿河》中的格利高里，身经百战后将满身的勋章抛进顿河：“我不想战斗了，不管是革命还是反革命。”——对于一切有英雄梦和济世欲的人来说，最可怕的不是征程的艰辛，而是在出征之前，就悄悄地被抽了这份梦想和欲望。

兰波说：“生活在别处。”或许果真如此。红尘中奔走的人，灵魂必须羁泊于不可知的远方，满怀希望地一直向前赶路，忘记饥困烦愁，至死而无怨言。

你在干什么？

前些年一个多雨之秋，我突发奇想，曾冒雨远涉重山，山路的陌生崎岖和茫茫的雨雾，让我迷失了方向也耗尽了兴致，最后转到了深山处一个高墙封闭的奇怪境地，四面是荷枪的战士、狂吠的警犬，院内活动着一群秃头、穿蓝夹袄的人，脸上显出漫无目的的平静与麻木，院墙上写着一排赫然的大字：“你在这里干什么？”

时间已过去好几年，那次漫游在我心中的记忆是出奇的深刻，当时受够了泥途的折腾，浪漫的奢望也消失殆尽，那句“你在这里干什么”竟忽然引起了我对自己行动的荒谬感。诚然，这个质问性的标语，是为了刺激那些误入歧途者的思想和灵魂，促使他们将过去的错误与罪恶重新洗濯，早日迷途知返，干些该干的事，这种质问是一个振聋发聩的警醒。

当时冒雨漫游是出于百无聊赖，现在想来竟是很美好的记忆。现在每日在山下奔忙，却一年四季也从未有过上山一览的奇想，大概是因为每天上班下班在干正事，干不得不干的事，没了时间，更重要的是没了心情。实在的行为是为了实在的目的，其中便免不了有许多身不由己和无可奈何之事，于是乎会有片刻莫名的自问：“你在干什么?”

当你站在城市最高建筑物的顶端，会看到来往匆匆的人流，各自怀揣一份喜悦或哀伤，兴奋或倦怠，疲于奔命者、精于算计者、忍辱负重者、陶醉放纵者……这是一幅茫然混沌的众生图。为了争取自己的空间，为了满足自己的需求而努力，不论是主动前往还是迫不得已的歌颂与忏悔，于人都不会永远是兴味盎然的事。人的言行是那么经不起追问：你在干什么?换言之，你为了什么?为升官、为发财……那么，升官为了什么?发财为了什么?

一位老师曾给我讲了一件有趣的事：他在一所大学读硕士时，不顾导师的劝阻，选萨特作为毕业研究课题，结果浩繁而晦涩的论文使他到放假还没有完成，他只好利用暑假一个人留校攻读，论文告竣后离校的前夜，独自一人倚窗冥想，突然产生了一种莫名的荒谬感：研究萨特有什么意义?

世间的存在有着多种阐释，“意义”实际上是由情感决定的，当你为热情拥推时，哪怕是“无意义”的事也会干得别有兴致；心灰意冷时，许多举动都是荒谬的，尤其是执着于某种事业和思想的人，难免有自我的否定和周期性的荒谬感，思想者离不开永远的否定与认可，离不开是与非的选择，行动的决然不代表思想的澄明，永远“昂然”立于世的人是不存在的。鲁迅就是一例，事实上最勇敢最坚决的革命家，另一方面是最具疑心最富矛盾的思想家，现代鲁迅研究从心理与个性的角度，不断呈现给我们一个更丰富更生动也更真实的鲁迅。

“你在干什么”的质问关联着人的价值与意义的定位，这种质问更促人警醒或纠正谬误，也使人迷途知返或绝处逢生，从而向人生的终极价值靠近，因而是不无意义的。

面对心灵的回答

每每写完自觉满意的文字，便会有一种从此之后将走投无路的危机感，于是我开始回忆生活是怎样打动了我，并由来源于不知何处的灵感之光摄成文字，由此温暖着我这几乎将精神全部交给了写作的人。

说我将自己的精神几乎全交给写作也是一种夸张，文章于我犹如贫困的父亲与年幼的儿子，与自己微薄的篇什相依为命，心中总怀有一种莫名的希望，诚然，人将渐老的欣喜莫过于生几条龙或几只虎。

迷上写作是小学还未毕业之时，想起那时的情景，至今难以忘怀，家里仅有一份《甘肃农民报》却被母亲糊了墙，我总是伺机挖去自己认为有用的部分，面对满墙的窟窿，母亲总是哭笑不得。那时我写作的劲头大得可怕，每晚在油灯下诌一首打油诗，第二日便到镇上，拿上一个鸡蛋换八分钱一张邮票、二分钱一个信封，将自己的兴趣和希望全部寄出。

大学几年，我是那种专泡图书馆的散兵游勇，不服水土的我，只习惯适于静坐在周末无人的教室。毕业后回乡执鞭，恍然之中似乎才发现，文学不是医治与拯救，不是申冤与报应，只是冥冥之中的一种使命，其中甘苦唯自知而已。面对生存状态中的一系列失衡，大家一句真诚的祝福似乎已激活了心中旧有的力量。仔细想来，苛求自己必须属于写作、必须写好的缘由，很大一部分来源于那一双双相知甚至陌生的目光的注视与期望，由此而构成一股推动自己的暖流，迫使自己将灵魂羁泊于前途难卜的笔耕之路。一个写作者一生感知的人与事很多很多，他所栖居的土地很广很广，只要他永远能被感动，他就有力量、有信心用纸笔与血汗做出回答。世界很大，只要这世上多数或一部分人用一秒钟来注视你，你就得用一生的心血做出回答……

是的，写作是一种回答，是史铁生对轮椅的回答，是张贤亮对饥饿的回答。如今，我所面对的，是养我育我的深山老林，这里的人事以亘古不变的苍老古旧迎接我，翻滚的风沙、沙哑的嘶喊、土地干渴的抽搐……乡野春晨的鸡鸣再次传进窗口，有许多梦幻被击碎，有许多思绪在浑浊的乡野背景僵滞，此时最惧怕的还是提笔之时的走投无路，但我深信，我是能够被日日感动的。艺术与生活的距离很远，又很近，关键是超越那瞬间的领悟，那瞬间，便是不可轻弹的男儿之泪的倾泻……

文化的“错位”

1997年农历四月初八，随几个文友到甘谷大像山游玩。碰巧天不作美，赶上瓢泼大雨，使得这个民间游山的节日变得清冷了许多。偌大的山、众多的庙，我们也凑趣买了几撮香，一路上山，逢庙就拜。到山顶时，实在疲乏至极，到山上一个供游人休憩的小院里喝汽水聊天，忽然有人提议到关公庙去烧香，于是大家纷纷欣然前往，极虔诚地拜了一回关公。

从关公庙出来后，我顿时心生疑惑：为什么让重义轻财之至的关公去当财神呢？清贫一生的关公怎么能是财富的象征呢？

诚然，神的产生是源于人们想用自己的力量使生活变得更为富足、愉快、公正、美好这一模糊的愿望而产生的，神是来源于一个民族的意识、观念，而这种意识、观念的产生，却隐含着一个民族潜在的功利性和审美性的要求，而关公之为财神，其中审美性的要求何其多。自然，依照生活的常理，理财之人总不会太贫穷，正如现代社会中人们向往银行职业一样。可财神毕竟不是和珅或沈万山，却是这视金帛丝缕如敝屣、名利权色如粪土的关公，让这样一个仁义的化身充当理财的角色，或许并不是一个称职的官，因为他对于钱财毫无兴趣，无兴趣便无耐心锱铢必较，他那一贯重义的作风是多么有悖于“市场规律”啊！可毕竟关公在中国人心中成了“财神爷”，且十分稳当。

关公这个“极穷”的形象成了“财富”的象征，是老百姓的善良愿望使然，自然他是个矛盾而统一的“神”之形象，其实这样的审美习惯无不渗透于中国人的图腾崇拜与神话传说之中。众所周知，龙是我们民族的象征，它是由马头、鹿角、蛇身、鸡爪结合而成的，然而这个看起来有一点暴虐的组合物，为什么却成了一个民族吉祥、富贵、安乐的化身？这是一对形式与内容的矛盾。狮子原本是一种性情极凶的动物，它敢以老虎为食，自然难为人类益友，可是这种凶兽，一直被中华民族当作压邪镇魔的瑞兽，而且至今立于繁华闹市的公众场合。有人认为，这是中国文化中对恶势力宽容的成分，人们将象征权威的龙王供奉得无可挑剔，把它捧上权力的巅峰；另一方面，在丰收锣鼓敲响的时候，对它加以戏弄，以出一年来磕头烧香诚惶诚恐而引发的恶气，其实此说未必中肯，人们在舞龙灯时并无玩弄之心，依然如同挥舞着希望之火把，这并不是戏弄与敬畏之间的心理平衡。

鲁迅一直很重视神魔题材，他特别欣赏“无常”形象，认为无常形象是“鬼而人，理而情，可怖而可爱”的形象，为什么这些极“恶”的东西成了民族理念中极“美”的象征呢？

这种错位是值得让人深思的，以无常的出现为例，它说明人间的贫苦生活，连那黑暗无边的阴间，也有同情和悲悯，即使是专门捉拿活人的差役也深知人间的各种疾苦，它也对反动统治者充满厌恶，这样人们就从“鬼”的恐怖中更强烈地感到同情人民者的“可爱”，人们从鬼神中看到了强的人的意志和力量。这种“极善”与“极恶”的错位，便是劳苦大众“长歌当哭”的倾诉！

你为谁憔悴?

静夜到来，四壁清冷，周身浮滑起一种神秘而清晰的感觉，此刻我置身在安逸之中，这完全是一种意念，面对四周的黑暗，大睁着双眼识别事物，同样是一种盲目。

无数次地沦入黑夜，是命定的活法，设若这种命运为一人所有，定是一种盲者的悲哀，好在人皆如此，便见自然。偏有顽劣如我者退进世界的低洼处长歌当哭，莫非是一种向死而生的无聊?

无心长夜执灯了，阅读已不是有无兴味的问题，而是一种不能享受的奢望，生活每天难以为继的时刻，是纸上的文字一遍遍挽留与断送着阅读与写作的欲望，是的，并非落到无以执掌纸笔的地步，只是这心灵的废墟上，梦幻的香火时断时灭，血魄精魂耗丧在这种折磨之中。人之为人，总有日甚一日的责任摆在面前，你可以承受被忽视被误解的平凡生存，可以承受无以顶天立地的缺憾，但无法忍受永远的仰人鼻息，累人不已！不顾生存的人是没有的，只顾生存的人是占绝大多数的，唯有你在心灵与世俗之间奔波，纵使思索与幻想成为一种不为人知的禁忌，然而在生活中积成了许多怪癖，于是你被莫名地误解、攻击、虐待，孤独成为你的另一负重，你唯一能做的只是用文字申冤，为自己的一步坎坷写五车书，将崇高的标签糊在“文学”二字上，为蜷缩的自己寻找安慰，为你的憔悴找一份堂皇的理由。

这世间本没有绝对的智者生存的环境，只需要你用忍耐面对一切，杜甫是一名潦倒的难民，陶潜是一个乐观的农夫，在生存竞争的空气日益膨胀的今天，你自己还想获得什么?

静夜的墙壁上，贴一张怒目凝视的鲁迅头像，这是我屡屡苦心绘制的，先生冷峻的目光似乎每天扶我站立。文化人的人格几乎是一个民族的性格，历览紧随鲁迅之后的文坛先辈，先生的伟大尤其清晰，鲁迅过早辞世之后，活着的文人在此后的生途上歌颂忏悔迷茫乃至自沉江河或随波逐流，那么先生活着时的言论是何等清晰的预见哟!

可先生也苦了自己，孤独、忧郁与因袭的重担，使其一生的沉吟抒发都是在黑夜的威压下完成的，他看穿了人世，也看破了文章，“只要活着，不会作文不算什么大不了的事”。先生一生似乎只有责任，与生俱来的责任。

鲁迅有的是精神，或许不独为了精神的精神才是真的精神，正如卡夫卡和他笔下的人物——单调平板的K——忧郁地走进城堡，却如一只飞至苍穹而突然涅槃的鸟，恰也是作者滴血幻化而成的幽灵，阅读者的骨血中徒增一丝突兀的寒意。

诚然，拥有真的精神者尚未绝迹，在涂抹和掩饰的行列中有真诚的批判者，张炜的热忱与张承志的决绝足堪珍视，然而张炜热烈直率之外，偶有一些干涩的演绎，张承志类似异端的侠义与极致，让人读后在不敢苟同的怀疑之余却为一种真的精神征服——艺术似乎是一种下意识的行为。

多少的文学寻梦者在这种“英雄强迫症”下退步、沉默了，文学是贫苦而正义的，不需要夸饰与侮蔑，写作的责任应该是本能的而非强加的，否则，就是将人推向绝路！

我情愿与某些堂皇的圈子保持疏远，但不能放弃双手紧握的责任与命运，不能放弃怀揣单薄的篇什向某个向往的门走去，不能忘却思想上相依为命的兄弟和因文生缘的师长与朋友。独对黑夜，用泪水为心中泉涌的辛酸举行秘密的水葬。

荣耀与失落

迫近历史让人惊喜也让人迷茫。

无论如何，历史是一种时间概念，这时间是易碎的。今天，在灰飞烟灭的残雾中，睁大双眼，可见的顶多是匠刻的碑文，抑或铅印的纸堆，甚至是夸饰的解说——游过每一处古迹都让我保有谨慎的怀疑与迷茫的遗憾。但我相信历史，向往历史，崇敬一种再也看不到的真实。读史让我怀有先天的理性与真诚，这种真诚之外的感动胜过面对任何艺术。

我想，历史不应只是陈腐的学问。阅读历史就是寻找一种体验与见证，这体验要靠心灵，见证最好去依靠大地。

历史赋予大地永远的光芒。1998年我有幸去延安，这个平凡的陕北小城是因其历史而生辉的。今天的延安毕竟披上了若干时代的新装，但很大程度上依旧是经济欠发达地区——这是西部广袤大地眼下共有的特征。但在延安，我希望看到与神圣光芒相符合的发达与文明，同时又希望她依然葆有优秀传统与祥和安宁。在主席住过的窑洞前，我久久不愿离去，在将信将疑中感到非常惊诧，中华民族的旷世英雄与这样的窑洞有过如此亲密的联系，西部的大地有福了！中国革命以西部为“根据之地”，全因了其偏僻，大地留给我们无尽的遐想与荣光，因为这是一种抹不去的真实。我无数次地伫立在祖国版图前，寻找那一个个耳熟能详的地名：腊子口、榜罗镇、会宁、瓦窑堡、杨家岭、洛川……直寻得我双目发涩，但许多地方连保留一个小点的可能性都没有，它们确实太平凡了，但今天一旦提起瓦窑堡、杨家岭这些原本土得掉渣的地名，却让人感到一种神圣与雄壮，这是一种神奇的魅力，这些土地承载了英魂生息的灵光和血染黄沙的悲壮。

但千尺黄土埋葬了许多许多，尽管不少人在发黄的纸页中寻找我们与人类文明尽可能有的关联，但我们无法掩饰自身双重的贫乏。余秋雨先生曾在文章《乡关何处》中写道：“河姆渡雄辩地证明，长江流域并不长久是茹毛饮血的南蛮之地而愧对黄河文明，恰恰相反，这儿也是中华民族的温暖故乡。当自己的故乡突然变成了全民族的故乡，这种心理滋味是很复杂的，既有荣耀感又有失落感。”余先生通篇流露的当然是一种荣耀感，他历数了余姚籍的老乡王阳明、朱舜水、黄宗羲、严子陵，文末写道：在潇潇暮雨中乘车西进时，“陆游、徐渭的家乡过去了，鲁迅、周作人的家乡过去了，郁达夫、茅盾的家乡过去了，丰子恺、徐志摩的家乡过去了……”读到此处，我领略到的不是余先生“乡关何处”的惆怅，而是一种惭愧，区区江浙之地，移步便是英贤故里，读到此处，感觉如辘辘饥肠者面对享用饕餮盛宴者，欣羡不已。

有人说，以毛泽东的故乡为圆心，三百公里长为半径的圆形范围以内，光出生的共和国开国元勋就有不少：刘少奇、彭德怀、罗荣桓……而广袤的西北大地，开国将帅仅有三名陕西籍的上将！历史对现实的惯性力和循环规律，使得今日湘川浙仍将星闪烁，人才辈出，文人更是指点江山，尽领风骚，秦地陇土确实落后于昔日的“南蛮”之地，“八千里路云和月”扼断了濒海的潮气与润泽。

但西部从未与本民族的文化根底割断，它永久地延续着哪怕是废墟之上的香火。中华民族在漫长的岁月里形成的传统农业文明，是中华文明的重要组成部分，而这里是中华民族的根基和后方。

今天，伴随着工业化的步伐，静谧、温馨、幽邃的田园时代正在远离我们，人类除了物质满足外，必然要追求感官愉悦和精神享受，技术的发展，除了为人类提供日益丰富的物质产品外，当然也会为人类提供日益丰富的精神产品。也可以说，人类的各种感官和精神都必然要借助技术的进步而取得多向度的扩张和多种实现的可能。现代技术将精神产品彻底变性，消解其精神性而使之成为一种软性物质，一种伪精神。在此前提下，我们面对的仍旧是物质的贫困，当一部俗不可耐的港片被精心装饰，满街宣传、招摇过市时，我感到剥光的是我们自己，人性自虐的血腥与金钱扩张的铜臭便是其全部主题。商品时代，有形的物质比无形的精神更值钱，精神也在物化，寻找着有形的寄托物。毋庸讳言，我们的精神世界日趋贫困，实在无力承受这消解思维对理性和理想的侵略。

人的“现代性”是21世纪一个现实而紧迫的课题，我想在较长的未来，我们脚下的土地依旧，“文化名城”的残光愈加照射我们佝偻的身影，浮躁与惶惑将有增无减，既然时代的潮头远不可及，我只希望我们站在历史的源头，以一种沉着与宁静来思考和言语……

日月常新　天水无涯

十年前到天水，是一个初秋的傍晚。渐浓的夜色里，热热暖人的沿街小店，灯火初上。一路走去，老板们辣辣的招呼如出一辙，怀疑这些人分明是认识我，竟透着同为异乡人的新鲜和热情。权衡再三，终也选定不了在哪入座为好，只好背过脸去，匆忙地掩饰了对吃食的欲望，悄然拐进一条巷子。巷内泛着悠悠的灯光，望去却见若干森然的树，粗盈数抱，枝叶累累。左右是一样的高门大户，青砖灰瓦，行动处竟惊起串串狗吠，让人顿生误入歧途的惶惑。

误入歧途也好，绝处逢生也罢，是这个地方接纳并开始改变我。十年一觉秦州梦，至少我已成了这座城市的熟客。其间天翻地覆的变化，可谓历历在目，刻骨铭心。我在这座城市流寓辗转，搬迁借宿过十余次，昨天还在泥途陋巷间挑水煮饭，今天已是一片废墟无路。当一个城市的变迁与勃兴与自己庸碌而漫长的生活发生联系时，回首之际，光阴的流逝仿佛变成了伸手可及的存在，瞬间逝去的旧景也恍若隔世。要问我对这座城市的印象，最强烈的感受便是不知不觉间自己已不想离开她。

城市和人一样，都有性格。而今的许多城市却在渐渐丧失其固有的品位。一样的高楼林立，马路纵横，五颜六色的广告牌，昭示着千篇一律的诱惑，泛滥喧嚣的市井味儿轻狂地涌来，使你无法弄清自己置身何处。或是兵营般壁垒森严，或是府第般大而无当，城市在满载中前行的同时，城市人也在焦虑和虚无中犹如困兽。

天水有些小，只因其小，所以变得寸土寸金。免不了要精耕细作，亭台牌坊在其间巧妙地伫立，齐人高的路灯和群雕，谦让着古树。朱红门与霓虹灯相映生辉。北面傍依要署，南边鸡犬相闻。天水或许没有大富大贵之相，但她有矜持和雍容、自在与温馨，零乱中有秩序，琐碎中含精致，故天长日久，就有住下来不想离去的妥帖与安逸。天水鲜有成群的民工和商贩面带菜色地徘徊，在僻静的角落多见若干散淡而忧郁的民夫。你不必担心那些神色怪异的江湖骗子五元钱一把剃须刀、两元钱一束玫瑰，死缠烂打地尾随不止。你会遇上那些一见如故的水果担或麻籽摊，谦恭地向你推销土产，掏一元钱成交，临了还要馈赠一小撮，或是顺者方言试探着和你拉几句家常。他们没有戒备，因为城市是他们自己的，归而耕土，进城谋生，是这样一群谋生潜力巨大的群落，让城市四季飘荡着时令菜蔬果品的新鲜香味，所以占路为市总无法很好的根治。营房一样的市场常常空寂无人，因为面对这些游走的扁担箩筐们，我们不能坚决地将之一脚踢翻，踢翻了会让人失落或内疚，因为他们就像我们的父辈。

天水没有实际的中心，也到处是中心，傍水而过，随山绕行，没有严格的居住区，或整饬的工农贸区划，故使今日的城建城管者大伤脑筋。其实大可不必，因为天水是一座生活的城市，也是极富有人情味的城市。她不是气势恢宏、夺人心魄的交响乐，不是枯藤老树的哀怨之乐，她是一支随风起舞、“大珠小珠落玉盘”的田园随想曲。她通身弥漫的是丝竹绕耳、经卷养目、茶香清韵的悠然境界。

一袭青衫

中国旧式士子出而问世必须具备四个条件：一团和气、两句歪诗、三两黄酒、四季衣装。中国古代就以“布衣”代指下层百姓，可是衣服与身份之关系早已有些讲究，旧时的读书人皓首穷经，为的就是脱掉“布衣”换个长衫，官袍加身，“衣锦还乡”。这是许多读书人日思夜想的美梦。

最在乎衣着风度的要数孔乙己，他朝不保夕，青黄不接，其地位已等同流民和乞丐，但却是酒店里“站着穿长衫喝酒”的独一人，除了他死要面子的清高与愚顽，其中也有一个潦倒的知识分子维系尊严的残梦，因为他觉得保持一个读书人的形象是万般重要的，但实际上并不重要，他最终像一条狗一样，死去后无人知晓，无人过问。

衣服是时代的徽号，自古亦有“制服”与便装之分，譬如古代的黄马褂，当皇帝的时代已一去不复返的现当代，谁若想再穿上黄马褂作威作福，那是不可能的了。而便装正因为随了众人之“便”，隔代不同习，十里不同风，便浸染了不少文化的因子。

读书人着长衫不知起于何时，单就其款式来讲，一袭青衫，显得落落大方、清明正直，对于书生来说，无论直立、行走还是静坐，不需要像布衣一样要肩扛背驮，行动倒也方便。我熟悉一位乡下的老先生，他每逢年节总要穿上那套陈旧的土衫，神态庄重地待客行礼，作揖磕头，试探着一问，老先生说：穿长衫作揖行礼，不会蹶臀伸腿，看上去雅观，我虽觉得好笑但也认为不无道理，其实说白了，就是“道貌岸然”而已！

五四前后，作为封建余孽的辫子遭遇革命，但长衫作为古文人的道具之一并未受到特别的反对。我们常见的鲁迅先生头戴礼帽，着长衫演讲或会友的照片，配以先生的浓须与嶙峋傲骨，全然一派名士风骨，并无陈腐之嫌，倒是一些留洋的博士们，西装革履总让人有水土不服之感。如此看来，这长衫还真成了中国知识分子的象征，一袭青衫，尽染书卷之气。

一代名士辜鸿铭先生据说深爱旧文人的一系列行头，譬如长衫、拐杖，甚至女人的小脚，都视之为国粹，爱不释手。若认为辜先生是封建遗老就大错特错了，先生是中国历史上少有的饱学之士，通十余种外语，包括一些已经失传的古语种，他曾讥讽胡适不懂希腊文学与德文，还去大讲哲学是贻笑大方之举，同样，辜先生并非有轻慢他人的嗜好，其好与恶乃真性情之体现也。他学贯中西是真，守旧固执也是真，他对长衫之类的感情可真让人琢磨不透。

迷恋古装的文人还有一位，那便是张爱玲，这位终生独来独往、清冷忧郁的女才子自在而永远充满着奇异的韵味。20世纪40年代的杂志封面或书中所附的张爱玲的照片里，就有一张她身着充满清朝宫廷之气的服装，她的着装现在看起来，都显得有些奇异和“另类”，但张爱玲不是追求时髦穿流行装的洋场阔太，她总是别出心裁地设计出独具匠心的文化服装。她有着先天的贵族气质和深重的传统文化积习，也有优裕的物质条件，但她没有过多的士大夫情调和生活雅趣，所好者只有服装，她之爱服装就如同在精心塑造另一个自己。晚年张爱玲独居美国时，深居简出，夜行昼寝，家徒四壁，连一张桌子也没有，但仍不改对服饰的爱好，她对衣服太着迷了，有人见她曾穿过纸做的衣服。衣服伴随着这位孤独的才女一生，使得她生如夏花之绚烂，死如秋叶之静美。

天水当代一位老画家何晓峰，生前见他常穿灰色大襟、软纽扣的旧式服装，四季很少变化，若是冬天便加一条深色围巾，青灰的头发长可垂肩。老先生笑容可掬，谈吐随和，多少年很少对别人的人品或画技说长道短，周围的钩心斗角于他似乎不存在，这样一种亲善随和就如他一身衣服，不经意间在身上留了一辈子。画家作古之后，便有不少怀念之声蜂起，很自然。

长衫一去不复返，我们也大无怀念之必要，但随着一袭青衫浩荡了多少代人的清洁正直，宠辱不惊的文化人的德行与境界却值得我们深深怀念，代代承传。

雪路遐想

昨晚无任何下雪的征兆，醒来却见大地笼统，苍天一夜缟素。多日无梦，此刻却如入真的梦境，面对周遭大雪严实的覆盖，真是一场意外的惊喜。

为了一桩要紧的公务，我得去母校一趟，熟悉的路不觉遥远，顺着河堤一路踏雪而下，真有一种难得悠闲的窃喜。华灯装饰着高空，寥寥无几的汽车在地上慢慢行驶，水流干缩的河道如盛宴后的餐桌，现出一沟的悲怆和宁静。沿途的灌木丛默然无声，在铺天的雪雾中严阵以待，撑起一线绵延的雪帐，煞是壮观。

漫天飞扬的雪的精灵，是无数喧闹的尘埃，偌大的校园空无一人，这是上帝缺席的教堂，精灵的曼舞嘲弄着我徒然的感伤。焦急的风从周身吹过，旋转中的寒冷退尽羞怯，仰望飞行的天使，直逼内心的空旷，目击凝固的空间，我感触到了这些静物的呼吸。逝去了，那些青春的迷乱、狂躁、类似疾病的忧郁，那些不知天高地厚的偏执与张狂。人往往耿耿于虚度日月的愧疚，却不知正是那些“虚度”的时日，留下了一生抹不去的美好回忆，因为最积极的生存姿态，未必是最和谐美丽的生命形态，未必是最自然素朴的生活心态。一个遥远的印象，总在特定的时空闪烁一瞬，然后就消失或者熄灭；它在消失或熄灭的时候，带走了你的一份青春和历史。

无边的雪雾浑然袭来，这落向大地的无声音乐，远山近山在雪中都呈现出一种从平地突兀而起的景象，静卧着，一片喑哑肃穆，一派神秘宁静。雪是上苍无尽的倾诉，在这天地和谐的亘古交合中，冰雪便成了来自彼岸的唯一真实。天国若在，大约便是如此的凄清，然而却也有人追逐通往天国的路，以致幻想的花朵在火中凋谢。有人说：天国里到处是金子，就连通往天国的路也是金子的。——如果天堂真是金子的，也未必好。金子者何也？金属而已，只是因生命的现实性需要、历史的实证性结果而赋予它价值的符号而已。我想起一句蹩脚得有点荒唐的比喻："金子般的心"，再加推敲，不就是说"货币般昂贵的灵魂"吗？在金子被人发现以前，人不是托着陶罐和瓷碗决意驻足尘世了吗？生命的等价物只有生命，除此之外，别无他物，否则，便是一些畸形生命的阴谋！贪婪与虚无，这人性的黑洞，又要以荒唐的理由吞噬自身。让权威和金子在天上或地下闪闪发光吧，我情愿走在这泥泞的雪路上。

积雪开始在脚下慢慢地融化，雪地里留下我一串黑黑的脚印。熟悉的路，似乎印有我昨天徘徊的微温。我是踏着昨天的每一个脚印，沿着旧路收拾昨天每一个错乱的脚印，前脚迈出的风尘，后脚补写的辛酸，都在冰雪的火焰中战栗。道路是脚印的结果，朝向理想圣殿的门槛被宿命和饥饿缠绕，此途的遥远让我备足了干粮和泪水，让我忍受了焦灼和屈辱，也让我内心的冬天漫无边际。

目标的神圣性是因了彼岸的诱惑。从我上路的那天起，我就明白这甜蜜而孤寂的旅行将永无止境。这命中注定的结局每一个清晨都在树枝上鸣叫，提醒、动摇我出门的动机。一年一场大雪，这噩梦的开始与终结，让我的每一个冬季都难以为继。曾给我带来面包和水一般安慰的景物，正土崩瓦解。

大雪如期而至，这一如既往的冬天的表白，足以让每个惯于抒情的活物张大嘴巴，让每一个短暂的生命无地自容。我不想求助于“冬天来了，春天还会远吗”之类的浪漫呓语，也不想保持“太阳总会出现”之类的乐观情绪，歌颂磨难的伪浪漫情结，让我无动于衷。太阳和春天未必是人真正复活的季节，如果文字和生命一样平庸，我情愿封住歌唱的嘴巴，就这样静静地回忆和怀想。当幻梦的钙质从我膝下撤离，我知道我体内最为薄弱的部分会生出翅膀。

重温旧书

重温昔日读过的书往往有种惊诧、战栗之感，特别是那些多年前曾对你思想和灵魂有过巨大影响的书。这种书，当你第一次阅读时，已成为你生命的一次特殊经历，它或使你从消沉中站立，或展示生命奇异的美妙，其中夹杂着某种个人体验而成为你隐秘的一部分。假如在无意之中，这样的一本书重现在你的面前，你的心灵不为之颤动吗？你若翻找出埋在箱底的旧书，逝去的时光在书页的翻动中倒流，情感的老酒便从心底再次溢出浓烈的香味，这难道不是一种快乐吗？

重温旧书，这不仅仅是作为不让它们陌生起来的办法，重温并非只在新书中才有新的东西，是我们的乐趣。如果阅读的书是作者用自己真正的经验和思想写成的，它就如同一种完整的人生，永远有新的意义等待读者去发现。这样的书是一个老友，与你一同成长，分享你的秘密，预见你将要经历的一些事情，并用其中的故事来安慰和引导你。知音难觅，有些人仅凭寥寥几本书，领受微言大义而终身受用，有些人皓首穷经，读书不全是为了心智之需，这样的人，真正对他产生深远影响的书同样是屈指可数的。

这些书或许并非杰作，却填补了我们生命的空白部分。

重温旧书是对自我的重新审视。书本是不能改变的，人却可以。重温会帮助我们面对那已经改变的初衷，由此窥见自己思想和情感渐变的轨迹。读书万卷，所消化的只是沧海一粟，时光对人的洗练，有时使人连这一粒种子也会遗失。这时，重温旧书便会挽救我们。

重温旧书就是重温人生，它会让我们想起当初的稚嫩与浅薄。常常是今日的淡泊代替了当初的炽烈，或是当初的迷茫变成了今日的明澈，这过程便是成长的历程。重温旧书，便是无尽之旅中小憩之时回首行程。直到某个深夜，我们从梦中惊醒，面对发黄的纸页，心中一阵阵战栗，此情此景，是那么的动人！

伤口上的声音

“年轻是一件痛苦的事。”

当陈腐的暮气笼罩时，当精神的疾病蔓延时，充满歌唱与自由不羁灵魂的青春本身是一件痛苦而尴尬的事情。在一间濒危的空厂房里，光线黯淡，四名青年正在用心地歌唱。这不是一出刻意制造的浪漫剧，他们就在这样的环境中坚持了四年多。这就是一个名叫“金属玫瑰”的摇滚乐队。

这注定是一种不合时宜的声音，随着机器轰鸣声的消退，他们被放逐到生存磨炼的苦旅，在这样的境况下，谈论生存是绝对必要的。他们依旧走着自己的道路，长发垂肩，被路人视为怪异；负重前行，忍受着精神与物质的双重困顿；他们寄身于歌馆茶房，在霓虹灯下，在铜臭味和靡靡之音散发与回响的空气中，出卖声音，维系生存。这就够了。

我可以面对白纸——一张张逆来顺受、千篇一律、柔顺空白的纸，在纸上写下茶余饭后的闲话和牢骚，但他们面对的却是一只只被靡靡之音灌醉了的耳朵。面对一次次与陌生灵魂的搏击、沟通、感化——音乐是神圣的、纯洁的、直接的艺术，他们在歌唱，为失去耳朵的人，也为迷失在灯红酒绿里的人。音乐流溢出来，被淹没的并非只有歌者，还有那被生活抛弃的人。

我没有刻意抬高他们的企图与本领，这样做是没有意义的。我为这群凭着汗水与心灵不懈歌唱的同龄人所感动，他们坚持了很久，全凭一种内在的力量，因而是真诚的、纯粹的、勇敢的，全部的意义就在这里。我希望他们朝着遥远的终点迈进，但不要忘记起点。不期待成功的结果，不被名缰利锁所牵绊，只管创造。只相信内心体验到的生命境界，等待生命于沉默之中的怒放，这个等待是漫长的。

从长远来看，形式和技巧终归是次要的，精神才是核心。摇滚精神有二：一是怎样歌唱；二是歌唱什么。当粗糙的焦灼凝结为类似真理的概括与倾诉之言，便是成功。

在郊外的鸡鸣中，孤独的呐喊与操练鲜为人知，但天知地知。金子在泥土中可以闪光，木头只有寻找火焰才可以开花——一种充满光和力的花朵。

“识字人”随想

在农村，常常很讲究“识字”，乡间一些老秀才常被誉为“识字人”，因而备受推崇。在我的家乡，这种遗风尚存，一名大学生，甚至研究生，其闪光点仍是“大识字人”，很受乡民崇敬。

识字不是大本领，凡接受过教育或自修有成的人，都从“一”开始识字认句，再学其他。按教育规律，自从初中毕业，“识字”已不是学习的主要目的，随着学业的进展，课程增多，学生们从当初最基本的识字课堂走出去，奔向五湖四海，在各自的分支学科与研究方向上艰难地深入钻研。现代社会所学的知识，早已不是以“识字”就可以打住的了，谁再以“识字”为荣才是大文盲、土老帽儿。但不管你来路何处，若真“不识字”或“识字不准”，能否引以为荣或不以为然呢？

最以“识字”为荣的便要数孔乙己了，饥寒潦倒时还惦记“茴”字的四种写法，最终沦落为乞丐。这是“识字人”的悲剧。今天我们一出门就看到小卖铺门面上、地摊前的招牌上“另售”“鸡旦”“梢子面”时，感到一些现代文盲已遍地皆是，人们忙着钻研鸡蛋的加工贩卖，挂个牌子叫响就行，写错了又不罚款纳税——识钱人多了，识字人少了。这又是谁的悲剧?

笔者外出采访时曾遇到一位颇雅致的大学生，学哲学的，跟笔者聊完黑格尔后，在随手拿起的笔记本上落笔就是两个大大的别字，让人触目惊心。在一些真正的学者眼里，汉字是十分神圣的，它不仅是符号与工具，更是民族文化之根。章太炎先生算最“识字”的人了，传说他常常用字不敢下笔——每遇一字总害上考究之癖，想起古字今字、本义引申义，以至于用字时小心翼翼，非常慎重。现在一些自以为高智商的读书人，错字别字却信手拈来，尤其是广为传播的图书中，错字常令人哭笑不得。在曾经流行的一本精装传记图书中，笔者见到将“陈独秀”错为“阵独秀”“陈独季”“东独秀”等若干种!

在现代教育中，在培养学生“能力”的时候，无形中忽略了“识字”的重要性，在诸如玩具、学习机、资料、教科书包围下的小学生，一字一行地写生字时，如和尚敲木鱼，写到最后连偏旁也丢了——孩子们似乎越来越浮躁了。

我想起自己童年的教育，在村里学校的土操场上成天晒着太阳，张大嘴巴吼诵生字，用废电池中的炭棒日复一日地写下如脑袋一般大的汉字。我那段不懂教学方法为何物的教育经历，其实是我“识字”最可贵的阶段，如今在不经意中写下一个错别字时，老师那呵斥的目光便如芒在背……

识字，一生的任务。归来哟，识字人!

艺术消费与消费艺术

《虞初新志》中有篇叫《口技》的文章，说的是一位口技奇才，凭一桌一把尺，竟模拟出婴啼犬哭之声、火起风惊之状、墙崩水涌之景……让观众“变色离席、两股战战”，可谓绝妙至极！其实从流传至今的民间绝活来看，中国历史上的说书卖唱、游走江湖的民间艺人，能凭一技之长混口饭吃，也确实有他人所不及的绝招，这些人才，专攻一行终身不改，就凭了这“投资少，见效快”的艺术生产混个肚儿饱。

中国传统艺术确实有不少让人着迷的东西，一节竹管，几根毫发，泼洒浓墨，粗笔勾勒，随意点染，竟情趣百态，意蕴悠长；中国乐器不论管弦，大多取之天然，构造简单，没有洋乐器那么多讲究，也没有那么多“高科技”成分，奏起来却让人感觉如痴如醉，肝肠寸断。

但眼下人们对这些祖传的家当并不感兴趣，书画成了商品，创作是为了挣钱。虽然有人一掷千金，据为己有，但其中不少是拿来附庸风雅、装点门面的，打心底里热爱并且懂得艺术的人却太少了。那些身怀绝技的艺术家活在今天，恐怕要被饿死了。现在的艺术是消费品，要考虑市场、成本、利润。现在对艺术的消费要求是刺激、快感、实用，比如一部电视剧要博得掌声和钞票，那就得大投入大制作，千军万马、十八般武艺全上。烧房砸店、掘坟砍树、人仰马翻、偷情吃醋完全模拟得非常逼真，这样才有气势，够刺激，观众明知是瞒和骗，却也乐在其中。一部公安戏，常见英雄的人民警察获取线索，全副武装，层层包围一座民宅，步步紧逼，可紧张了足足六百秒，破门而入，房内却空空如也——我们全上当了！你说咱看这样的剧好呢，还是闭上眼睛听听“一桌一把尺”而已的口技好呢？

话说“笔名”

操持笔墨的人喜欢起个写作专用名，叫作笔名。这笔名也有千万种起法，有的是出于现实需要，比如茅盾；有的是为抒情，比如冰心；有的是为明志，比如鲁迅。笔名不是什么职称头衔，故无名之辈也可取而用之，也不会犯禁，故平庸小人也可随意享受。汉字千万，起名任意选，于是笔名也就千姿百态，细数起来蛮热闹，兹归结如下：

一曰豪言类。初学写作者豪情万丈，下笔捉襟见肘，笔名却雄赳赳气昂昂，且不断翻新，诸如“独侠”“大刀”“老枪”“荒村”“古岭”……力求雄奇古怪，发人之未发，肚里两滴墨水全掏出来起了笔名，结果“盛名之下难副其实”，以至于“徒有虚名”。

二曰矫情类。譬如某公幼时他婆唤其“黑蛋”，长大了父亲叫他“张富贵”，考上大学摇身一变为“张国才”，让人倒尽了胃口。我劝此君慎取名，索性不如称呼最初的“黑蛋”之名，没准儿读者还以为你是个大智若愚的名家。

三曰玄虚类。这类作者大多是思想前卫、文风新潮者，写起文章来云山雾海、难寻其踪，题目怪模怪样，笔名就更不可思议了，如叮当、蝌蚪、食指之流，尔后跟出一堆随从者：车前子、过河卒，还有什么故事马、一可，十凡、丁丁、小点……上至天文下至地理，甚至鸡毛蒜皮、中药名称之类的词全拿来使用，由名词变为动词，甚至变成一个残缺短语，让人难以解读。笔名若此，时髦得够呛！

鄙人也算一名文学爱好者，想赶时髦取个笔名蓄谋已久，终无合适之名可取。有一日，向朋友咨询，哪知朋友竟不冷不热地劝道：“诗人皆被称为疯子，我劝你先疯起来，学凡·高割了耳朵，再取个名‘半耳’，定会成名！”吓！舍一只耳朵换名，你说我是换也不换？

“名”从何来

常翻书报，常看电视，睁眼便撞上一些作诗、书、画、印的人，有些大名如雷贯耳，有些则不值一提，但不论其几锱几铢，“著名××家”的称呼却让人目不暇接，纳闷之余，不免心头一阵发懵，笔尖发痒。

何为“著名”，实难量，学贯中西、才高八斗，可谓“著名”；两滴墨水混迹江湖，三寸烂舌游说八方，亦可谓“著名”；至于穷尽半生，如挤牙膏一般凑成一本小册子，办一个展览，在自家村里小有名气，称曰“著名”，也无侵权违规之嫌；至于趁着稿荒在小报一角“著名”上一回，谁又管得了你？

这些名不见经传、作品捉襟见肘的“小家”何以一夜成名呢？

首先是作者的急功近利，自身耐不住寂寞，搞点照猫画虎、趋炎附势或风花雪月、隔靴搔痒的东西，便急匆匆告别“未庄”，游走江湖，大战风车，艺不高人却胆大，做梦想成名成家，不择手段，寻机张扬，此等人真如陈奂生开飞机，劝他慎重点，摔下来伤个不轻。

其次是评论者的溜须讨好，评自己不好评，论他人信马由缰，遇上长者乱吹一气，捧名师以颂高徒，借肩膀以登云天，名为摇旗，实为自诩；遇上后辈便拿腔拿调，一副高姿态给予高度评价，临末寄予厚望，指点迷津，俨然仙人指路，目的也一目了然——高徒若此，遑论其师！

再次是宣传媒介的盲目轻率，发现、宣传、鼓励艺术人才，毕竟是媒体义不容辞的责任，但许多人良莠难辨，手捉金笔无限上纲，但往往将脂粉搽得不是地方。

静心而论，挚爱艺术者不想“著名”是不可能的，但必须，身经九九八十一难，心知其苦。那些张口“淡泊”、闭口“清高”者，其实有几人心沉书海，志荡天涯？当下俗气、空洞、肤浅的艺术品充斥文艺界，让有艺术良知者到了不堪忍受的地步。如再不依靠自身之力寻求艺术的真谛，徒有虚名地混迹于文艺界，有何甘味？世界很大，这世上有才气的人太多了；如若再不以宏大的眼光看待世界，在井底自恋自诩，其恶果将不仅仅是落伍。

广告与肌肤

近日，门口来了一帮卖艺人，名曰“跨世纪**摇滚团”，在帐篷外竖着三个破音响，整日价响得让人心慌，不用听演唱，光看这装束就够寒碜了，可生意却出奇地好，以至围观者已从街头挤到了校门口。我忍不住出门一睹，大吃一惊：几个青春少女一边扭动一边脱衣，最后只剩下“三点式”，又唱又跳，并伴高声广告音：“赶快买票，莫失良机……”

亏他们想得出，在乡村搞如此“高规格”的演唱会，让我想起赵本山的一句话：“不看广告……看疗效”。乡亲们不是看摇滚，是看稀奇，就让他们的生意红火几天吧！

我不想抬出“伤风败俗”的牌子招人嘲笑，何为“风”，又何为“俗”？约定自成者便是吧，这穿衣跳舞也在其中。都啥年代了，街上女人穿得短些，再短些，露些，再露些，已无人非议了。但你当众边脱边跳，外加音响宣传，“赶快买票”，让人看了多少有些不对劲儿吧！这些艺人虽然可怜，卖艺糊口也不容易，但怎么就来了这招？

其实许多广告已离不开女性皮肤，有关系没关系的都在往上贴，什么女性内衣、化妆品、牙膏、头油、床垫、空气清新剂、洗衣粉……如果说这些生活用品还多少和女性搭界的话，有些东西就是风马牛不相及了，比如数字化彩电，非要一个“可怜身上衣正单”的女人说：“我爱看……”比如眼药水，非让一男子凑向一露肉的香艳女人的眼睛；还有某军事传奇杂志，封面确是一半裸女郎，从头到屁股择要目登载：西点名将轶事、希特勒的最后生涯……不知让人看什么好。

鲁迅当年批判国人一见女人的胳膊就想到其他云云，先生若生在今日，定会心知肚明：你不想，有些人非让你想不可！是的，想是正常的，是人性，但有那么一些人，竭力将某件事“正常化”，反映的恰恰是并不正常的心态。人生是丰富的，世界是多元的，美是自然的，该想该做的事很多，该歌颂该描绘的东西很多，该创新该尝试的方式很多，为什么非要下功夫撕去女人身上那层尊严才罢休呢？

撷取生活的“震颤点”

——观电视剧《家有考生》启示

观罢电视剧《家有考生》，让人心酸。百姓人家望子成龙望女成凤争先恐后想让子女进“重点中学”，为此绞尽脑汁受尽奚落也出尽洋相，最终几家欢乐几家愁。剧作渐近尾声时牛嫂为“重点中学”死不瞑目，老牛送子入学的悲怆，将老百姓平凡生活窘相演绎成一出现代生活的悲剧。

“把艺术还给世界，把世界还给人，把人还给自己”，文学艺术回到家园的醍醐灌顶之悟仅仅是最近十几年发生的事，作家导演们纷纷走出“文以载道”的樊篱，不少人将目光投向平凡人的生活空间与心灵世界。生活题材尤其百姓生活的撷取成篇看似容易实则难，流于冗长繁复的情节、玩世不恭的调侃或干部腔的人物对话，是许多剧作昙花一现的重要原因。这类作品无须描绘宏大场面或塑造经典形象，唯一明智的方法是去写“小”演“小”——这里的“小”是指某些令人震颤的情节或场景。《家有考生》中不乏这样的“小”情节，牛嫂为保证儿子上重点中学，买来工艺品“一帆风顺”求焦英送给周天海，结果焦英受到周天海的责备，使她进退两难，最终事与愿违。焦英拿回“一帆风顺”

时又不小心摔坏，只有另买一个还给牛嫂，牛嫂疑心顿起，觉得焦英可能并未送去，一对多年好友不欢而散……这样的震颤点往往是一部剧作的亮色。“一帆风顺”的自然拈来，含有多层寓意，一是寄寓着老百姓平安为福的善良期望和为生活而屈己讨好的尴尬，“一帆风顺”工艺品的摔坏正暗示这份愿望如风中烛光一样微弱与可怜，也是对老百姓苟安和侥幸心理的轻轻嘲讽。

撷取生活的震颤点，是对生活深刻体验的下意识反应，就如孔乙己的“之乎者也”，祥林嫂对“阿毛”的念叨，往往成为一部作品形象的凝练与浓缩意象，也是作品价值之所在。

有个声音在召唤
——电视连续剧《绿卡族》观后

“天边飘过故乡的云，有个声音在向我召唤……”几年前费翔一曲《故乡的云》，不仅激起了无数漂泊他乡者的思乡情怀，更使广大海外游子和华侨知识分子的爱国之心和恋乡之情得到抚慰。电视剧《绿卡族》中一群优秀的当代知识分子怀揣一腔热望，在异邦土地上艰苦创业，历经波折辛酸，饱尝现实与理想、事业与爱情矛盾之苦却殊途同归，再返故里。其中确有一片云一样模糊而又深沉的召唤——那就是充盈心底的爱国情感。

剧中人物无论是林梅、江松年，还是徐智雄、肖潇，都经历了一次次的“来”与“去”，一次次的幻灭与警醒。阿凯、阿战因为仇恨“日本帝国主义”的幼稚报复，任大海因为不能忍受好莱坞影视圈对华人演员的侮辱而毅然回国。甚至，林梅在解救人质而受到美国社会的认同和赞美之后，徐智雄在美国从事建筑业获得成功后，都做出了回国的决定。

“绿卡族”的可贵之处，在于从中西文化的对比与矛盾中，看到了客观历史地位与意识形态的关系，并明确了自身何去何从：“要过好日子，那就滚回美国去；要干事业，那就待在中国。”

改革的巨变带给每一个中国人心灵上的冲击，许多人在现实的物利和心灵的磁场之间摇摆不定。“绿卡族”这一代留学生由于其事业的特殊性，必然要寻找一个理想的工作环境以施展报复，但他们都有着一颗赤诚的中国心：以身殉职的李俊清、倾心建筑事业的徐智雄、力闯商海的江松年……共同谱写了一曲当代知识分子悲壮而富有深情的爱国主义颂歌。

第三辑

品味与商榷

一条河流的精神史诗

黄河，素称中华民族母亲河。渭河作为黄河的最大支流，横亘东西，流淌数千年，成为黄河文明重要发祥地。渭河流域不仅孕育了周秦汉唐绝代风华，还负载了中华民族从诞生到发展、成熟的精神文化历程，是底蕴深厚的中国传统文化诞生发展的母床。2011年，甘肃作家王若冰行程三千多公里，对包括渭河干流及其支流流经的甘肃、陕西及宁夏三省区渭河流域的历史文化、民风民俗、自然生态进行全面考察，完成了国内首部全面反映渭河历史文化及生态变迁的长篇纪实散文《渭河传》。作者抱着“为山川立传”的雄强抱负和为“文明树碑”的庄严愿望，完成了对渭河流域生灵万物沧桑变化的峻切思考，对孕育古老中华文明苍生大地的真切关注，对历史精神与现实变迁的当下记录，堪称一部融历史、文化、现实为一炉，集诗意、情感、哲思为一体的“非虚构”力作。

一 农耕文明的俯瞰与探察

文明因水而生，大河冲开了宇宙洪荒，淘出了人类文明新纪元。纵观世界古代文明形态，大部分与河有关，与水有关。在人类的童年时代，地球的各个角落曾燃起文明的火炬，但随着时间的推移，却又相继熄灭。尼罗河流域和两河流域在公元前4000年进入文明时代，但该地的文明古国分别在公元前6世纪和公元前4世纪被波斯和马其顿征服后，这里的文明就此衰落乃至中断。约公元前2500年的达罗毗荼人在印度河流域建立了灿烂的哈拉帕文明，至公元前1750年左右也销声匿迹，而自公元前1000年雅利安人入侵后，印度地区长期陷于四分五裂的状态，且多次被外族所征服，近代又沦为英国的殖民地。美洲文明起源稍晚，虽有过辉煌成就，但后劲不继，直到17世纪被渡海而来的欧洲人征服时，其社会发展仍处于较低水平。曾登上古代文明峰巅的古希腊、古罗马文明，在公元15世纪东罗马帝国为奥斯曼帝国所灭后，进入了漫长而黑暗的中世纪。

在古代文明中，唯有中华文明起源早，成就大，虽跌宕起伏但始终没有中断过[①]。一种文明的长盛不衰，必然有其牢固的物质基础，中华文明之火炬长明不灭，最主要的物质基础就是古代农业的强大生命力以及不断发展的农耕文明传统。《渭河传》一书就力图向山川大地求证，从中华农耕文明的源头揭示中华文明的基

①李根蟠：《中国古代农业》，商务印书馆1998年版，第18页。

因图谱和精神秘密。

尽管中华民族史前文明及文明之初的历史考证仅限于一鳞半爪的孤立物证或片言只语的零星记录，甚至在关键人事上，神话寓言与历史资料相互交错、暧昧不清。因此，《渭河传》并不拘泥于史实考证，而是通过扎实的田野调查，站在历史与现实的交汇处，对渭河的身世进行全景式的理性俯瞰，对一条河流的前生今世进行纵览，从一个侧面记述了中华农耕文明在渭河流域从萌芽、诞生、发展、壮大到辉煌，乃至后来饱受侵蚀、渐趋衰微的严酷现实。其中展现了中华民族传统文化演进、蜕变、交融的历史过程，其中隐含着人与自然和谐相处的生命哲学走向式微的历史与现实隐痛。从作者以赤子之心发出的深切忧虑和呼吁中，我们可以感受到，《渭河传》所提出的维护传统文化精神，保护中华民族文化之根，对实现中华民族伟大复兴这一深刻而严峻的时代命题尤为重要。

严格意义上的中华农业及农耕文明的肇始，是从种植业和养殖业开始的，农业与原始先民的采猎相比，则是由“攫取经济”向“生产经济”的转变。农业的诞生，为人类实现长期定居和创造剩余产品提供了可能性，从而为文化的积累、社会的分工及文明时代的诞生奠定了基础。

农业可以划分为原始农业、传统农业和现代农业，我国在公元前2000多年的虞夏时期就进入阶级社会，黄河流域也在此时由原始农业逐步过渡到传统农业。从那时起，传统农业向现代农业的转变从未停止过。从原始农业向传统农业艰难转变的时期，传统农业逐渐占主导地位，北方逐渐成为全国的政治经济文化重心。从古代传说和民族学例证来看，我国原始农业总是从山地或山前林地上的刀耕火种开始的。所谓的黄河流域原始农业遗址，却往往发现在渭河及其支流两岸的台地上，所以，广大渭河流域那一处处平凡的荒冢野地或残垣断壁，却是那非凡的文化遗址，流传着让人步步惊心的历史传说。面对渭河，面对沧桑历史逝去后古老大地上袅袅不绝的文明之香火，王若冰选取了长河支流的一捧浊水感怀兴叹，再大刀阔斧地将历史分解，如同庖丁解牛般仔细在历史的断层间游走遴选，截取其横断面，进行诗意和感性的烛照。

一个民族伟大的文明成果，既要依托有形的物质，也要附丽于无形的传承。既是一部历史，也是一部心灵史。怎样看待这些神话传说呢？由洪荒到文明的变革，不可能是某位英雄或神仙的恩赐，而是原始人类在长期的生产斗争中的集体创造。有巢氏、燧人氏和伏羲氏、神农氏的传说，反映了我国原始时代采猎经济由低级向高级依次发展的几个阶段，神农氏则代表了中国农业发生和确立的一整个时代。这些遥远而神秘的神话传说，一方面代表着先民们对原始人类斗争业绩口耳相传的认知与记忆，另一方面也溶入了原始人类美好的愿望和乐观的幻想。在距今7000年左右的大地湾遗址发现了炭化的黍粒，这是北方出现的农业。距今6000年的半坡人开始种植黍，将与黍同科的粟从野生植物中分离出来，“从大地湾开始，沿着渭河滚滚东流的身影，那些被掩埋在黄土深处的粟和黍，已经炭化成为另一种物质。在渭河流域被人类更多地发现、认识，逐渐成为人类赖以生存口粮的五谷种子，则紧随渭河奔向黄河的脚步，在黄河中下游和更广阔的大地上安下了家。一年一枯荣的黍和粟无言生长，它们古老的身世也在向我们讲述着：一个古老国度农业文明的源头，就在一条河流的两岸。粮食的发明，让逐水草而居的先民逐渐过上定居的生活，而曾经的戎狄部族由游牧状态最终被驯化，最终仍取决于这些五谷杂粮的吸引和召唤，农耕文明最终战胜游牧文明，成为中华文明的根本形态。

《炭的粟粒》《金黄的谷穗》《后稷的足迹》《公刘》《周原在上》《唯有杜康》……这些篇章描绘的就是这一时期动人的图景。这些作品大体上以时间为经、空间为纬，将史传记载、实物考察与民间传说结合起来，将跨越数千年、绵延数千里的渭河，讲述得丝丝入扣，描摹得栩栩如生。作者始终足踏大地、思接千仞，历史与现实交相辉映，时间与空间起伏错落，既包含激情的遐想又不乏理性的思考，既有严谨的科学精神又充满迷人的诗情画意，渭河之起伏折转与农耕文明之兴衰若即若离却又如影随形。

从战国时期到南北朝是黄河流域农业生产全面发展的时期，也是北方精耕细作、技术体系形成和成熟的时期。战国时期，铁器的发明，使生产力得到大幅度跃升；农田水利灌溉工程迅速发展，园圃业、林业、畜牧业、蚕桑业、渔业都获得了长足进步。这一进步直接催生了秦汉王朝的兴盛和国家的统一强盛。这一时期为历史进步、社会发展打下了物质基础，从根本上为中华农耕文明奠定了基础。秦统一六国前，从西周中期到春秋，北方大地一直处于“华夷杂处”，即农耕民族与游牧民族错杂并存的局面。

到了战国，进入中原的游牧人基本上都接受了农耕文明，融合为华夏族的一部分。与此同时，总称为“胡”的一些游牧民族却在北方崛起，匈奴统一北方游牧民族后，直接威胁中原农耕文明，游牧文明和农耕文明首次区分并对立。秦汉时期，中原王朝与匈奴政权的斗争空前激烈，而汉族和北方各民族的经济文化交流也空前活跃。魏晋南北朝时期，北方长期战乱，人口南迁，游牧民族乘虚而入，一度把广袤良田变为牧猎之所，但这些民族不久就接受了汉族的农耕文明。至隋唐一统天下，农耕文明在北方达到鼎盛时期，万国来朝的显赫威仪，四海折腰的富国民裕，是悠悠渭水千百年滋养的结果。至中唐安史之乱，北方农业遭到严重破坏，中国经济重心渐渐南移到长江流域。也就是从那时起，渭水流域的北方传统农业渐趋衰微，至明清则成“陇中苦甲天下”的局面……这就是《渭河传》对渭河历史与北方农耕文明传承演变脉络的基本勾勒。

追寻农耕文明的足迹和脉络，就得从连接着历史与现实的山川大地求证，寻找沉默的“无字地书”。王若冰眼里，渭河是有生命有灵魂的存在，近万年的沧海桑田，渭河流域子民的荣辱兴衰、生生死死、绵延更替、薪火相传、锲而不舍，渭河人事的沉沉浮浮与兴亡更替，唯有渭河川流不息，奔腾入海。走进渭河，考察她的前生今世，一种精神，一种启悟便会油然而生。审视中国农业文明的基本发展脉络，我们还清楚地看到，游牧民族与农耕文明两大系统以长城分界，在地域上相互分立，在经济上相互依存，相互碰撞交流，但农耕文明始终处于主导地位，游牧民族虽多次入主中原但最终被农耕文明融合同化。千年兴衰，百代扰攘，归根结底是围绕“民以食为天”这一朴素的真理，中华民族在百折千回中捍卫和传承了自己厚重的文明本色。马克思在《〈政治经济学批判〉序言》中说：“物质生活的生产方式制约着整个社会生活、政治生活和精神生活的过程。不是人们的意识决定人们的存在，相反，是人们的社会存在决定人们的意识。”[①]《渭河传》始终坚持一种辩证思维、历史唯物主义和社会责任感，大胆假设、小心求证，文采飞扬、文思缜密，始终坚持文本的审美追求，力求回避过度的学理化论述，避免了沉重的理念压抑想象力和审美灵性，作品的思想表达遵从情感的逻辑和诗意的表现方式，优美的语言迸射出光芒四射的精神碎片，对那一幕幕逝去的历史远景重新进行了鲜活的复原，对涉及的历史人物也做了合乎历史实际的客观评判，始终能够抽身历史之外又置身现实之中，深刻展示了古老渭河文明的内部风景。渭河两岸这些散乱的细节在一名虔诚的探访者眼里渐次复活并无声地为一条河流、一个民族的伟大历史起而举证——渭河，是中华农耕文明的摇篮，渭河流域是中华民族的温暖故乡。

二　民族精神的礼赞与呼唤

散文是人类精神和心灵秘密最自由的显现方式。新时期散文

①中共中央马克思恩格斯列宁斯大林著作编译局：《马克思恩格斯选集（第二卷）》，人民出版社2012年版，第2页。

在一定程度上“已经被人悄悄改写成了一种新的话语工业：或实践轻松美学，或展示阔大命题，或捍卫秘密话语，或贩卖异邦知识，或在历史追寻中煽情，唯独缺乏对有尊严的心灵品质的吁求，以及对有风度的自由心性的训练”①，而这种迂阔与浮躁最易出现在历史文化类散文之中。许多文本在千姿百态的铺陈中，往往陷入对历史褶皱的局部放大，或大作翻案文章，或乐于戏说古人、假设历史，在虚无的文化批评中背离了作家应有的理性精神和辩证思维。《渭河传》体现了难得的理性精神和可贵的文化自信与正义感、自豪感。这种感情并不是对宏大命题的虚妄赞美，或吟风弄月式的托物言志，而是借山川风物与历史精魂默默对话，从尘封的历史遗迹中揭示文化的演变，从中挖掘数千年的文化内涵，给人以耳目一新的思想启迪和精神动力。

王若冰对渭河身世的考察，始终基于人类历史价值的理性坐标。关注渭河对他来说并不是偶然的。十年前，从事诗歌创作多年且已负盛名的他，决定以行走方式改变已经熟悉并习惯了的写作方式和思维方式，开始对秦岭进行全程考察。然而一进入秦岭深处，与隐匿在秦岭山水自然之间的中国传统文化精神相遇之后，原本要以批判的眼光追问一座山岭对现代文明进程的隔阻与牵制的王若冰，转而成为大秦岭的沉迷者与歌唱者。在三年后推出的长篇散文《〈走进大秦岭〉自序》里，他这样陈述2004年秦岭之行对自己写作走向的影响：“我不是文化学者，以我的学识和能力要写尽茫茫秦岭穿越数千上万年时空的历史文化精神，实在是力

①谢有顺：《话语的德性》，海南出版社2002年版，第192页。

不从心。然而秦岭归来的两年多时间，我发现自己的情感和灵魂已经被这片苍茫山岭征服。”①以东西绵延一千六百多公里的秦岭南北为核心的大地山川，成为王若冰创作的精神母体、思想根基和话语背景。他痴迷于探察浸淫于中华民族文化血脉中的山川秘史，反之，这种灵肉砥砺和情智体验，在他的骨血中渗入了对象征着一个民族精神文化的巍峨形象的苍茫山岭的敬仰、热爱和眷恋之情，并让王若冰十年来心无旁骛，致力于以“一座山、两条河、一个民族”为要素的大秦岭文明史诗及精神家园的立体打造而乐此不疲。十年来，支撑王若冰在他所遵从的“行走式”写作坚持不懈的动力，即源于秦岭南北山川对他的诱惑，更源自以秦岭为背景、以渭河为纽带的华夏文明肇始地所隐含的民族文化之精神的驱使。

《渭河传》以旅行者的视角，将渭河置于民族文化的大背景下，以强烈的文化意识、独特的文化感受和丰富的文化联想，把读者带入一个新鲜的审美境界，展示了极其广阔的时空视野，给人一种苍茫深邃而又沉郁厚重的历史沧桑感。

深入渭河腹地之初，王若冰就决心“终自己一生之努力，为茫茫秦岭两侧的山川河流立传，对秦岭沿线山川大地进行历史文化精神性审视的同时，寻觅并呈现一种被当代生活愈来愈淡忘、远离，甚至消弭的民族文化精神”。王若冰的足迹溯渭河而下，目光所及，心灵所感，让中华民族的苦难与辉煌、激情与荣光悉数

①王若冰：《我所了解的秦岭初版（代序）》，载《走进大秦岭》，长春出版社2012年3月第1版。

呈现。

文字是文明社会产生的标志。大地湾人和半坡人神秘而抽象的刻画符号，被考古界认为是中国文字最早的雏形；奥妙无穷的伏羲八卦则被认为是中国最早的形意文字；出生于渭北黄土高原的仓颉，则被认为是文字的鼻祖。如果说仓颉还是一个传说中的神话人物，那么被誉为石刻之祖的石鼓文，以及《毛公鼎》《大盂鼎》《散氏盘》等钟鼎文书法精品的出土，可以看到“中国最古老文字的孕育、生长阶段的母床和萌芽的热土，都在渭河上游地区，不仅如此，仅周人当年安身立命的宝鸡境内发现的青铜器达3万件之多”。青铜器的鼎盛，是商周经济文化艺术极度辉煌的鲜活见证，青铜的光芒“照亮并开拓了秦人通往东方第一帝国的梦想之路。”自秦以降，秦帝国踞渭水壮大进而一统天下。汉朝定都关中，渭水平原滋养了富庶的大汉，使得汉帝国实现了征伐匈奴开疆拓土的雄图伟略。汉朝迁都洛阳，自此走上衰亡之路。大汉帝国的背影从渭河逶迤苍茫的背影消失之后，中国大地再次遭受长达三百多年的战乱、割据、分裂。公元7世纪起，一个更为强大，在世界文明史上更有影响力的王朝——唐，在两汉故土上再一次巍然屹立。“在战乱不休的年代，即便是草寇飞贼，窃国大盗，凡是占据渭河流域关中之地，就能够在群雄争霸的中国大地分到一杯美羹。这几乎是北方游牧民族建都北京之前，中国历史发展的一种定势。”——《渭河传》执着于揭示古代中国政治文明史上不为人所注意的现象，那就是大河文明的固有特征：虽然中国拥有漫长的海岸线，拥有着毗邻大海的辽阔土地，在文明形态上却成为“迄今为止唯一没有衰微的大河文明”[①]。这种文明形态不同于游牧文明和海洋文明，它是一个自足而中庸的文明系统，大河文明决定了我们民族的性格，没有侵略性，守土而耕，聚群而居，崇尚伦理，重视协作与统一。多少年来，我们崇尚“上善若水”，概源于此。

傍水而居的华夏民族，河流横亘内陆腹地，中国历代皇帝对整个社会的治理方式，用的便是治水的规则。从秦始皇开始，历代治国者以追求和维护统一为已任，就是因为泱泱华夏，一水相系，一脉相承，其本性要求大陆必须统一。“统一”是中国的目标，而这个目标，其实和水的流向有关，和水的长度有关，水给土地的逻辑，决定了统一的逻辑，水本身的逻辑，就是我们的大河文明逻辑。马克思·韦伯说，中国政权治理的“治”和治水的“治”是同一个字，大禹治水的传说，是中国人的一种文化结构范本，也是民族文化原型。

以政治文明为依托，渭河流域承载了古老中华文明此消彼长的文化繁荣：周公创制的礼乐制度，是孔子儒学的基础和渊源，深刻影响了中国社会思想观念和政治制度。黄帝问道广成子，老子出函谷关著《道德经》，黄老被尊为道教之祖；与渭河结伴而行的秦岭终南山，从古至今又是道教神仙、云游道士和隐士高人聚集的神秘家园。西汉时佛教经由长安传入中国，此后，因为丝绸之路的影响，佛教在渭河两岸日益兴盛，佛教石窟在渭河两岸星

①余秋雨：《中华永不衰败的大河文明》，载《中国三峡建设》2007年第4期，第21页。

罗棋布。经鸠摩罗什和玄奘翻译经典、弘扬佛法，中国佛教在长安生根发芽，成为世界宗教史上一枝独秀的文化奇葩，长安也成为名副其实的世界佛教中心。至于渭河两岸的诗词舞乐、名流贤士、奇珍异宝、民俗风物、酒香茶韵，则俯拾皆是，令人神往。《渭河传》不仅展示了一幅幅纵贯古今、囊括历史传奇与现实镜像的奇异画面，更重要的是力图揭示并呈现渭河文明作为中华文明的一个分支，是如何在历史的演变中汇入中华文明的，进而管窥蠡测地呈现了中华民族成长、壮大、繁荣的文化奇观。

三　生态困境的关切与忧虑

《渭河传》在对民族传统文化的礼赞和呼唤中始终坚持了积极浪漫的审美姿态和乐观、昂扬的民族自信心和自豪感，同时，在对渭河流域广袤大地上的河流山川之今夕巨变的真实写照中，提出了发人深省的忧思和警示——渭河文明的变迁史，是人类生态环境逐步恶化，大自然母体渐渐遭遇侵蚀、毁坏的缩影，从遥远的《诗经》时代到秦汉乃至宋代，渭河流域一直是水草丰茂、林莽起伏，流水、草原和耕地，源源不断地提供了马匹、牛羊、谷物和粮草，滋养了一个个强盛的王朝。渭河流域，既是大后方也是主战场，渭河流经的陇右地区在唐玄宗天宝年间呈现出“闾阎相望，桑麻翳野，天下称富庶者，无如陇右”[①]的胜景。隋大业五年（公元609年），隋炀帝杨广在渭河源头写下了“惊涛鸣涧石，

①司马光：《资治通鉴》第15卷，中华书局2011年8月版，第7038页。

澄岸泻崖楼。滔滔下狄县，淼淼肆神州”[①]的感怀之诗。至明清时代，陇西一带虽然也有森林，却已经退居到了离河岸很远的山间，而且支离破碎，曾经肥沃的河谷，越来越频繁地被干旱、盐碱和泥沙侵袭。几乎整个渭河中上游地区和陇东地区陇山山脉流出的支流，如散渡河、葫芦河、清水河、汭河、泾河在失去森林、草甸涵养后，日渐枯瘦。年复一年，随雨季涌入的泥沙，让渭河河水日渐浑浊。到了清末和民国，旱灾、蝗灾、风灾，成为渭河上游各县县志最为频繁的记录。“渭河水由大变小，地处陇右的渭河上游从唐代开元盛世富甲天下，一变而为苦甲天下、闻名天下的苦焦之地。这到底是人类的活动让渭河变瘦、变小了，还是越来越干涸的渭河，将她身边的子民推到了无可挽救的贫困与苦难的深渊呢?”[②]

对于渭河之殇，作者始终保持一种理性而清醒的辩证观点，从渭河的过去看，游牧与农耕较量的结果是定居耕作、垦荒屯田，作物普及，水退人进，一代代的原住民，加上兵士、戍卒、移民、流民，人口膨胀，经济发展和社会变革加剧，丛林逐渐退却，水资源衰竭，环境恶化，特别是随着工业化时代的到来，环境成本的代价愈加高昂，以加速度在付出。

“有人在研究渭河上游定西境内渭河水源日渐枯竭的原因时认

①杨广：《临渭源诗》，载丁福保：《全隋诗》，上海医学书局民国年间版。

②王若冰：《渭河传》，陕西出版传媒集团太白文艺出版社2013年12月第1版，第20页。

为，这里属于中温带半干旱、中温带半湿润半干旱地区，蒸发量是降水量的3.6倍所致。”[①]特殊的地域地质条件，也是渭河流域自唐以降逐渐走向颓败的客观原因，只是渭河在人类文明视野中悄然黯淡的同时，经济文化重心开始南移，长江流域作为农业中心的地位替代了黄河流域的辉煌。渭河因此渐渐被遗忘，日趋落寞。王若冰为山川立传，就是力图透过历史的尘埃，再现一条河流和一个民族的关系。

因了渭河和文明古国千丝万缕的关联，回溯渭河历史，历数渭河兴衰，留给我们更多的是怀念与眷顾。“如果站在古老的渭河岸上，将目光投向更远的地方我们就会发现，中国的乡土时代，其实早在盛唐文明光焰从渭河腹地将中国农耕文明推向极致的时候，已经显现出从辉煌顶端走向衰落衰败的不归之路的迹象。”“古老温暖的中国大地弥漫数千年的那一份清贫、宁静和温馨，以及维系它的秩序，已经被打破。无论我们如何饱含深情地挽留、哀叹、维护，失去的必将无可挽救地离我们而去，破灭的也将义无反顾地在我们痛心疾首的关注中化为泡影。”[②]此间可以看出王若冰和众多当代知识分子一样，流露出强烈的“精神返乡”情绪。

德国作家措特勒提出了“呼吸故乡”和“头脑故乡”等两个概念。“所谓‘呼吸故乡’应该是指生存故乡，也就是地理位置上

---

①王若冰：《渭河传》，陕西出版传媒集团太白文艺出版社2013年12月第1版，第22页。

②王若冰：《渭河传》，陕西出版传媒集团太白文艺出版社2013年12月第1版，第338页。

的故乡，而‘头脑故乡’，就是‘梦幻故乡’‘精神故乡’，这是作家头脑中，具体地说，是创作思维中的故乡，他是作家主体活动中梦幻般的世界”①。对王若冰来说，渭河堪称其“双重故乡”，渭河文明作为博大深沉而又温婉的母性精神象征，作者怀着深沉的敬仰和皈依之情为之歌颂，从某种程度上说，是作者写作的精神栖息地和灵魂避难所。靠行走写作的王若冰，昔日渭河流域舟楫络绎、商贾云集的繁荣富庶，灞桥折柳、诗酒茶韵的恬静温馨，八水绕城、渔歌互答的浪漫情调，早已烟消云散，留给作者的是淡淡的惆怅和哀婉，但王若冰能以一种智性的勇气深入渭河精神的内核，不将这种文化心理作为主宰其写作志趣的背景，能始终站在历史理性的高度去审视，不以一种文化保守主义的姿态展开偏颇的肆意批判。“文化保守主义一般都强调道德秩序的超越性原则、社会连续性原则、传统的原则、审慎的原则以及分解性的原则”②，持这种立场的人在当代不乏其人，他们往往幻想建立超越性的道德秩序，以一种文化精英意识展开漫无边际的道德批判，其结果是泛道德倾向掩盖了历史理性，最终将貌似庄严的文化批判引向虚无，除了抒发主观感受和个人想法以外，对精神重建和文化自觉没有应有的价值。

在《远去的乡土》中，王若冰说“工业化、现代化和信息化

①丁帆：《“地域乡土”的逃离和“精神返乡”情绪》，载《中国乡土文学大系（当代卷）》，农村读物出版社1996年版。

②程世洲：《血脉在乡村一侧——刘醒龙论》，湖北人民出版社2001年版，第37页。

的未来，我们不仅无法阻挡，并且心向往之。但无论将来人类生活在多么幸福、自由、自在、完美的世界，我们总还是需要一条负载了一个民族精神文化史的河流，来提示我们曾经有过的过去，需要一种弥漫在这条河流之上的温馨、感人、充满诗意的精神情感，来温暖当代人日渐孤寂、茫然、冷漠空虚的精神和内心吧？”这段话体现了《渭河传》基本的历史理性立场和人文关怀精神。众所周知，随着生产力的进步，人类征服自然和开发自然能力的扩张，资源衰竭、生态恶化、环境毁坏成为文明进步的沉重代价，特别是随着工业化时代的到来，人的能力的最充分发挥和人性扭曲成为人类社会不得不接受的双重礼品。实际上，对于现代工业化和经济发展带来的社会负面形象的批评，很久以前就是西方思想家有关人文主义的深刻思考，从18世纪启蒙思想家卢梭、伏尔泰等人那里，就开始了对工业文明的批判。在欧洲资本主义急剧上升的时期，法国思想家托克维尔对工业文明就有了清晰而深刻的批判。

工业文明是中国社会历经曲折后的理性选择，是历史发展的必然，是我们必须积极面对的历史境遇，在一个传承数千年的农业文明国度，这一革命总是不情愿的、半推半就的。市场经济主体地位逐步确立，工业化程度快速提升，工业文明的弊端和市场经济的原罪也进一步显现，原有社会格局和国民道德思想体系经历了剧烈变动和一定程度的毁坏，同时面向世界、面向未来的现代化历程尚未完成。

传统文化的失落和民族文化精神的式微，固然是现代化所带来的负面影响，但这些负面影响只有通过更高程度的现代化而不是退回到刀耕火种的时代才能克服。这是知识分子对当下境况发言时，必须具备的一个认识水准。新时期文学大量作品总充斥着对农业文明的忧伤怀念，对商品经济的片面透视、粗暴挞伐和轻率嘲讽。这种“守望乡土”“渴望回归”的叹息不绝如缕，令人厌倦，这声声叹息看似深邃实则透露出作家们虚无的文化人格和偏颇的价值观，总体上缺少“广博、自由、能容纳新潮流（鲁迅语）”的思想深度。

以商业为目的，以技术理性为标志的工业文明，在促进物质丰富社会发展的同时，生存条件的破坏、物欲的泛滥、人性的片面发展等等，早已不是新鲜话题。问题是，当下中国实际面临的种种复杂的矛盾冲突，是处于又一个关键时期的中国未来发展的问题。以自己特有的形式对于社会发展问题做出必要的回应与表现，正是新世纪以来中国作家凸显自身人格的写作选择，富有责任感的作家就应该把自己的目光投射到对于社会现实的关注与思考上，力求以独一无二的艺术经验和审美品格，向世界上展示智慧的、有经验的、饱满的中国人形象，力求有整体性和深刻的历史判断。《渭河传》最可贵的就是体现了一种深沉的人文关怀，又具备清醒的历史理性精神和辩证思维，作品面对历史与现实时始终极富激情又不乏理性的主体意识，充盈着饱满的民族文化自豪感和自信心，在戏说历史、消解经典、标榜个性泛滥成灾的话语氛围中，《渭河传》以朴素、热烈、理性的文本风格，完成了行旅、哲思、抒情和呈现的完美结合，在承载历史元素的同时，更体现和张扬了文学所应有的意味和风度。

边缘生活的诗意解构

——薛林荣小说的创作脉络和走向

薛林荣是甘肃省内为数不多的20世纪70年代后期出生的小说作家之一。他的中短篇小说大部分发表在《飞天》上，可以说，《飞天》对培养和鼓励薛林荣的小说创作功不可没。1999年以来，薛林荣以自己丰硕的创作成果和独特的艺术个性，跻身于甘肃省中青年作家的行列，也愈来愈受广大读者和批评家的关注。

作为一名与“新时期”相伴而生的真正的“青年”作家，薛林荣的艺术天赋与写作智慧在近年来的作品中已悉数呈现，玩味世俗、戏谑神圣、解构生活、向往神秘……这些因素总是异常活跃地构成薛林荣小说叙事的局部动机，它们令人惊异地促成了他小说风格和写作姿态的不断变化，也体现了他可能的小说潜质和这种潜质不断“裂变”的境界。

一　常规语言的颠覆与有情的嘲弄

从总体上说，薛林荣是一个形式主义者，是一个解构能手，他注重技巧本身的审美效果，他对语言的“陌生化”和新奇感有强烈的癖好，他对文本的实验有近乎癫狂的兴味，因此他的叙事总是精致而富有变化，具有很强的阅读效果。试图以某种逻辑力量去解释他，或以某种形而上的主题来观照他，总是困难的。他的每一篇作品都是一个独特的存在，是一次次变异的结果。他的作品总是试图呈现生存世界的各种可能性。对他的解读，应侧重于其“讲故事的能力”和“完成故事的精神”这两个方面。

读过薛林荣作品的人，无不为他机警诙谐、妙趣横生、轻松流畅又举重若轻的叙述语言而击节称快、捧腹不已，他时时刻刻想把故事讲得有味道，脱俗和“陌生化”是他语言的第一要务，其次才是或典雅或神秘或奥古。事实上反讽和幽默并不是他的所求，煞有介事地说，然后将读者“引入歧途”，才是他最得意的，因此，他的语言总是弦外有音。他的作品很少见到过分的夸张、变形或冷嘲热讽式的语言暴力，而总是以不负责任的旁知视角冷眼看待他人的悲欢离合。

苏童在评价张爱玲的小说时，认为“张爱玲最厉害的就是这样那样聪明机智的比喻，我一直觉得这样的作品是标准中国造的东西，比诗歌随意，比白话严谨，在靠近小说的过程中成了小说……”。我认为，“聪明机智的比喻”是薛林荣小说语言最堪称奇的创作亮点，甚至是若干短篇之所以成功的“气眼”，如：“神情肃穆得像准备去小解的牧师”[①]；“诗人失魂落魄地想在花园里寻半截铁轨自杀，痛苦得一张嘴咧成了王宝钏的寒窑”[②]；“杜大

①薛林荣：《架子鼓教程》，载《飞天》2002年第5期。

②薛林荣：《架子鼓教程》，载《飞天》2002年第5期。

又打了一个复杂的节奏组合，就好像那西夏国的文字一样”[①]；“看到了水的石头神采奕奕地站在岸边，笑得像个驸马。”[②]

薛林荣小说语言的魅力还在于他对常规语言的颠覆，尤其是进行寓庄于谐、庄谐并用的反衬和嫁接，如“教授迈着与训诂学不相称的步子小跑过来”[③]；“两位胡老师迈着严谨如学习论文的步子，各持一把剑从前面走过”[④]；“导师很快就睡着了，鼾声如雷，而且磨牙霍霍，屁如裂帛。”[⑤]“伯牙的头发过早地白了，很像香港特区行政长官董建华”[⑥]。薛林荣将不同风格的语言嫁接得得心应手，可随手拈来。如“万守明是在给杜大上第一节架子鼓教程的时候作上述表示的。”（《架子鼓教程》）；“他们在亲切友好的气氛中就共同关心的话题广泛交流了意见，最后达成了一致共识：绝不能让美丽温柔的美老师成为《隐秘广场》刊物的暗访对象。”（《架子鼓教程》，上述两条为新闻语言嫁接）“好，今天的会就开到这儿，这个会议很重要，希望尔等认真领会会议精神并贯彻落实。散会！”（《架子鼓教程》，公文语言嫁接）“一个人做点坏事并不难，难的是一辈子只做坏事，不做好事，一贯地有损于广大群众，一贯地有损于青年，一贯地有损于革命，疲疲沓

①薛林荣：《架子鼓教程》，载《飞天》2002年第5期。

②薛林荣：《魂不守舍》，载《西凉文学》2001年1—2合刊。

③薛林荣：《雨声中的蚕儿在上架》，载《西凉文学》2000年第1期。

④薛林荣：《幸福的旁边》，载《飞天》2000年第4期。

⑤薛林荣：《西梁女国的爱情》，载《飞天》2003年第1期。

⑥薛林荣：《琴殇》，载《飞天》2003年第5期。

沓敷衍几十年如一日，这才是最难最难的啊!”（《架子鼓教程》，语录嫁接）。

此类语言不胜枚举，薛林荣的小说常会因为诸如此类的反常语言让人吃惊不已。这些语言一方面体现了作者对生活细节敏感而细腻的观察和捕捉，锐利、尖刻的叙事风格，透过这些“反常”的观察角度和叙述模式，读者以“陌生化”的视角重新审视生活中那些熟视无睹的细节。另一方面，作者时时刻刻表现出的“有情的嘲弄”（不是无情的），即善意的嘲弄，体现了一种自嘲式的叛逆、否定和怀疑精神。当生活被一层层剥去饰物之后，人生的困境和无奈就赤裸裸地呈现在读者眼中。其作品的叙述，始终收放自如，不自设禁区、自筑樊篱，行文亦庄亦谐，既高贵又卑微，历史与现实并呈，使得作品能够雅俗共赏。

薛林荣小说语言的活力，除去精致传神的修辞手法的运用，还得益于自身对语言的天然敏感和特殊的造句本领。正如胡河清评价王朔时所说：“他的小说，好像一只竹筐，里面装着一大堆活蹦乱跳的鲤鱼（句子)。那些聪明极了的可爱极了的句子往往从筐子里闯了出来，所以给人一种‘野’的感觉。”胡河清认为王朔最大的本事就是“造句”。薛林荣小说的造句本领除了前面所说的语言随意嫁接的能力之外，还有一种就是不着痕迹地改变叙述方式，如“夜色与欲望配合得是如此的默契，以至每一次我都想唱一支关于晚风吹了澎湖湾的歌”[①]“杜大把手重重地拍在额头上并停留

①薛林荣:《夜色正阑珊》,《飞天》1999年第3期。

了半晌。众所周知，这个动作一般表示痛心疾首。”[①]“杜大为这一瞬间的发现意乱情迷”（《架子鼓教程》）；“伯牙跪在桐木前——其实不能叫跪，伯牙那时候的人过于谦恭，而且有弱智的倾向，常常在和人面对面说话的时候采用该姿势，相当于今天的坐。”（《琴殇》）“子不语麻袋一样倒在床上的时候，脑子里顽固地掠过一个类似于中国足球一定要冲出亚洲之类的辉煌设想：不在西梁女国制造一个文本，简直有辱先人。”（《西梁女国的爱情》）“据说禾葭一直哭了下去，最后她练好了嗓门，音质十分细腻，可以唱美声歌曲。据说有一次她还获得校园歌手大奖赛二等奖。”（《幸福的旁边》）这种顺手带过化腐朽为神奇的技巧，增强了作品语言的陌生化效应，戏谑和诙谐的叙事风格，增强了作品的可读性和趣味性，同时消解了生活中的苦痛和尴尬，让人在会心一笑中领悟到善意和关怀。

二　渎神的快乐和有责任感的零余者

薛林荣的小说常常反映出一种“没一点正经”的反“英雄主义”，“去道德理想”的倾向，有着明显的先锋小说风格，以及和晚生代小说作家接近的立场。在薛林荣的眼里，思想权威常常有些庸常的言行，而一些不甘失败的小人物却常有领袖的举动：在西行的路上，庄严去朝圣的师徒二人，夜幕降临后，一面是弟子苟且寻欢，醉入花丛，一面是导师“鼾声如雷”，浑然不知，间或

①薛林荣：《架子鼓教程》，载《飞天》2002年第5期。

是严厉的教诲（《西梁女国的爱情》）；为漂亮女生开后门评优的系主任被“我”几句问得“惴惴然”，系主任还讨好般夸奖“我”，而丢了爱情又面临毕业择业的“我”迁怒于系主任，竟当着主任的面迎河撒尿、口颂古章（《雨声中的蚕儿在上架》）；终生觅知音的伯牙找到知音后，因为知音太“知音”，而心怀狠意乃至杀心顿起，投其所好地送钟子期六车书，爱书如命的钟子期最终因为抄书而活活累死（《琴殇》）；佛门弟子慧果兢兢业业，对师父言听计从，殊不知是个暗藏的盗墓贼（《青莲寺》）；“述而不作”、夸夸其谈的石头，挥舞手臂，像遇刺前的拉宾（《魂不守舍》）；自命不凡的杜大，曲高和寡到只剩下最后的朋友时，仍然以国王的口吻吩咐事情（《架子鼓教程》）……这些实际上是人对自身角色不满的潜意识举动——事实上，人总对自己当下所处的角色不满意，这就是薛林荣的一大发明，他成功地写了出来，这是一个坚硬的事实。

因为对自身角色不满意，所以作品中的人物举动多少有些荒诞，但荒诞之余似乎又是合理的。薛林荣是注重艺术真实的，但是他并不太在乎人物形象，他关注事件当中的人，他的作品中很少有刻意的道德评判和好恶取向。“存在的都是合理的”，都是“必然如此”的。他的许多小说中不存在邪恶或正义的人格化象征，甚至也不存在一个邪恶的物化象征。他不相信存在被先验地肯定或否定，先在地被赋予某种意义的生活，人的生活只能是自己的生活，他们的不安或不幸是此物对彼物、是世界对心灵挤压的结果。薛林荣特别关注这个过程，他发现了这个过程中的荒诞，他感到叙写荒诞的过程中有一种“渎神”的快乐，于是完成了轻松的解构。

但仔细读来，薛林荣的思想深处有许多狂放之外的局限，甚至有着致命的脆弱。众所周知，20世纪90年代之后的中国小说变革，最主要的是体现在对欲望的认同，对金钱本位的顺从与肯定，是张扬和宣泄形而下的生存之道，以此达到对生活彻底的解构。薛林荣的小说从表面上看，热衷于解构，对形而下有着浓厚的兴趣，尽管他的文本表层在竭力解构对于真理、意义的信念，但他内心仍是牢固的传统道德和人本立场。看大门的老头因为对“铁门的愚忠”让“我”不可理喻，甚至视为仇敌，但最后老头一句谶语般的劝导，使“我”最终回归“温暖的书房”；向往爱情的“我”，在恋人他嫁后仍细心呵护曾经许过愿的蚕……所以，他的小说仍然充满传统的诗意生存的浪漫情怀，仍是对人的理想与追求的肯定，甚至包含着人生无可奈何之后的伏忧隐痛。因此，他前期作品中的那些疯狂而善感的青年学生和边缘化的小知识分子们，让人在感到荒诞和尴尬之余，又感到他们的可爱之处。他们身处于欲望的时代，无法抵抗欲望的浸染，同时又不能和欲望充分地合谋。他们面对的是一种尴尬的局面，但他们又没有更多的力量来应付这种尴尬，所以他们只有在青春期冲动本能的牵引下，适度堕落，有限反抗，回归到一种哑口无言的处境。而作者还是小心翼翼地表现这种欲望，揭示人物背后无法掩饰的善良和脆弱。他笔下的人物，不像某些物欲主义者笔下的人物，只生活在酒吧和网络中，只有吸毒、自虐和下半身，而是一批决心很大本事很小的有责任感的零余者，他们向往大发横财，害怕失去工作，他们在行动和奋斗中迎来命运，迎来痛苦。虽然薛林荣的小说有时迷恋一些小资情调的小事件，热衷于一些吐痰放屁的琐屑之事，但总体上，他的作品是高格调的，是贯穿生机与精神的。这种情形完全符合寄身西北小城的青年作者的真实生活处境，他在这个文化失范的年代感知了文化转型留下的文化落差，但他的脚下仍是深沉的农业文明的背景，因此，他的解构是有限的。他要前进必然要思考，要向生存环境的人文内核掘进，他眼下正在做这方面的努力。

三　自觉的突围与不可忽视的神秘倾向

基于艺术创新的自觉性和严肃的纯文学创作立场，薛林荣逐渐不再满足于解构的单纯快感，他在不断实现他渴慕已久的文化理想和哲理思考。由《造神》[①]始，他对生活的解构趋向节制，他在试图转移笔触，转移思考，到《青莲寺》[②]为止，基本可以看出薛林荣这种艺术突围的初步成功。因此《造神》与《青莲寺》标志着薛林荣小说创作的新面目和新境界。

《造神》开始讲述他久违了的农村生活故事。薛林荣来自农村，但《造神》是他近十年创作生涯中的第一次描写农村，提出这一点，并不是刻意对他的作品进行所谓的题材划分，而是需要

① 《飞天》2003年12期。

② 《飞天》2005年8期。

借此指出，薛林荣形诸笔端的总是充盈内心，经过情感和思维熔铸的“这一个”的形象思维体系，他常常害怕匆忙上阵毁掉一个感动过他的故事，所以《造神》是他经历长久的思索和沉寂后的尝试。

《造神》，用他自己的话说，是传达了一种寻根意识与父性意志。贯穿这部作品始终的是挥之不去的神的存在，虽然其主体意象是暧昧的、模糊的，但作者第一次运用乡土元素成功地表达了这一主题。在更加精巧的文本建构中，西北农村的乡土风情和民俗第一次成为他小说的主调，无形中为他的小说向形而上的深度掘进做出了铺垫。

《青莲寺》讲述的是一个古典的历史意境与当今众生百相相交织，梦幻的烟云与凡俗的灰尘相混杂的悲情故事。薛家庄的青莲寺和乡村小学，共同成为小说叙述的实体背景，作为“智”者的余听音终生不悔，想挽救濒亡的安远古乐。他的一场辛苦奔忙，牵动和引发了青莲寺和薛家庄小学——这此岸与彼岸的两极相继上演的众生相，作为“美”者的美月和童童来去匆匆，作为“慧”者的方丈始终引而不发……而小说所关注的，却是这些人相互之间的善恶因缘和无法掩饰的人之原罪。所有的人都大梦一场，如同那本永远无法续编的安远古乐，天籁之音眼见失传，关于人生的痛楚和忧思却不绝如缕……从《青莲寺》中我可以看见，一个心向禅境的大慈大悲者深情地回眸黄土高原上伤疤一样的村庄，并由此看到了我们的民族和父辈隐忍苍凉的人生境遇，还有人生永远无法规避的善恶角逐，人永远无法到达完美境界和幸福彼岸的缺憾。

极端的无知可以让人倒向封建迷信，但真正的理性也会给人一种智者的神秘之感。谈及《造神》与《青莲寺》，我们不得不注重薛林荣小说中渐趋浓重的神秘主义倾向，神秘主义在新文学创作中往往成为营造形而上意境的一种终南捷径。把写实和写意，把生活实感和玄妙境界结合起来，从而实现对于作品的有限生活内容和蕴含情感的超越和升华，薛林荣很成功地运用了这一点。他的前期作品，或多或少地借助于它，以此来渲染作品空灵悠远的氛围。如伯牙取天火自焚桐木锻造的知音琴，钟子期听闻琴音察觉到伯牙的心曲后，琴弦自断（《琴缘》）；导师与弟子西行，途遇历史与现实交相更迭的人与事（《西凉女国的爱情》）；“我”因为知道自己是“木命”，逢本命年忌讳有“自损”而央人采桑，供养寄托爱情愿景的蚕（《雨声中的蚕儿在上架》）……凡此种种，都被他以随意的即兴的方式融入写实的生活细节中，给作品蒙上了一层神秘的面纱，开拓了作品的形而上境界。

但是坦率地说，薛林荣在表述神秘主义的内容时，往往是随意而不经心的，是经不住深入推敲的。究其原因，是因为其神秘主义的内容在其作品中毕竟是手段而不是目的，薛林荣表述的神秘主义的内容只有兴趣不会有信仰，或是半信半疑，姑妄言之。因而其神秘主义只是一种叙述策略，是“为文而造情”，是为了营造那种玄虚缥缈的神秘感，仅此而已。

仅此而已却恰到好处，如果薛林荣再在神秘主义上过分下功夫，必然导致作品理念与形象的不吻合，神秘的表象跟有限的精神内涵的不相称。以薛林荣自身拥有的精神资源、审美品格、思想志趣来看，他将以一个少年般的敏感与好奇，游离于生活的角角落落，等待他心灵世界的造山运动与外部世界风云变幻达成谐振的那一刻，他必然会妙笔生花，精彩迭出。那么，隅居西北小城天水市的薛林荣，在其自身所处的时空坐标上将会怎样表现，他自身艺术潜质“裂变”的能量和趋向如何，我们将拭目以待。

原罪与因缘的纠葛

——薛林荣小说《青莲寺》文化心理分析

薛林荣向来是一个解构高手，是一个不倦的形式主义者。他对语言的苛刻和对创新的癫狂式追求，使其小说一开始就“颇能惑众”。他的作品首先是耐读，其次是他扎实的描述细节的功夫和行文技巧，使其作品中的人和事始终显得妙趣横生，充满勃勃生机。对此我深信不疑但始终未有形诸文字的冲动，一是太熟，熟悉人，熟悉作品，包括一些被他明显改造过的细节，二是为了避嫌，溢美之余也难有高见，这样的批评不痛不痒的，对他的创作无甚帮助。大约成于2004年秋季的中篇小说《青莲寺》被《飞天》（2005年第8期）作为力作推出，这是他的小说创作在一度沉寂之后，截然有别于前期作品风格的一次尝试。从《青莲寺》开始，作家断然走出长期以来连他自己也感到苦恼的反讽与油滑，在更加精巧的文本建构中，实现了他渴慕已久的文化理想和哲理思考。所以，《青莲寺》是他两年来艺术突围的标志性作品。

《青莲寺》讲述的是一个在古典的历史意境与当今众生百相相交织的背景下，梦幻的烟云与凡俗的灰尘相混杂的悲情故事。薛家庄的青莲寺和乡村小学，共同成为小说叙述的实体背景，作为

“智”者的余听音终生不悔，想挽救濒亡的安远古乐。他的一场辛苦奔忙，牵动和引发了青莲寺和薛家庄小学——这此岸与彼岸的两极相继上演的众生相，作为“美”者的美月和童童来去匆匆，作为“慧”者的方丈始终引而不发……而小说所关注的，却是这些人相互之间的善恶因缘和无法掩饰的人之原罪，所有的人都大梦一场，如同那本永远无法续编的安远古乐，天籁之音眼见失传，关于人生的痛楚和忧思却不绝如缕……

写作《青莲寺》时，薛林荣为“打造”赖以栖身的居所窘迫得只差没有跳楼，那时常听他信誓旦旦地说要去净土寺养心修文一二月，但终未如愿。从《青莲寺》中可以看见，一个心向禅境的大慈大悲者深情地回眸黄土高原上伤疤一样的村庄，并由此看到了我们的民族和父辈隐忍苍凉的人生境遇，还有人生永远无法规避的善恶角逐，人永远无法到达的完美境界和幸福彼岸的缺憾。

《青莲寺》过分强调宗教意味，也是虚妄，高僧和哲人并不是最好的小说家。宗教的原罪说可以转化为一种任意的象征，指向任何人类无法通过个体努力来消除的缺陷。小说恰恰很好地运用了这一点，作者没有也不想有纯粹的宗教立场，反而看到了佛门内外的人生真相。《青莲寺》的叙述是相当果断的，高古而不神秘，精于细节而不纠缠于人际纠葛与矛盾的渲染，三言两语中人物的痛却跃然纸上。他回避了许多困扰，只用“撕裂”和“掩饰”两种办法：一声长啸撕裂了薛镜我对尘世的依恋和道义感；夜半来人撕裂了女孩童童对生活微薄的希冀，撕裂了少女的梦幻与贞操；鬼火般的盗墓之光撕裂了余不言半生伪善的面孔和弟子慧果荒诞的修行真相；而丧子之后的失态，导致薛老二这个强奸童童的真凶之假面具被撕毁……与此同时，每个人都在掩饰：薛镜我和慧果通过佛来掩饰，余不言通过俗来掩饰。童童遭人强奸后，幻想自己失身于心上人薛子虚，以此减轻痛楚，但发现占有她身体的人并不是薛子虚时，她陷入了彻底的无助和绝望，突然间面对子虚号啕大哭，引来好事的乡亲们围观，但她还得掩饰，“她马上哭得小了，走到院中对薛子虚说，你赔我水桶……”“看热闹的人似乎看出了眉目，那就是薛子虚丢了童童老师的一只水桶，城里来的人小气，一时想不开，就哭闹起来了，人群嗡嗡地议论一阵，四散而去。”这个细节举重若轻，又让人心酸不已，人生之痛莫如剖心自食又无法言说，童童的掩饰让人心酸，她的苦，苦在心底，只有她一人承担。

薛子虚死后，童童心怀愧意，但就在葬礼上，发现了强奸她的真凶薛老二——薛子虚的父亲。一场梦没有开始就被接踵而至的残酷打破，善恶美丑成了奇妙的报应，但这种报应没有任何快感，只是为人生的缺憾打上了宿命的悲剧色彩。离乡的路上，问余听音，鬼走水路还是旱路，余听音说走水路，于是童童取道山梁走旱路，她想摆脱这个噩梦，摆脱鬼的追杀。

童童的明天怎样，作品没有交待，安远古乐的命运如何，作品也无交代和暗示，小说绝不想替人指点迷津，也没有刻意的道德评判和好恶取向。从大智若愚的薛镜我，到大愚若智的傻子，从志向宏伟的余听音、柔弱善良的童童，到卑鄙龌龊的薛老二，作恶多端的余不言、道貌岸然的慧果……“存在的都是合理的”，都是“必然如此”的。所有的不幸都无法归咎于承受者个人的品质，也无法归罪于他人。小说中不存在一个邪恶的人格化象征，甚至也不存在一个邪恶的物化象征。他们的不幸或是因为贫，或是因为苦，或是因为世界对心灵的挤压，但这种种不幸之间不是毫无联系的，它们共存于一个空间，受到同一个环境的制约——不论寺院还是学校，都不够洁净，无法摆脱文化环境的制约。

从早期《夜色正阑珊》的肆意解构，到《唐朝旧事》《琴殇》的追求传统叙事策略，再到《造神》引入神秘感，薛林荣在不断地调整创作倾向。《青莲寺》却一反常态，反讽和油滑几乎消退，从容的对现实世界的观照，对人物关系的精到摆布，加上更加娴熟的叙述能力，使《青莲寺》达到了相当成熟的境地。所以我认为，《青莲寺》是作者近年来小说创作走向成熟的标志性作品。

恬淡深处的伏忧隐痛

接到《渭河南岸》时正逢盛夏，断断续续逐篇阅读，竟过去了不少时日。细读每一首诗，忍不住会置身于相关的情景和思绪，不由自主地会与作者共享一种还乡的欢欣与惆怅，恍然间时已深秋，不禁慨然。我与元中先生共处小城，聚散朝夕，互通共享了太多的话题和情愫。由于类似的出身经历，我们对于故乡，自然有着共同的情感和从未衰竭的共同话题。他的诗歌创作是勤奋而高产的，但我的印象中，诗歌于他，总是漫不经心、顺手带过的创作。此次结集的《渭河南岸》，作为一本纯粹写给故乡的书，其规模和容量是我始料未及的，实乃可敬可贺。

没有故乡的人是不幸的。黄土高原渭水谷地的小小村庄，是他魂牵梦萦的生命摇篮和精神息壤。记忆中的故乡风散丁香、鸡鸣风雨、犬吠晨昏，田园之美如诗如画。野人怀乡，小草恋山，和一切思乡心切的游子一样，和一切具有家国情怀的知识分子一样，故乡，从来是他无法割舍的梦中热土。老家，是疲惫灵魂的栖息地，常常是散淡、宁静、惬意的——“烟火弥散起饭菜的香味之时/心安然了/渭河南岸，处处是家”，“老日子，阳光的暖/晒化了下午的小院子”，“想象睡在十万草木的热爱之上/老家之老，老家之家/合力让一颗心懒懒的幸福不愿也不能长大”。生于20世纪60年代中期的王元中，正逢陇山渭水从灾荒中复苏不久，蒿草般清苦的童年在其心灵深处有着刻骨铭心的烙印，渭水南岸的岁月，苦难与荣光同在，命运突围的艰辛，精神返乡的痛楚，一并构成无比复杂的乡愁。“割草的孩子，犹自背着/大过命运的背篼”，这种孤单的身影令人过目不忘、触目惊心，这就是几代人的童年。“一帮人围着火炉子和罐罐茶/苦着心，暖着胃/大雪过了，踩着一条打滑的路/旧历的年越来越近”。村庄之上，每一个瞬间、每一个细节，司空见惯平淡无奇，犹如滴水穿石般渗进我们卑微而隐忍的生命记忆，乡村生活于我们不仅仅是一种经历，而是骨血中挥之不去的宿命般的精神基因。田野、村庄、麦苗和炊烟，永存于我们惋惜而温存的记忆，对于蒙昧贫困中苦涩的生活，也满怀宽谅与眷恋，特别是随着城市化进程的加速推进，作者生活过的白云村，世代耕种与居住的田园村舍、土屋陋巷正在被工业化时代的利器逐一收割，对此他表示了无尽的惆怅与束手无策的惋惜，触手可及又日渐邈远的乡情乡音，构成他最大的焦灼，进一步催生了他急促而迫切的诗歌表达，《渭河南岸》由此而成。

虽然作者在后记中披露，他的诗歌是基于对故乡记忆的“抢救性存留”，但我认为，作者并非执念于此而寻找答案，或试图为化解现实困境而作“有意义”的思考，虽然现实的功利的理性思考未尝不是诗歌的部分使命。传统农业文明的衰落，农村风情的异变与渐次消失，是当下人文知识分子最痛切的感受，无家可归成为无数人的心结。但是这个宏大命题并没有在他的诗歌中成为强音，他保持了虔诚而明智的姿态，他始于记忆止于抒情，只听从内心的召唤，渭河南岸始终是牵萦诗人心怀的温暖家园。

哲学家蒂利希说过，艺术所要呈现的是“无论如何与我相关”的事物，诗歌更应如此。有了对“我”的处境的敏感，有了对此时此地的生活的痛切感受，并知道了什么事物“无论如何与我相关”，真实的写作才有可能开始。新诗诞生至今，我们长久以来亲见无数固定了的类型化意象，诸如“星空”“月光”“祖国”，这些集体记忆式的经验，使诗歌远离自身当下境遇，凌空蹈虚，用整体主义、集体记忆、社会公论、“诗言志”来写作，是他们把诗歌推向绝境，远离受众。与此相对，另外一种倾向便是把个人琐屑意趣和形而下的经验刻意张扬，沉迷于口语，消解真善美，让诗歌陷入庸俗化的泥淖，丧失了普遍的阅读共鸣。《渭河南岸》坚持了热情而又审慎、节制的写作，作者顺手摸到的事物古旧而朴素，心怀感念的事物历历在目，禾田月影、虫鸣私语，玉米、热炕、菜叶虫，母亲的痛哭、父亲的沉默……这些朴素而亲切的细节，才是写作中最有活力的此时此地的个人经验，而这种“人类空间中最个人和内部的东西”，正是来自生活深处，结结实实，充满人性气息的诗性。

作为学者的王元中，诗歌主张和创作实践上都偏向于唯美，在文本建构上，他似乎不大愿意参与到更多的言辞集会和狂欢中去，他始终在一种相当节制而绝不张狂的思想和情绪格局中，去寻找自己的表达方式，为一种高度个人化的心里深处的景象，默默打造自己的抒情语言和意象。他的诗始终流动着一种恬静、温和、优雅而又忧郁的气息。他习惯于宁静地审视故乡的草木虫鱼，沐浴在时光之水的涤荡中；他按照生活的秩序和逻辑静静地梳理万物，悄然享受这隐秘的宁静和柔弱迟缓的激情，每每却有令人心惊的发现。诗贵自立，不贵旁依。《渭河南岸》抒写着潇潇不绝的夜雨、飒飒摇曳的秋草、清莹灿烂的露珠、荒寒冷落的旷野，许多篇章造语平淡，然往往不失寒凉幽深之意境，沉郁肃杀之胸臆。这些诗总体上是心平气和、明澄从容的，闲适中有一种顿悟的安详。这让我想起他的老家，在他生活过的老院子，几乎在朝南任何角度仰头便可看见大像山佛陀慈祥的目光，王元中和他的村庄有福了，渭水谷地有福了。

但我们必须注意到王元中诗歌审美风格的另一面。精神分析说认为，人在天性上自然具有逃避痛苦、趋赴快乐的本能，对于其生命经验中沉痛甚至惨烈的一面，有着过于敏锐而深刻的感觉的书写者，正是因为对痛苦的感觉太尖锐和深入，致使其敏感的心不便也难以正面地去触及和承担苦难，而是将其金刚怒目之气藏掖起来，甚至极尽冲淡。仅举一例，《渭河南岸》中有不少诗作触及死亡这一主题，“一片片的庄稼倒下/一个个的坟堆隆起”，“走出去的事物都可以再回来/除了那些被埋掉的人”，“争胜远了/远得我从他坟前经过/他看不见也听不到”，“踢踢踏踏的声音，一个老人/给另一个老人守夜归来/坐在炕眼上呆呆抽了一锅旱烟/吹灯前他给被窝里的孙子讲/人死了他的脸面就清晰了”。坚韧的生、悄然的死，渭河南岸的父老，活着和死去都平凡得像一堆土，这些生命是卑微而庄严的，他们只合我在诗歌中无声地悼念。“参差不齐的命运，有什么道理可讲?”，“有的东西长在命里/一如刺在了心上/想想，都疼，但没有办法”，是啊，大雪封山，黄土埋人，我们只有袖手躬身缓行，没有办法，没有道理可讲。将大喜大悲消融于无声无息的生活中，挺住意味着一切，这是一种悲壮的大丈夫气概。人到中年，王元中的诗保持着其应有的成熟和韵致，他的诗少有哀怨，却有时不乏凄美与壮阔，平淡中暗藏峥嵘气象，这背后还有不愿深究的忧愁和痛苦。他是一名教授，道德理想、生活秩序，还有一地鸡毛的泼烦，时时刻刻在雕刻着他。诗歌于他，有时是寄托，有时是规避，但他需要诗歌，这是他的心灵与世界沟通并借此实现救赎显在而隐在的通道。

《渭河南岸》不能代表王元中诗歌的全貌，此本集子保持了他对故土家园专注而忠诚的书写，无关此题的诗一概排斥在外，因此部分诗作的情感重复和建构雷同也无法避免，特别是创作时间密集的一些作品尤显如此。岁月催人，乡愁日深，他有一种时不我待的紧迫感，他对故乡的吟咏和追忆仍将继续，他对纷繁生活的诗意表达仍将继续。我们期待他的其余诗作早日结集，期待他的诗作呈现出更加丰富，更为广阔的生活经验与诗意情怀。

讳莫如深的虔诚与高贵

在一个周末的早晨，冗长的会议间隙，高彦堂先生递给我一本淡蓝封皮的诗集，作者是宋敏，翻开题签，已经是四月之前。由此看来，宋敏诗集出版的这一消息只在朋友间秘密传播，如同在传播一个平凡的消息，偶尔被忆起，常常被忘却。在我的记忆中，这就是宋敏对待诗歌的态度，久而久之就成了我们对宋敏的态度，一个随性洒脱的“乡村知识分子”，他散淡、阳光、幽默，他对生活鲜有计较和挣扎，但总有些微的愤世嫉俗，旋即又归于平静。

早年宋敏的诗歌卓尔不群，在圈内是大家公认的。20世纪90年代中后期的大学校园，诗歌创作气氛依然炽烈。宋敏是高我两级的文学社成员，社内活跃的一批诗人，似乎深受海子、西川、戈麦等人的影响，他的诗具有浓烈的抒情气息。海子等诗人所醉心的大海、麦地、骨殖、死亡等冷酷意象在学生群中有一种令人望而生畏的深刻，模仿和学习是必然的，有好些人陷入寻章摘句的拼凑，有些人囿于单薄的个人小情调，最终要么早已和诗歌分道扬镳，要么苟延残喘延续着絮絮叨叨的小抒情，最终没能走下去。唯有宋敏、段靖几个，貌似玩世不恭，把写作看得不是那么重，沉迷于自产自销的小乐趣，偶尔提笔，诗作却各有千秋，段靖长于使用清新雅致的诗性语言营造唯美的意境，宋敏却长于捕捉突兀的意象直击内心，大有化腐朽为神奇的敏锐和深刻。

正如宋敏所说，他常常隐藏自己的诗人身份。一个诗人，活在当下，几乎是一个怀揣隐私的异教徒。海子有一句诗“一个身穿雨衣的人，来到一座干旱已久的城”，这种漫不经心的错位，真是让读者的想象力无处驻足，一个人荒唐、怪诞但习以为常的举动，必然是事出有因的。诗性情怀委实是需要隐藏的，人的绝大部分时间和精力，须要顺应俗世朴素的庸俗的秩序运行，如何在庸俗生活细碎的磨砺中使自己的灵魂安妥，保持平衡并避免诗情的泯灭，实在是一件难事。

宋敏选择贴地行走，沉入定西大地绵延不绝的琐碎与泼烦[①]。他在生活层面上选择了突围与超越。他在较长时间的乡村中学任教后，考入兰州大学读研，毕业后回到定西在电大执教。用他的话说，是规避了“学术”之路，回归诗歌之途。但宋敏多少年来不重视投稿，不参加任何诗歌大赛，作品也不入选各类诗集，因而也未进入圈子。他在诗歌界是不为人知的，当年大家热衷于在《星星》《诗歌报》等报刊上发表诗歌的时候，他很少投稿，在甘肃省的各种诗歌活动中也不见他的身影。多年来，在国内相比于其他文体，甘肃诗歌有着比较好的区域优势，所谓甘肃“诗坛”，

①泼烦，甘肃方言，表示很烦的意思。原为文言文词语“颇烦”，但后来由于地方发音不一致，有被写作“破烦”“泼烦”的，因此而演变为方言。

多年来也有一种画圈归队的民间习惯，河东河西，中心边缘，高中低老中青三六九，也有那么些耳熟能详的人和事，也有过几次阶段性的结集，但一直没有宋敏的身影。我就此怀疑宋敏的诗歌写作是否早已中断，但《雪上的墨迹》告诉我们，他的创作从来没有停止过，他从来不愿声张的诗学追求在经历着漫长的发酵。

“精神返乡”和“身份认同”等等似乎都不能很好地概括他的写作，就连他自己确认的“心灵拯救术”都不足以准确揭示宋敏诗作的价值。诗歌的魅力毕竟是文本的魅力、语言的魅力，某种思想或者情结可以成就诗歌的精神厚度或认知价值，但这只能在作者一步一个脚印的创作历程中得以印证，而不是诗歌取得成功的秘诀或捷径。一句话，诗歌没有先入为主的可能性，诗歌是诗人或断或续的精神传记。

“最好的诗表面上看上去只是表述平常的现象，但是这个现象当中会使你感悟到有很多超越于现象本身的东西，隐藏在这个现象周围的幽暗的东西，形而上的东西，当然是所谓理论无法分析的东西。离开这个场就不存在了。”因为生长在同一片土地，《雪上的墨迹》使我获得了久久未有的震颤，这些触手可及的田禾沟壑、山坳陋巷、谷物农事经由宋敏笔端流出，有一种久违了的亲切，一种恍若隔世的忧伤，“秋天的麦场/北斗之下的打麦场/白露为霜/丰收之后/碌碡雪藏”，“丢在麦垛边的手套/沾满泥水/与黎明上山时/完全两样”，“一群羊/围着一摊雨/但谁都不肯先下口/这是我在高原上/看到的最动人的景观”，“两个大妈/拄着锄头/隔着山墙/说了一晌午的庄稼”……这些一闭上眼睛便历历在目的陇上人事，这些和泥土已经融为一体的乡亲们，很多时候是我们胸口的痛楚，是我们内心的禁忌，如何描写和歌颂，是一个写作者艰难的命题。我反对一切所谓乡土诗歌的空洞吟唱，我反对那些将陇上风土引以为奇观的夸张吟诵，沉默的定西、衰微的定西、谦卑的定西、热爱她的人才能心领神会的定西……只有一个在定西的漫天黄尘中躬身来往几十年的人，才会理解定西，“十丈悬崖、万里黄土”，定西的“诗意”最终是令人沉默、令人“无言以对”的。

好的诗歌不可多得，也会不期而遇，宋敏的诗歌写作已经二十多年了，但是集子收录的所有作品，整体表现了作者的一贯风格。不同时期不绝如缕的对定西的观照和书写，一如既往地对定西的审视和感怀，他的诗风和诗歌质量没有大起大落，而且绝大多数诗是第一次面世。这样一种淡定从容却决不放弃的写作行为，令人肃然起敬。二十年来一本集子，不算高产，但是宋敏向往的岂是高产，他就像定西的农民一样，抬头望天，低头犁地，祈盼浇灌庄稼的一滴雨。定西人不指望一夜暴富，他只是渴望风调雨顺：“幸福来得自然而然/痛苦只需顺水推舟”，“辛苦像风雨一样/要一生承受/幸福像麦子一样/要连根拔起”，“喊一声定西/嘴里含着沙/眼里噙着泪”。宋敏之诗保持了一贯的内敛，纯粹与高贵，实乃沧桑故土之精魂，俗世庸常生活之丹果。

我很喜欢宋敏二十年前的一首《蜘蛛》：

…………

那时候

我们都已老去

回想起前世虚妄的阅读

有一段时间

我一言不发

突然无语的境界是不是恰到好处的境界?

文源圣地的精神命脉

——《祖脉天水》的思想意义与认识价值

中华民族有着五千多年连绵不断的文明历史，创造了博大精深、光辉灿烂的中华文明，为人类文明进步做出了不可磨灭的贡献。这一古老文明“源远流长，一脉相承，但如果要探寻她的缘起，就必须重返中国西北一方名为天水的土地”——央视《探索发现》栏目近期播出的四集纪录片《祖脉天水》，为世人讲述了古城天水的前世今生、来龙去脉，揭示了这片古老而神奇的土地“孕育伏羲文化、成就大秦帝国、铸造英雄时代、见证佛教东传”的壮阔历史和动人画卷。

何谓历史？科林伍德说：“历史的知识是关于心灵在过去曾经做过什么事的知识，同时它也是在重做这件事，过去的永存性就活动在现在之中。”[①]中华之大，举凡各地，总有当地人引以为豪的人事物产、典故遗迹，时间永在流逝，历史风云激荡，曾经的金戈铁马最终会被“雨打风吹去”，往日的辉煌气象只剩萧瑟秋风，许多“历史”只能在博物馆里、在考古文献里、在教科书中，

①R. G. 科林伍德：《历史的观念》，何兆武译，中国社会科学出版社1986年版。

向我们叙说着过去，我们可以聆听和阅读，也可以转身走开，因为许多历史并不影响“当下”。《祖脉天水》以宏阔的视野、高远的立意、唯物主义的历史观，对丰厚博大的天水地域历史文化进行了精当取舍和精准概括，道出了天水历史文化的主线、魂魄和精髓，观之有令人耳目一新、眼前一亮之效。

文化是一个民族集体记忆和精神积淀的深刻体现。中国民族之所以能够延续多民族统一发展的大格局，其主要原因在于民族文化的巨大生命力和延续性，这就是科林伍德坚持认为的一切历史都是思想史的原因。中华文化是中华民族最深沉的精神追求之积淀，其中包含着中华民族最基本的精神基因，代表着中华民族独特的精神标志，从而为中华民族生生不息、发展壮大提供丰厚滋养。天水虽地处西北一隅，但因孕育了伏羲文明而成为中华文明的源头，这是历史赋予这片土地的巨大福祉和无限荣光。伏羲的古老传说与大地湾遗址的珍贵遗存，佐证了伏羲在洪荒初开之际开天辟地的伟大功绩，为中华文明的发展方向和形态奠定了基础，也体现了中华民族在远古时期所达到的智慧高度。伏羲是华夏民族的人文先始和福佑社稷之创世神，已为众人皆知；而大秦帝国在天水忍辱潜伏、负重砥砺，历经数百年逐步崛起的漫漫长夜，则是鲜为人知的。天水是秦帝国的摇篮，而天水养育的不仅仅是一个诸侯，秦的崛起是民族精神和中国政治文明的典型标本。这种隐忍与坚持、不言放弃、不断思变图强的精神与理念，深刻影响了后世历代统治者治世养民的行与思，从而为中华大一统奠定了思想基础，这就是一种精神传承，一种祖脉——血脉相承的精神基因。《祖脉天水》对大秦帝国先祖在天水隐秘历史和曲折经历的详细考证，使得我们对天水历史的认知更为清晰，更加逼近历史的精神内核与客观本质，这一选择，有别于众多流于表象而且浮夸的“宣传片”模式，规避了盲目自大与历史虚无主义两种极端的历史观。

历史上的天水兵戈扰攘，战争频仍，留下了无数铁马冰河的英雄故事，其中尤以三国战事最为跌宕曲折。诸葛亮北伐的悲壮故事是英雄史诗和英雄时代的缩影，他复兴汉室的雄心和壮举始于陇右，英雄扼腕、壮志未酬的悲剧也终结于此。历览街亭、木门道、天水关的古道残石，成败兴衰的苦乐便触手可及。战争与和平、正义与邪恶、人心与天道，冥冥之中昭示着说不尽的迷茫与遗憾，家国情怀与自然之律，有变数，也有宿命。《祖脉天水》以详尽的资料讲述了在天水大地上上演的三国战事，也讲述了“英雄时代”的常态与公理。活动在天水大地上的豪杰人物和战争故事不止于三国，但该片独取此段详加剖析，是因为没有比三国战事更加惊心动魄、更为引人入胜的了，说天水大地“铸造了英雄时代”，当之无愧也。

许倬云在论及中国文化区划分时有“黄土中国”与“长江中国”之分，意即南北文化之分，北方的黄河黄土文化孕育了循规蹈矩、守分安命的儒家，在南方则出现了多思辨、善辩证的老庄。以秦岭为界，南北文化虽似隔离却能持续不断地交流、冲突，相互刺激，终于成为中国文化的主要地区。天水地处中国地理版图的几何中心，位居秦岭余脉与西域大漠的过渡地带和长江黄河的分界区域，自古为西出长安的咽喉锁钥、东西交融的重镇。天水地貌南秀北雄兼具，黄土沟壑与林莽草滩交相错综，充分体现了天水南北文化交融的特点。以麦积山为代表的佛教石窟雕塑群，是天水弥足宝贵的历史遗存和文化奇观，它见证了佛教东传漫长曲折的历程。寂静的荒野铭刻着恢宏的庙堂，精美绝伦的雕塑艺术品体现了古典艺术的高妙精华。窃以为，麦积山石窟艺术，亦在不自觉地显露出天水作为南北文化交汇之地的特有艺术风格和审美志趣。大量石胎泥塑，兼具北方雕塑艺术的雄强刚正，又有南方景色的阴柔秀美，既有具体写实，也有抽象写意，意蕴深远，美不胜收。一方水土孕育一处胜迹，一颗明珠照亮千年古城，《祖脉天水》不单停留于对艺术品的鉴赏阐释，而是以独特的视角、优美的语言，将麦积山的前生今世娓娓道来，使观众在完成艺术享受的过程中，对这座“东方雕塑艺术馆”的历史价值和艺术魅力有了全新的认识和深刻的记忆。诚如《祖脉天水》片尾所言：“古老而神奇的天水，在中国的历史与文化中，烙下了不可磨灭的印记，历经了数千年的承嬗离合，它成了东方的文源圣地。”

“求木之长必固其根本，欲流之远必浚其泉源”，一人一地，一域一国，其发展进步的精神命脉，归根结底在于历史传承与文化传统。只有我们坚守和继承这祖脉之根，才能在文化激荡的时代氛围中站稳脚跟，才能在引领发展先进文化的道路上获得更加丰厚绵长的动力，才能进一步提升文化软实力。《祖脉天水》就是一部探寻地域文化的血脉精魂，提炼和弘扬古城天水精神标识的难得佳作，我们期待着更多的人通过这部片子读懂天水。

淳朴的异议

再见晓春是在2006年的正月，我刚从乡下回来。小城天水烟花叫嚣之声和酒肉飘荡之香正酣，我迟缓的大脑却净是老家残破的门框上“天增岁月人增寿”的大红对联，我仿佛乘坐一辆报废的时间的车，迟缓地行进在逝去岁月的惆怅里。或许和自己的虚掷岁月、一事无成有关，我痛切地感到春节是可怕的，天增岁月倒也罢了，天仍然是天，人增寿却是可怕的，过了这个春节我的腰杆里扎扎实实地揣回来了三十年的岁月，不知道是谁讨厌地留了这么一句话“三十而立”，这让我的春节过得格外不踏实。

再次见到晓春，这个让我鞭长莫及的浪子，似乎已经在筹划如何出发了。许多的流浪者在离家的那一刻起，就想着何时回来，晓春不一样，他的灵魂永远行走在未知的陌路上。

早在2000年，晓春在极端困难的情况下出版了他的杂文集《伤逝集》，这本不足20万字的集子，汇集的是他成稿于20世纪90年代末期的杂文和部分散文。逝者如斯，伤者永怀，翻检他这些简短、锐利而率性挥就的“马上日记”，我发现世纪末的毛晓春，他的日子几乎是在文字中度过的。这些日子大概是他人生最不堪的时期，我不止一次地去过他居住的那间宁静而简朴的小院子，绿丝垂地，蜜蜂嘤嗡，暗淡的居所透出古墓般的清凉，他埋头在一堆堆的稿纸中间，喃喃诉说他的忧郁和追求，那时候他已经放弃了一份当时看来并不错的工作，决计走上被亲人朋友看来不务正业的不归之路。我们相聚时，常常会因为一个人、一句话或一本书而兴奋不已，争执不下。我们有基本相同的道德理想主义的倾向，虽然在我看来，更加崇尚一种黄钟大吕般的“铁血”文章，因此内心并不屑于他所从事的琐屑的短章，但晓春的执着，让人感到有秋菊捡点辣椒准备进城告状的可怕执拗，大有谁也无法阻挡我的劲头！他时常在筹划“总有一天”如何如何，我在敬佩之余却有些担忧。现在回顾他走过的路，再看看他集腋成裘的集子，自然是十分感慨的。人，偶尔思考一次并不难，难的是坚持不懈的思考。尤其像我们这些决心很大、本事又很小，梦想发大财又害怕丢工作的人，唯唯诺诺地活着，青春就这样掉进了灰尘，伸手摸到的，只是满把满把的空虚。

2002年，晓春的第二本集子《生命风景线》出版了，在他的催促下，我以“亦歌”为笔名给他写了简短的序言，“亦歌”者，亦哭亦歌，那是我最最困难的时期，晓春也在我们地方的晚报当记者，后来悄然离去。大概是那个时候，他开始了自己艰难的“东征”，我却开始了长久的沉默。《生命风景线》依然是他写于20世纪90年代的一些杂文，和《伤逝集》相比，有些作品写成的时间更早，不同的是有更多书写故里风情、抒发亲情友谊、回忆故人逸事的散文，其中可以亲切地觉察他这些年的心路历程、物事感怀和冷暖体验。

2005年7月，一本名字为《智者无为》的书邮寄给我，这是我和晓春音讯断了两年之后的唯一消息。《智者无为》仍然坚持了以往的风格和取向，可喜的是他对人心卑琐、精神空虚、欲望横流、世风日下的批判已经显得更加深入，更加峻切。晓春在异地的艰辛我是可以想象的，他曾经不无感慨地说，当他感觉走投无路的时候，就一个人站在最繁华的立交桥上，看过往的车辆，感觉到在大城市里，我什么也没有……这就是毛晓春，永远坚持生存和精神的双向思考，互相依存又互相分离，不以物喜，不以己悲，始终保持不变的乐观和坚韧。

抚卷回眸，我真心为晓春这些年的心血之作能够相继成册而欣喜，为他在艰难的人生之路迎来微茫的曙光而庆幸，行进在路上的流浪者，必然更加在意以后的征程和方向，我愿意谈我自己固执的杂文观念，作为对晓春的期待。

晓春的杂文，充满决绝的判断和拷问，也充满历史中人的诗意生存的浪漫情怀，充满对人的理想与追求的肯定，甚至包含着人生无可奈何之后的隐痛。因此，他在这个文化失范的年代感知了文化转型后留下的文化落差，但他的脚下仍是深沉的农业文明的背景，所以，对物欲的否定和对文化的商业化的反感，对传统道德遭遇亵渎的愤激，构成他最耀眼的批评主题。余杰在引述托克维尔的话时说过，“对于当下的中国来说，商业的兴起和商人的出现，无疑是一种进步的标志”，这句话我觉得对我们有很深刻的启示，在社会变迁中，不加思索的道德批评，很容易变为对旧道德和旧体制的招魂，这样，一不小心就会浸染文化保守主义和文化专制主义的通病，让本来力主正义的批判变为妇人之仁和匹夫之道。

晓春以一个流浪者的身份进行观察和思考，他不会因为因袭的重担而屈从于某种偏见，丧失掉真正的精神个性和独立人格，但是不能否认，他对文学的评论影响了他的深度思考。基于传统的是非观念和社会表层的简单肯定与否定多，独特而深入的思考少，好多东西是似曾相识的质疑和呼号，让人恍然大悟的迎头痛击少了些。不得不承认，现在是以个性主义消解集体伦理的思想不断开花的时代。许多的业余写手和“地下”思想者的崛起和坚持逐渐成为不可忽视的社会认知导向的推动者，他们让一些精英空前地暴露了其局限。杂文，不是玩世不恭的轻率调侃，不是声嘶力竭的自我宣泄，不是幸灾乐祸的怀疑与否定，晓春有朴素的爱国情怀和民本立场，但我希望晓春能最大限度地吸收来自各个层面的知识和警示，最大限度地开发自身的潜能，以自己力所能及的笔力秉笔直书。

路上更觉故乡遥远
——杨玉林诗歌印象

诗人和诗歌的落寞已经是一个令人疲惫的话题。由于我们所遭遇的这个时代带有对禁欲时代刻骨铭心的记忆和仇恨，从而无所掩饰地全面转向对商品和物质暴涨的欲望之境，文学，尤其是诗歌，被挤逼进一个空前黯淡和狭窄的存在空间由来已久。纵然写诗是一种安全的纸上游戏，但时间之水总会搁浅无数曾经痴情而悲壮的诗歌写作者，于是我们习惯于在写诗前面冠以“坚持”二字。在小城天水，在“坚持”者的行列中，近年来有一群年轻人颇为活跃，杨玉林便是其中之一。

杨玉林以及和他一样出生于20世纪80年代前后的写作者，显然有他们的个性，他们试图不做时代孤独的局外人和另外一个世界的守望者，他们活泼、热情、敏感，他们活跃于网络世界，习惯于开放时代的消费品格和交流形态，但他们能在自身心灵的独处幽居中坚持诗歌的寂寞劳作。杨玉林的诗歌创作开始于学生时代，近十年的创作，一路记录和抒发的，是一个走出农门的懵懂少年，在人生与自我的双向选择和双重磨砺中，不断地思考与体悟，渐趋成熟。他的诗歌，大体有三类，一是纯真而精致的关于情爱的体验和感怀，一类是抒写早年艰辛而朴实的乡村生活经验以及与此有关的童年记忆，再有就是近两年关于行旅感受的作品。

诗歌的抒情特性最易和青春的梦幻与爱情结缘，玉林早期的爱情诗虽显稚嫩，但从其质朴热烈的抒情中，已经包含对语言尽可能的陌生化和纯粹性的追求，他从一开始就力图抛弃人云亦云的呓语式抒情和春花秋月的点缀："你记住我也好，最好是忘记／和这个城市道声离别的时候／这漫天颤抖的雪花，我只摘一朵／把它安放在幸福常常走动的地方"。在他所触及的事物中，一种宁静、坚韧的意象开始出现，精致的想象和接近神秘的体验逐渐让其诗歌拥有个性。"一棵树，挂满了殷红的果实／少女站在树下，第一次／离成熟那么近。"平静的叙事使诗歌意象之间产生自然而和谐的粘连，与其说是一种技巧的进步，不如说是想象力和感知力的成熟。"我的想象，在秋天一隅，加深季节的颜色／是被记忆切割成碎片的玻璃……"诗歌的目的不是创造哲理警句，但诗歌语言在把思想深度和情感深度消弭之后与语言原生状态构成新的对应关系，一种一致性，使诗歌保持了童贞、纯洁。"行李有时就是方向 ／脚步永远是故人"，正是这种敏锐而新鲜的语言感觉，让玉林始终具有探索和尝试的动力。

在玉林的大量诗作中，乡土情怀或乡村记忆构成很明显的抒情印记。"谁也找不到这个缺水的村庄／它不过是一只穿过补丁的针眼"，诗人总是备受情感折磨的人，旅途坎坷，人生负累，乡恋乡愁无时不牵动着诗人们的敏感神经和脆弱感情，成为一种奢侈的精神折磨和卸不掉的情感重压，"不要再在佛面前祈祷了／您的

腰疼　不能再弯了　母亲／您就是我心中永远的佛／我蜷睡在怀中聆听天下最慈悲的声音”。故园情结绵延成一条采掘不尽的诗歌情感矿脉，玉林下意识地采掘它，作为他对生活自发抗争和情感平衡的自觉选择。

城市生活是现代文明的投影，现代文明却遭遇了大片的精神沦陷，精神倦怠，情感麻木，总是我们共同的遭遇，尤其是城市化整体推进的大浪中，作为个体，总会面临更多的尴尬和挤压。玉林在怀乡恋旧的同时，大量抒写了一个精神浪人的困惑、悲辛和酸楚：“秋天就这样来了，如此简单、平和／笨拙的身体　绕过了夏天长长的走廊／是一个出了趟远门的人　回来了／满脸严肃　它没有带任何礼物／坐在了去年一直坐过的位置上”。

诗歌于我是一缕残梦，一种奢望，我想，无法打动自己，就选择沉默和静观，但我对玉林他们赤诚的创作热情深感羡慕和欣慰。玉林嘱我评论他的诗歌时间已经很久了，忙是一种借口，我总是在期待一种诗意的状态来解读和品味他的作品，就不会言不由衷。在潇潇秋雨宁静的包围中，我再次阅读了玉林所有诗作，感动和欣慰之中，我们似乎在共享一种无法返回的温馨。我希望玉林能继续保持他旺盛的创作激情和始终如一的探索勇气，从脚下的土地出发，尝试以多种声音和角度抒情，努力以意象和超现实之物作为书写对象，通过更为深沉的体验与思考和更为锐厉的语言，注重捕捉和传达隐秘情绪，在喧哗和骚动中沉静下来，以宁静的心穿透时间和生存，把自己的智慧、理性与情感通过作品植入广袤的大地。

流年碎影中的点点情思

《惠风筱影》诗稿传至书箧中已逾半年，每每欲下笔却思虑难凝，首先来源于我对古体诗词的隔膜，我几乎没有古体诗词的创作经历和经验，对于声律之学更是从未用心。屡屡推却，却遭强烈“反弹”，吾之为文，向来刻薄，马星慧这样一个艺术唯美主义者，敢于将她的心血之作送我点评，胆子不可谓不大。我向来不善于做言不由衷的锦上添花，但是，凡答应评论的作品，必须做尽可能细致的阅读，阅读《惠风筱影》基本上用了我一整天的时间，马星慧自称“二日一诗”，五六年间，集腋成裘，集珠为玉，也算蔚为大观。诚然可贺也。

马星慧经营古体诗词已有多年，她创作最勤的2006年前后，正是天水文友汇聚《中财论坛》最热闹的时候，那期间聚集在杂文、散文版的人比较多，指点江山、激扬文字，动辄怒目相向，情急之下剑拔弩张、臧否诋毁不一而足，马星慧却和诗词版一帮文友文质彬彬地以诗词唱和，那时候我觉得她吟风弄月的闲情逸致更多一点，闲来“赋诗一首”，毕竟是一件小摆设，并没有引起更多的注意。岁月荏苒，几年后她举家南迁，音讯渐无，我亦早早离开中财。南国古都，自有别样的人生，“苑方秦地少，山似洛阳多”。马星慧的诗词，见到的愈发少了。今年初，忽然收到其诗文合集《惠风筱影》，并一再嘱我述评，一并刊出。展卷阅文，感慨之，忽忆太白诗句：“并随人事灭，东逝与沧波。”岁月滚滚惊心，历览旧作，频见当年匆匆过目的篇章，恍如昨日，寄寓人生情怀，莫如诗词之不朽。

马星慧出身农家，早年执教乡里，随后由城市到乡村，从西北的寒山瘦水再到江南水乡泽国，这是一条幸福而幸运的道路。她虽然离开了讲台，但并没有离开校园，对于人生，她是勤勉的亲历者，对于社会，在我眼里她基本是个热心的旁观者，我时时惊讶于她类似孩童的纯粹，还有与这物欲社会格格不入的精神洁癖，所以她的诗作中，性灵、本真的东西比比皆是，可以说这是她烙印在诗词中的灵魂。在她的话语世界，亲情、友情，同情、悲悯，对乡土家园痴情的留恋，对年迈双亲的牵挂，还有她无法节制的母爱，对朋友的真诚，处处可见流年碎影中的感喟，旧梦遗痕中的忧虑。

中国旧式士子出而问世必须具备四个条件：一团和气、两句歪诗、三斤黄酒、四季衣裳。诗词酬唱与笔墨抒怀，大抵是读书人的基本功。在今天，道貌岸然的学究文章不绝如缕，愤世嫉俗的“愤青”文章比比皆是，玩世不恭的美女作家层出不穷，你要叫一个自觉有点才情的女子埋头于古诗，很多情况下毋宁死！当然，中国之大，勤奋创作古体诗词的人依然不乏其人，但古体诗歌在总体上显得落寞是不争的事实，一个人能够在当下环境中静心执着于古典诗词的创作，是幸福的，也是可敬的。

我首先要敬仰马星慧对于文学的虔诚、敬畏，这也许和她教书育人的职业生涯有关，但不尽然。有才情的人太多了，但他们未必就有这种敬畏和虔诚。依靠技巧与智慧写作者，是在制造一种炫目的产品，心灵早已隐遁或逃逸。他们常常信誓旦旦地上路，骂骂咧咧地退场，最后将文学贬得一钱不值，仿佛他们的人生毁于一场游戏。马星慧，一个对文字敬畏、虔诚的人，她的心灵永远在现场，在字里行间里；她的生活与文字和谐相处，相得益彰，她是一个诗意栖居的幸福的人。在这一点上，我自愧不如。

因为虔诚，所以执着。这些年，马星慧诗词作品基本上发表在国内重要的诗词刊物上，这对于马星慧来说，是一种成功与荣耀，虽然她的一段情思也许会隐藏在众多出版物的一个小角落里，但是她，以及她的读者，在悄悄分享这种愉悦。这是一个不求闻达的写作者最大的快慰，也是诗歌应有的位置。

性灵说的鼻祖袁枚说："情至不能已，氤氲化作诗。"诗作为抒情的艺术，自然应该"自写性情"，并认为"凡诗之传者，都是性灵，不关堆垛"。出身农家的马星慧，在诗作中难以自抑地抒发的，便是一种游子思乡的质朴情感，这是最感人、最醒目的。西北高原的阴晴雨雪、寒暑易节，默默牵动着金陵郊外一名乡村知识分子的心。"敢吞千种苦，不诉万般愁"的父母，"可怜昔日裁缝手，无奈今朝酱醋锅"的姐妹，是她永久的牵挂，"桃乡三月雪皑皑，望处凝眉思处哀"，"雪融心躁西北眺。归期预定柳烟朦，因之怕见春来早"，思乡、忧农，孝亲、爱老，如影随形，"情至不能已”。马星慧书写较多的，当然还有亲情、爱情主题：“无赖黄莺偏醒早，歌声溅透碧纱窗”，含蓄委婉；“心音起处琴弦断，空待高山碧水鸣”，境界空灵；“今宵半醉半疏狂，星写相思月盖章”，思绪飞扬；“欲说谁晓，爱女还年少／奶气犹飘意绪柔，娇颜嫩肉又萦眸／唤来爱女唏嘘罢，对镜娘三比个头”，情真意切，读之不禁莞尔。这些作品，捕捉精微，从细小处切入，或倾诉相思，或缠绵追忆，或撷取片段，皆真挚浑朴，颇富情味，犹如纠葛的藤蔓中悄悄生长的隐秘心思，“氤氲化为诗”。古罗马诗人尤维纳利斯（Decimus Junius Juvenalis）说：“愤怒出诗人。”诗人与现实世界往往是不妥协的，换言之，批判和揭露是知识分子的使命，但马星慧安于做一个小女子，当然她也有时会不由自主地表达对社会中种种假丑恶的不满，但她只限于自言自语的嘲讽，却无不体现出古道热肠、悲天悯人的善良品性，“堪叹金陵繁盛地，几家尚在补辛酸”，“此桥莫道天生就，多少劳工命铸成”，“谁为学童开一路，任其奔跳任其欢”……这实在是：“兴观群怨者，可信，温柔敦厚者，不可信”，“数过故居偏不谒，东塘笔下假楼台!”，“祖国华诞全民贺，亲母生辰几个知?”——只有一个“人爱人”的社会，才不至于礼崩乐坏，这个先天具有稚子之心的人，不经意间道出了对假大空话语的反感。

才情多为先天禀赋，世间的才子实在太多了，或因发泄太过而流于刻薄，或因随波逐流而流于浅俗，才与不才，鸣与不鸣，如人饮水，冷暖自知。我不得不说，马星慧的诗词，还有很多不尽如人意之处，或许先前早已指出，但此处不妨重提。袁枚对黄庭坚的诗词很是反感，他列举了历史上许多诗人批评黄庭坚的话，包括魏泰、王弇州、苏轼、林艾轩，皆指其诗风瘦硬峭拔，用典生僻，尤其王弇州，称黄诗为“驴夫脚跟、恶僧藜杖”。“诗文之作意用笔，如美人之发肤巧笑，先天也；诗文之征文用典，如美人之衣裳首饰，后天也”，袁枚主张性灵，并毕生为之孜孜践行。他从随园担粪的农夫口中受启发，写出“霜高梅孕一身花”的佳句；从野僧处偶获灵感，写出“只怜香雪梅千树，不得随身带上船”的名句。担粪的农夫早已湮灭不知，袁枚的佳句却千古流传，为什么？这就是诗人之所以是诗人，只有慧心和灵气才能将庸常俗物、尘世情愫上升为艺术。所以，鲁迅说，袁枚之《随园诗话》“不是每个帮闲都做得出来的”。总之，日常情感的抒发，要锤炼到清新隽永，流转自如，飘逸玲珑，比之黄庭坚佶屈聱牙的“驴夫脚跟、恶僧藜杖”，不知要难上多少倍！马星慧好多诗，还是缺少孕育锤炼，略显粗陋，影响了作品的整体格调和品位。“觅觅复寻寻，难宁躁动心”，略嫌重复累赘；“凉调爆炒还包饺，别样情怀漫品尝”，显得琐屑而缺少韵味；“才自超群品自高，科研人事两操劳”，过于直白轻浅；“目睹花圈欲断肠，未知怎遣意彷徨”，作为悼亡诗，缺少推敲，立意用典苍白，抒情效果顿减……凡此种种，不一而足。集子中好多诗词，应多加锤炼，多些婉曲迂回，字词意象之间，应留有更多回味想象的余地，不可过于局促，过于直白。我相信以马星慧之虔诚和勤奋，会有更多优秀的诗作奉献给大家。门外谈诗，一孔之见，望作者择善而从，若有些微裨益，则为幸也。

是谁抽走了我们的秘密和尊严?

苏敏为诗歌和散文付出了长久的努力，他早期诗歌中呈现的一种思考的敏锐和独异，传达体验时的审慎和陌生，以及对形而上层面的不倦探求，都是非常令人惊喜的。我很久以来缺少对诗歌的关注，这些年他文字中刻意追求的散淡和从容，以及口语化的尝试、意象的游移转换，延续了他“新形势”下的写作。是的，形势变了，这个形势就是一帮诗人已渐渐步入中年，我们过去心向往之的知识分子写作，以及咯血式的精神爆炸，在这个时代遭遇到的阅读命运早已不堪，苏敏就是把他的诗情化整为零，或者撤离了诗歌的梁山城寨，他的诗歌游击战至少保存了诗歌的革命事业的星星之火，苏敏将写作看得那么重，延续诗情比著作等身更重要，但是这也不能忽视他的写作野心，谦卑者的野心是一种秘密。

不久前苏敏发给我一篇小说《麦换》。这是我所读到的他的唯一一篇小说，一个像模像样的小短篇。捂了很久，终于在一个稍得闲暇的上午一口气将之读完，我觉得很好。我不喜欢把这两个字轻易送给别人，不管对方在乎还是不在乎，然后苏敏对此表示了足够的喜悦，并且拖着输液的右掌在手机上摸出了好几行欢喜的文字。似乎再絮叨几句，才对得起苏敏的郑重其事。

《麦换》写的是一个农村少妇平常平静但微波荡漾的清苦生活的一两个片段，这样一个题材可以烂俗也可以高妙无比，他的选题对他的细节能力给出了充满风险的考验，事实上苏敏完成得很好，我觉得他这篇小说至少已经到了当前小说的平均水平，也就是专业文学期刊屡屡面世的短篇的水平。

麦换是一个嫁人不久的小媳妇，一个早先遭人抛弃不得已退而求其次嫁了别人的小女人。她的公公和丈夫为了生计在某个夏天远走关中去当麦客，独处的麦换在她清苦的小日子里遇到了一些小小的麻烦。

首先，位居长辈但年岁相等的邻居黄毛，给她带来一些小麻烦，这点小麻烦简直不算什么，孤男寡女血气方刚，低头不见抬头见，互帮互助你来我往，在麦换心里，是涟漪也许是波澜。一花一世界，最细莫如女人心，对一个少妇心理活动的细微把握及精确传达，是最能考验一个作家的功力了，最擅长于此的莫如贾平凹先生，苏敏在有限的篇什中做到了“很好”。我起初担心，苏敏会兴致勃勃地把这个墙角的向日葵写成参天大树，渲染成一个惊心动魄的乱伦故事。谢天谢地，苏敏懂得节制，他把这个秘密点到为止。小说可不可以这样写？完全可以，但要符合人性发展的必要性和合理性，人物活动的矛盾程度就是性格复杂性的深度，有限主题的开掘，或者作者艺术体验的深度尚未达到时，作者应该对人物保持敬畏和尊重，主题先行会扭曲人物，最终的结果是导致人物形象的虚假。苏敏有自知之明，他尊重他的人物，而且拿捏得极有分寸。比如，黄毛作为邻居来找麦换，却遭到小狗花花的阻拦。“黄毛气不打一处来，看见花花蹲在麦换的骚屄子下面摇尾巴，一丝色情的联想过后，脸上非常严肃和愤怒。麦换尴尬得很，甜甜叫了一声‘二大’，给了黄毛一个带露水的桃，说道：‘二大，不逛会又要耕地去啊？’问完，就又踮脚上凳子去摘桃，她在凳上一扬胳膊，扯起下衣摆来兜另一只手摘下的桃子，肚脐眼晾在外面白花花一片。黄毛盯了一会儿，她回头看时，黄毛将桃子吃得满嘴都是口水，不由得脸红了一片。”

麦换又遇到了另外的麻烦，跋山涉水担两框桃去城里卖，却跌进河里变成了落汤鸡，这是一个小媳妇最难堪的遭遇，她的尊严面临了一次考验。她硬着头皮卖完了两框桃，却在无意中发现了曾经的恋人，狭路相逢形同路人，恋人还牵着一个大腹便便的孕妇，她以这样一种形象进到城里见到旧恋人，她的秘密和尊严再次遭到侮辱和损害。“麦换心情一下子落到了十八层地狱，料张炳麟也是瞅见她的，但人家是谁呀，窄路就这么让过去了，连个影子也没撞到一起。”

回到家的麦换，经黄毛指点，方知相依为命的猪仔发情了，发情就要配种，麦换想到了黄毛，“但猛地想到那天凳子上摘桃，心里就不由得有了心事，还是下了不求人的决心。”这种纤细、敏感、自持的隐秘内心，读之令人会心一笑。

麦换终于收拾打扮好自己，动手牵着小猪去配种，可小猪一进城却在县城交流会彩票销售现场胡冲乱撞，在混乱之中被警察开枪打死。麦换无奈之中去上访，阴差阳错中却获得了奖励一只小猪的补偿，但很快她知道，这是“有关部门”为了宣传彩票，赐予她一个微不足道的奖励，目的是拿她当彩票宣传的活广告和诱饵。她被不由分说地推上宣传车，和粗俗不堪的马幺幺一起游街，遭人调笑，最后她还被娘家人认出来了，最后也被黄毛认出来了。小说写道：“麦换想放开嗓子大声喊：‘咩咩死了，警察开了三枪’，她还想喊：‘我实在不愿意抱个猪娃站在这里，高处的风要把我的腰刮断了，站得我想死的心都有了，想跳车的心都有了！’”可彩车冷漠地从黄毛身边挤过去，麦换一下子泪流满面。故事到这里就结束了。

麦换就是这样一个被侮辱和损害了的小女人，而她的遭遇全世界的人都浑然不知或者漠不关心，这就是一个人常有的不得不承受的痛苦和难堪。我们没有战争、饥饿、灾害，但是我们常常被忽视，常常被剥去了尊严，损害了自由，这就是人生不幸福不完美的根源。

小说总体上有着老辣娴熟的叙述功力，细节描写得自然真切，但在后半部分的情景设计上显得乏力又空洞。人的一切心酸和苦难一方面来自自然，一方面来自他人，来自他人的侮辱和损害，更显出多重人性的角力，人生的复杂性由此而来。但是我们的小说很容易把这种苦难的原动力指向体制，新文学有车载斗量的小说善于揭露“万恶的旧社会”和“剥削阶级”，那些斗志昂扬的作品之所以早被人们抛弃，就是缺乏真切的人性开掘。而当代小说作家仍然不乏这样的潜意识，莫言、余华、阎连科的许多作品就是充斥这种指向体制的虚假构造，致使其艺术品格下降。麦换最终被强行示众，一方面是一种闹剧，一方面也达到被损害的极限，“我想死的心都有了”，而对麦换造成损害的却是堂皇的“有关部门”，有着堂皇的理由。这样的设计多少有些戏剧色彩，在有限的篇幅内，作品应该进一步收缩，限定在麦换生存的空间，让更多更丰富的人物来活动，用更加原生态的生活细节凸显麦换的矛盾和尴尬，方有助于主题的深化。

故土家园的诗意情怀

一月前，王纲辗转打来电话，告诉我他的集子出版，而后便有这本《故园记忆》邮至手中。见字如晤人，一册在手，便知他这些年仍在勤奋写作，实在是一件可喜可贺的事。

王纲先生与我为陇中同乡、师专学友。20世纪末期，文学社团在校园文化生活中仍占有一席之地，在我们那个社团内，王纲及前后几级的定西老乡，是最赤诚最坚定的追随者、守护者。在那个纸笔相传、油印小册子为载体的时代，要谈创作成绩，优胜者寥寥无几，好在大家都凭着一腔热血，为文学，朝夕相聚，吟啸悲喜，自得其乐，佯狂者、憨直者、俊逸者……如今回想，历历在目。王纲属于热忱而务实的一类人，执着于文字，但我们的交流似乎更多的是关于故土乡情、人生命运。

一晃三年就过去了，毕业后文友四散而去，岁月日深，好多朋友都是音讯渐无，不知所踪。世纪之交的师范学院毕业生，大抵都陆续进入乡村中学任教，多数人走上了安逸、平淡又寂寥的教书生涯，也有渐渐脱离讲台另谋他业者，其中总以舞文弄墨者居多。忆故人必然想起那段遥远而美丽的青春岁月，只慨叹岁月匆忙、韶光易逝。如果早些年我还习惯于打探那些文友们是否“坚持”创作的话，如今只想知道他们是否过得还好。王纲从事了八年的教育工作之后，逐步走入文化宣传行业，这是他命运的转折点，也是他创作生命得以延续的客观条件。文学与人生，往往是互为支撑、互相印证的，写作有时改变命运，命运有时催生灵感。

《故园记忆》汇集了作者不同时期、不同文体的各类作品，以散文为主，以故乡渭源为母题，状物、记事、抒怀，文风质朴、情感真挚、题材广泛，记录了作者十多年来的曲折生存轨迹和心路历程，读故人之作，如秉烛夜谈，抚今追昔，不胜感慨。青春年华，最易招惹风花雪月的诗情雅致，而一旦走出校门，一头扎进一地鸡毛的现实生活，能继续写作者实在是少之又少。王纲在不同时期，保持着与心灵相关、与职业相依的写作姿态。八年的乡村教师生活，虽然看不出其间有多少成熟的作品，但是在他日后的回忆文章中，从他对教育教学工作的心得文章和教学随笔可以看出，他始终保持了对职业的忠诚与热爱，对生活的激情和责任感，这为他日后的转型奠定了基础，也为他的创作积累了丰富而宝贵的情感资源。人，只要对生活保持着热情与思考，写作往往是水到渠成之事。情到浓郁处，便是墨迹漫漶处。

人人皆有生活，生活处处充满意义。若是一个有写作禀赋的人放弃对生活的书写，要么是懒惰与孱弱所致，要么是他选择了别样的人生，那些因借口忙碌或抱怨生活乏味、缺少诗意空间而不去动手写作的人，最是滑稽。是的，世界上没有一个绝对适合写作的环境，写作是与生活对抗并最终达成和解的过程，正因为种种的不适应才催生人对生活的不断追问、思考、回忆，漫漫人生路，那些刻骨铭心的细节堆积，便构成一个作家别样的人生、别样的艺术世界。王纲没有详述他走出乡村、进入新环境的过程，一个乡村语文教师，从事另一种较为职业化的文字工作并借此改变人生命运，证明了他锲而不舍地保持着一个文化人的情结、气质与追求，这一步对他是至关重要的。

对地方历史文化和名胜风物的关注在《故园记忆》中占了很大一部分，这一部分有些是实用性文体，有些是比较自由随性的带有个人视角的散文。不论怎样，这些作品都是比较成熟丰满的，文字凝练优美，叙事抒情收束自然，历史底蕴与现代文明水乳交融，既充满厚重的文化底蕴，又具备通俗自然的感染力。渭河源头的千载沧桑、灞陵桥边的百代变迁、鸟鼠山上的悠远遐想、五竹寺内的发古思微，都饱含作者对故土家园的无限热爱，对传统文化的深沉敬意。作为一个地方上的宣传思想文化工作者，深沉的文化情结与熟练的文学技巧，成就了他对这一领域娴熟的艺术表达，也构成他作品的一大特色与优势。

故乡，是一个作家一生难以穷尽的写作母题，也是他永远无法割舍的精神脐带。对故土家园的诗意追述和情感依恋，是这本集子明显的整体特质，别样的地域文化遗产，古朴的乡间民俗遗风，独具特色的地方美食、特产、民居，都充满作者的思乡之情。那些名不见经传的古老遗存和传承之物，无不充满传统生活情境、伦理道德、价值观念共同构织的古典情韵，显示了作者为浮华人世寻找精神家园的赤诚之心。至于作者怀念亲人特别是怀念母亲的系列文章，则是质朴无华、痛彻心扉的真挚抒怀，读之令人感动不已。

总之，纵观《故园记忆》一书，虽然在文体上略显混杂，作品质量也有些参差不齐，但总体上贯穿全书的是作者积极乐观的人生态度，深切真诚的乡土记忆与家国情怀，在当下种种光怪陆离的个性表达与隐晦暧昧的虚伪声音不绝于耳的时代语境中，这一种质朴的声音却令人倍感亲切。纠缠于都市纷繁复杂的人事关系、置身于钢筋水泥丛林里的现代人，往往因不堪重负而生发出古典的、温柔的心境，以保持心里的平和与安宁，以平衡早已倾斜的生存状态。怀念乡村那些平淡、原始、不矫饰的世界，是我们这些人的救赎之道，也唯有如此，我们才不会四处漂移，成为无根之萍。我希望王纲继续保持这一种对故土家园的怀念、感恩与赤诚之心，广袤浩瀚的黄土大地，必然回馈我们以激情、灵感与力量。

心灵乐章的和解与冲突

临近年关时，汪彤散文集《心若琴弦》出版，接到样书后一直无暇细读。春节赶上大雪屯门，闭门展卷，悉数浏览年底积压案头的新旧读物，雪盈四野，万籁俱寂，难得有几日清净，此时的阅读便非同以往。

读一本书，如端详一个人，人有性情品貌，前世今生，书也是一样。汪彤这本二十余万字的散文集，是她十余年写作生涯的精心积累和慎重遴选，逐篇阅读，作者醉心尘世的心路历程便跃然纸上，数十年的感喟悲喜，扑面而来。

汪彤是小城写作圈子中难得的热心之人，我很少见到有谁能像她一样“诗意地栖居”。她常年奔走在文朋诗友间，筹办一次次讲习研讨，策划一场场沙龙采风，从耄耋老者到青年才俊，从异域大家到民间隐者，她都是一个谦逊而热情的对话人和倾听者，她始终让自己生活在一个“诗意”的氛围中，尊重每一个人，珍惜这样一个友善共处的气场，感动于每一个细节，所以汪彤是一个“写作幸福指数”最高的人。

汪彤以散文见长，也许是她下意识的选择，她的性情和笔墨习惯也是适合于散文的。《心若琴弦》一书，基本包含“状物”“抒怀”“写人”三个部分，第一部分的记游写景，似乎是她最珍视的部分，基于对本土文化的热爱以及平和自由的性情，她的这些风景散文，充分调动了风景元素来滋润笔锋，使读者涵泳于“一切景语皆情语”的氛围之中。不论卦台雄姿、南郭明月，还是净土松涛、擂台遗风，都可以窥见作者悠然、宽适、散淡的心怀，从容、舒展、浪漫的境界，同时每篇也都有作者新的认知与欣赏元素。但是，与上述作品的成熟、规范相比，我更看重她第二部分的记事抒怀，《水房里开始的播音》记述的是如歌的青春往事，一次次失之交臂的职业理想虽已远去，但是对歌与诗的钟爱如影随形，唱歌与播音遂成“业余”，但“我”的生活也因此充满阳光与快乐，矢志不渝又随遇而安，何尝不是一种成熟的人生态度和旷达的胸襟？还有关于病房里的温情故事、牵念亲情的痛楚、河西的童年故事……均来源于切肤的体验，发自内心的真实呼唤，自然率真。其篇章结构、起承转合也常常并无多少讲究。也许，其中的有些文字未曾面世，录入集子时作者是否有过犹豫我不得而知，总之这些文字倒是更显珍贵，更有价值。

汪彤的职业是警察，岗位是狱警。我们打小就从教科书上知道，高墙之内，常常是不幸的人生和残破的心灵故事，汪彤并没有因为这一得天独厚的“写作资源”走出一条依靠题材取胜的道路，不论是平时的生活还是写作，汪彤几乎对监狱“置若罔闻”。题材并不直接影响文字的品质，生活一如文字之多元，小桥流水是一种，狼奔豕突也是一种；生意盎然是一种，一池秋水也是一种。汪彤的职业和阴暗的人事关联，但她的文字，永远是向善、诚挚、温情、乐观的，她始终对文学是虔诚而敬畏的，始终有一种精神洁癖、阳光心情和勤勉姿态，十多年如一日，难能可贵。所以，我建议她沿着这条路一直走下去，只挖一口井。

散文是人类精神与心灵秘密最自由的显现方式。它的物质外壳应该是日常的、人性且质朴的，而它的内在核心则饱含丰富的感情、深沉的思考以及对社会现实的尖锐触及。那么，什么样的散文才是好散文？我个人认为，没有人能够给出一个精准的答案，因为如果“好的散文”可以用某一标准轻松概括的话，散文写作也成了一项按图索骥的技术活，所以散文写作的难度，不是技术和文体上的，而是心灵和思想上的。书写寻常事物和普遍情感，容易成就人，更容易埋没人，散文的光荣和陷阱就在这里。熟悉的地方没有景色，本土的文化常常让我们引以为豪，但是如何把这些普通命题转化为我们的独特体验和个性书写，则是难之又难的。我建议汪彤以及更多的本土写作者，一定要致力于找到一条触及精神现实的“秘密通道”，重视语言修习，并且警惕那些阔大命题爱好者、追思历史煽情者、异邦知识贩卖者的文风，找到自己的路，找准自己的用力点。

文学是什么？文学是对现实的否定、反抗，同时也是对生活的妥协与和解。在美学层面，文学追求生活和意义之间的平衡与和解；在人生与存在的层面，文学永远是矛盾的，是未解甚至是无解的。我们的写作，能达到美学层面的和解已经相当不容易了。张爱玲第一次看见香港的海的时候，她就联想到了明信片上那一抹色的死蓝的海，为了说明自己的这种联想是具有广泛性的，她还举了一个例子，一本英文书上的一句话："可以把婆罗洲的海剪下来当作明信片寄回家去。因为那蓝色蓝得如此的浓而呆。"[①]这样的描述实在是语出惊人，嶙峋得也惊人，似乎本来美好的事物反添几分不舒服。但仔细揣摩，这样的描述远远胜过"蔚蓝的大海无边无际"。所以，写作有时候需要反叛、想象以及一定程度的想入非非，需要制造一些"事端"，写一写我们寂寞生活的涟漪，写一写我们内心的褶皱，以汪彤的细心和勤奋，她完全能够发现更多的新世界、新领域、新话题，我们期待她的写作进入一个新阶段。

---

①金宏达、于青：《张爱玲文集》第4卷，安徽文艺出版社1992年版，第73页。

村庄：皈依与逃遁
——阎虎林诗作漫议

我曾经偏颇地认为，所有的中国作家都可称作乡土作家。这主要是指：一方面所有的中国人恐怕从其血缘根系上讲，都无法与乡村绝对割舍；另一方面，所有的中国作家的精神世界都无法逃避中华农耕文化的巨大笼罩与深刻浸染。尤其是诗人，简单的乡土情结与田园韵味不足以概括其艺术追求与美学个性。作为一个有所成就和个性的诗人，阎虎林先生十余年的追求历程，无疑是他与自己的村庄相守相离的苦乐年华，他与人生境遇“血肉相搏”的生命经验；以及其命运在村庄围困下的奔突，其精神在“村庄”召唤下的永久皈依。因此，这“春柳抚摸的村庄”便是唯一的村庄，抚慰和锻造了“我”的村庄。

长期以来，诗人们一直恪守诗歌的“意义”法则，在对于意义的强迫性追寻中把诗歌异化为一种说大话的艺术，说哲学家、史学家的话的艺术，从而使诗歌泛滥成为一种小题大作、小事大说的“意义”轰炸，诗人在自我角色的圣化过程中，不但忽视一切琐屑、鲜活的生命意绪，原汁、常态的生活性状，进入一种意象的移植、复制，技术上的强迫、挣扎，其结果便是诗歌的曲高和寡，诗人的自我迷失。虎林作为起步较早的青年诗人，却始终保持了一种“内部探索”精神，在他的诗中很少看到极端个人化的经验与超验性幻想，也没有语词的险怪所构成的不安定感。在他的笔下，乡野春晨的鸡鸣蛙泳、人生旅途的冷暖寒暑，落寞心中的一线温情，都浸透了他对艰涩生计的品味，人生经历的反观，但这些都不是一种空洞肤浅的吟唱与盲目的依恋。在他的笔下，负重的牛，就是跋涉的“我”；山坡吃草的羊“回头说／我们就此分手吧／因为你是人／注定了要在世间历尽磨难／羊皮鼓咚咚地响着／羊皮筏子漂到了彼岸”；“善良的羊啊，其实／人口里吐出来的骨头／远比狼口里吐出来的／要多呢”——这些何尝不是对人世间朝不保夕的不安之感和无力回天、反复无常的苦难经历的喟叹。没有一颗坚韧善感的心，是无法产生如此犀利、敏锐的体验的。

生存之悲喜、人间之美丑，是诗歌意义的核心，而诗歌传达给人的，往往是一些使人习焉不察的生活瞬间或惯常事物。虎林发现“牛没了／就像把我爹的魂丢了／牛肉面馆门前／没了门牙的爹／嚼了一天的干粮”，鸡“刨挖了一辈子／辛苦了一辈子／最终也没有存下一颗／小小的谷粒”——这便是生活中司空见惯的漫不经心的生存残酷，这是对生命深处淤积之胀痛的宣泄与释放。“我看见雨季的村庄／有一双期待的眼睛饱含泪光”——虎林常常将这些心灵深处的震颤点悄无声息、举重若轻地呈现出来，从中进行人生之来路的回顾与省察，这是类似于李老乡的机智。他的许多诗篇在平静的叙事中让一个普通的故事“突然归于消失”，留给我们的却是回味不尽的感动和心酸。

生活并不缺少美，换言之，创作的全部根源在于生活，而全部的优势在于心灵，世上没有一片绝对始于创作的理想乐土，也少有困顿到无以支撑纸笔的境界，相反，没有人心与世界、主观与客观的对立冲突，便没有文学。虎林在孤寂、艰辛甚至冷酷的生活面前，执着而隐忍地捍卫了他内心存留的苦涩与温柔，所以他看到了生活的美感、诗性与人性。文学拯救了他，文学改变了他。

艺术是严厉的，人心是脆弱的，稍有不慎，人的心灵便会钝化，它可以被痛苦磨钝，也可以被欢乐磨钝，如何在世俗的物质利益与心灵的磁场间相处是一种困难的煎熬。虎林要在诗歌内外显示一种早已练就的洞察与明了，那就是认真地活着，而后写作，活出真性情，写出真体验，这便是让诗心不老的方式。

但在《春柳抚摸的村庄》集中，我们还是看到了虎林近年来一定程度上的“钝化”，即惰性的生成，其个别诗歌也不如以前那么犀利与新颖、精巧与雅致；一些“小品文”依然可见他以诗人的眼光在看待生活，体悟与感受生活，但没有进一步的开掘，显得意犹未尽，但可喜的是虎林也意识到了——这本将“成为我文学之路上的一个新的起点，而不是终点” 。

把世界还给人

——楼凯和他的《女俘》

楼凯先生早年有过军旅生涯，解甲后从业几经变迁，丰富的生活经历和锲而不舍的探索精神，使他成为目前天水影视界的资深编导。继1984年他创作的电视剧《两个伙伴》在中央电视台播出后，他又潜心创作了电影文学剧本《女俘》[①]，此剧本在发表前曾先后引起了八一、西影、长影乃至中国电视剧制作中心的重视，并在珠影形成正式文学剧本，一度打算开拍。但是由于资金等问题未能如愿。

《女俘》所述故事发生在西安事变前后，其时，推测政治势力的消长，评说政要名流的抉择，是十分棘手的，显然，作者是知难而上的，他就像一位企图单车跨越黄河天险的勇士，放出胆量，想一搏身手。

作品的情节核心是：年轻漂亮的红军女战士，不幸落入张学良属下的一个连队，她身上无时无刻不流露出勇敢、坚强、正义、善良的品质，不但影响了国民党军队中出生穷苦的士兵，而且影响了忠于上级、恪尽职守的连长姜飞，他爱上了这位红军女战士

①载《花雨》1998年第2期。

秦月。秦月对英气勃勃、良心未泯的姜连长也动了“剪不断、理还乱”的感情。但最后姜飞和秦月还是没有越过政治抉择给感情设定的藩篱……作者恰如其分地表现了秦月和姜飞之间的恋情，又适度地表现了姜飞在受到秦月影响后的转变。“过犹不及”的思想方法论，在作品中得到了最好的贯彻和落实，然而，透过作品处理种种矛盾冲突时用力的均衡和笔法的圆熟，我仍然感觉到了作者的隐忍：有一股勃勃的生命激情，被作者封压在和睦的理想思维和“现实原则”的水面之下。

对于《女俘》来说，战争与爱情都不是主要的，但都是重要的。伴随着作品人物性格内在的渐次性分裂，作品的震撼力逐渐加强，姜飞和秦月都明白自己的内在角色，那就是国民党的军官与共产党的战士，因而自身的每一步行动便时刻受到一种理性的警告，他们显得敏感、自尊、水火不容，但却有一个潜在的力量牵引他们在相互妥协，这个力量便是人性的力量，实际上姜飞和秦月同时作为一对隐在的角色出现，那就是一个男人和一个女人——这个本该是显在的角色，但是连他们自己也忽略了，不被承认。价值合理性原则和人性的伸展性张力是一对巨大的矛盾，姜飞死要面子的操练，秦月冒险乘坐羊皮筏子，都是作品人物努力维持自身理性角色的努力。作品中一些真实细节的缓慢积淀和巧妙扣连，构成了虽显单一但井然有序的情节建构，人物性格也在这些引人入胜的细节中实现了合理的发展变化。

人性是一个不朽的话题，拿近一两年内出现的国际大片《泰坦尼克号》《拯救大兵瑞恩》，乃至我国著名影片《红河谷》《黄河绝恋》，无一不是将生命群体置于濒临灭绝的处境，从而在这样一个大背景下演绎若干个体的选择和情性。《女俘》初创是在20世纪80年代中期，楼凯先生除了题材选择上的勇气，还有他认识上的可贵处、超前性。比如剧本的尾声中，故事情节已发展至高潮，按照观众的心理惯性，姜飞将随同秦月加入红军部队，然而作者笔锋一转，力避“大团圆”的窠臼，姜飞毅然与秦月分手，决定回东北老家抗日，“拉竿子跟鬼子干！”。这种出人意料的结尾显示了作者驾驭全篇的构思能力和精彩迭出的生花妙笔。随后有一段姜飞跟秦月分别时的对话，是人的生命和人的自我意识的复归。这样的结尾寄寓着作家在艺术创作上的厚望——就是张艺谋说的：“把艺术还给世界，把世界还给人。”